Guido Bachmann

Gilgamesch

Roman

Lenos Verlag

LENOS POCKET 43

Erste Auflage 1998

Satz und Gestaltung: Lenos Verlag, Basel
Umschlag: Anne Hoffmann Graphic Design, Basel
Foto: Raoul Findeisen
Printed in Germany

ISBN 3 85787 643 3

Gilgamesch

I

Der kleine graue Mann stach den Knaben mit einer Sicherheitsnadel in die Brust. Roland stöhnte leise. Erwachend setzte er sich auf und betastete mit schweissnassen Fingern die schmerzende Stelle. Der nackte Körper glänzte. Roland lauschte dem aufdringlichen Sirren der Mücke: Glasharfenton, hoher und gläserner Ton. Die Schmerzen in Rolands Brust wichen; und der kleine graue Mann, aufgestiegen aus dem Dunkel wilder Träume, sank in den See des Vergessens.
Roland sprang aus dem weichen Bett und schlüpfte in die rote Badehose. Zögernd trat er vor das Fenster und presste die heissen Hände an den Leib. Die Hitze stank faulig im steinernen Hof. Als der Vater im anderen Zimmer hustete, beugte sich Roland, nachdem er den Sims bestiegen, kniend aus dem Fenster. Er umklammerte mit beiden Händen das rostige Rohr der Dachtraufrinne und kletterte lautlos hinunter, wobei er die nackten Zehenballen gegen die graue, verwitterte und mit spitzigen Steinchen durchsetzte Hausmauer stemmte. Das Herz schlug bis in den sandtrockenen Mund. Rolands Gewicht hing an den Armen: er kostete wollüstig das kitzelnde Gefühl in der Bauchhöhle aus.
Leise drang er durchs Fenster des Erdgeschosses in das mondhelle Zimmer seines Freundes ein. Christians Körper zeichnete sich unter dem weissen Leintuch ab. Behutsam trat Roland näher. Er berührte Christians Schulter. Der Freund öffnete die Augen. Ro-

land sah die schwarzen Härchen in den Achselhöhlen, als Christian die Hände hinter dem Kopf verschränkte.
„Gehen wir baden, Christian?"
„Mitten in der Nacht?"
„Ja."
Sie verliessen das Zimmer. Neben der hohen Harassenbeige im schmutzigen Hof, wo es nach faulen Bananen roch, standen die Freunde eng beisammen.
Vier Füsse tanzten über warmen Asphalt. Steinern ragte der Turm des gewaltigen Domes in nächtliches Dunkel. Vorm eisernen Tor blieben sie heftig atmend stehen. Oben, in der Wölbung des Portals: das Jüngste Gericht aus Stein gehauen. Ein wuchtig wirrer Haufe nackter Leiber: verzückt jene zur Rechten, verdammt die anderen links.
Die hölzerne Treppe führte zum flaschengrünen Fluss hinunter. Die Knaben standen am Ufer. Roland kniete nieder und flüsterte: „Der Boden ist weich."
„Ein Bett ist weicher."
„Ein Bett ist gefährlich."
Christian verschwand im Wasser. Roland holte ihn schwimmend ein. Sie spielten miteinander und näherten sich dem Stauwehr. Das Brausen des Wasserfalles übertönte ihr Keuchen und Gurgeln, als sie die Badehosen tauschten.
Wieder an Land, gingen sie eilig und beschämt flussaufwärts. Roland blieb stehen und fragte: „Sind wir zu alt dazu?" Christian gab keine Antwort. Das Rauschen des Wasserfalles war nicht mehr hörbar, als Christian sagte: „Jener Baum ist älter als wir."
Roland berührte das Holz.

Später stiegen sie die hölzerne Treppe hinauf. Vor dem grauen Hause trennten sie sich schweigend. Roland kletterte am rostigen Abflussrohr entlang nach oben. Langsam zog er die blaue, nasse Badehose Christians aus. Er spürte das Stechen in den Lungen und musste husten. Vor dem Bett kniete er nieder; und der

Traum stieg aus dem Vergessen empor: kleiner Mann und grauer.

Ein tiefer Schlaf führte ihn zu uralten Wünschen.

Als Roland am Morgen im Treppenhaus, wo es nach Kohl und Urin stank, Christian traf, fragte er leise und verschwörerisch: „Willst du immer noch mit mir fliehen?"
Christian nickte zaghaft und schluckte leer. Seine Augen waren umschattet. Roland presste die Lippen aufeinander. Im Hof sagte er: „Heute ist der siebente Juli. Ein guter Tag." Er gab der hohen, schiefen Harassenbeige einen heftigen Tritt.
Christian fragte: „Hast du den Nachschlüssel?"
„Ja."
„Man wird uns erwischen!"
„Unmöglich. Wenn man den Diebstahl entdeckt, wälze ich den Verdacht auf dich; denn weil du heute morgen in der Schule fehlst, wird man mich auf keinen Fall durchsuchen."
„Meinst du?"
„Ich bin sicher! Also – du wartest im Dom auf mich!"
Roland eilte ohne Christian ins Gymnasium. Im Klassenzimmer stand er keuchend vor dem grünen Schrank. Weisse, lange Finger umkrampften den vorne rechtwinklig gebogenen Draht. Es knirschte, als der einsame Dieb seinen Dietrich ins Schlüsselloch steckte und langsam drehte. Die Angst wurde zum Kitzel. Das Zittern war Ausdruck vollkommener Konzentration.
Die grüne Gitterkasse lag im zweiten Fach. Roland stopfte die blauen Noten in seine Hosentasche.

Drei Hunderternoten.

Im Korridor knallten Schritte. Roland vermochte noch abzuschliessen und sein Pult zu erreichen. Als Sutter eintrat, sass Roland übers Heft gebeugt und löste eine algebraische Aufgabe. Er sah flüchtig und mit abwesend gleichgültigem Gesicht auf.

In der Toilette, wo er sich einschloss, versteckte Roland die drei Hunderternoten zwischen seiner Haut und Christians blauer Badehose. Das kühle Papiergeld liebkoste sein Geschlecht, eine angenehme Empfindung. Seine Knie zitterten. Erregung pochte im Glied.

Der lederne Heiland erteilte Latein. Er liess den zu spät eintretenden Roland aus dem Tacitus übersetzen. Roland sprach undeutlich; denn der lederne Heiland war schwerhörig. Er gab sich zufrieden und humpelte zur Wandtafel. „Des Menschen Zierde ist das Bein, nur darf es nicht gebrochen sein", schrie der lederne Heiland, der nicht nur an Schwerhörigkeit litt, sondern auch ein steifes Bein nachschleppte. Deswegen wiesen seine Lateinschüler überdurchschnittliche Noten auf. Der ideale Lehrer wünschte gute Besserung und hinkte in ein anderes Klassenzimmer.

Die nächste Lektion wurde durch Stift getrübt. „Bonjour messieurs, asseyez-vous!" Man las Voltaire-Briefe. Stift durchmass das Klassenzimmer mit Riesenschritten. Sein viriler Adamsapfel stach aus dem dünnen Halse. Dr. Dürr machte seine berühmten Glotzaugen und presste die Faust ans Herz, wobei er den Daumen gegen die Klasse richtete.

Nach zehn Minuten klirrte Stiftens riesiger Schlüsselbund. Roland atmete kaum. Erst als der Stift kreischte, fuhren die Schüler in die Höhe. Stiftens Adamsapfel tanzte auf und ab. Die Krawatte bewegte sich rhythmisch.

„Diebe, voleurs! Tricheurs!"

Die kleine Unterlippe flatterte. Der Spitzbauch erbebte. Stiftens verwaschenes Knabengesicht unter schütterem, grauem Haar wurde fahl. Dr. Dürr starrte in die grüne, leere Gitterkasse.

Zwanzig Uhren tickten.

Der knochige Sutter meldete die Absenz Christians. Stift stiess den Atem durch die Stupsnase. Er war befriedigt; denn er konnte Christian, der das Gymnasium seit Dienstag nach Ostern besuchte, nicht ausstehen, weil Roland und Christian Freunde geworden, ja, wie das Gerücht flüsterte, sogar Blutsbrüder – wie

verworfen –, was die zwei gleichbeschaffenen Narben unter den linken Brustwarzen zu beweisen schienen.
Als man aber am Nachmittag auch Roland Steinmann vermisste, richtete sich der Verdacht so sehr gegen die beiden fehlenden Schüler, dass Stift einen Hausbesuch unternahm, wozu er sich mit Hilfe seines fischgrätigen, soliden Sonntagsanzuges drohend zurechtgeputzt hatte.
Er läutete beim Redakteur Steinmann. Eine Frau öffnete. Sie blickte dem dürren Herrn ängstlich ins Gesicht. Stift säuselte, dass er Frau Steinmann oder Herrn Steinmann in Angelegenheit des Sohnes Roland zu sprechen wünsche, bitteschön. Sie sei Frau Steinmann, sagte die Mutter. Stift liess die kleine Unterlippe hängen. Der betrunkene Mann näherte sich torkelnd.
Stift näselte ängstlich: „Ihr Gatte?"
„Wir kaufen nichts", brüllte August Steinmann. Seine Glatze war gerötet. Die Trinkeraugen hinter den Brillengläsern tränten.
„Bitteschön, ich bin Klassenlehrer!"
„Oho!" Herr Steinmann rülpste. Er stand wankend vor dem Stift und berührte dessen Schulter. Hieronymus Dürr wich zurück. Steinmann wurde wütend und schrie lallend: „Klassenlehrer werden abgeschossen!"
„August!"
„Ich befehle Rückzug – Abmarsch! Hopp!"
Stiftens flüchtende Schritte dröhnten im übelriechenden Treppenhaus. Frau Steinmann schrie abermals: „August!" Im Erdgeschoss stand eine Frau vor der Tür. „Ich bin Christians Mutter", flüsterte sie.
„Gestatten, Dürr, Gymnasiallehrer!" Schweisströpfchen glitzerten auf der Stirne, Denkerstirne, wie er glaubte. Er brachte mit unsicherer Stimme seinen auswendiggelernten Satz vor: „Ich möchte festgestellt haben, dass ich in Mission des Klassenlehrers bei Ihnen vorspreche und des weiteren, was den Sachverhalt betrifft, ich mich Ihnen leider mitzuteilen gezwungen sehe, dass von Ihrem Sohne, der in eine, wollen wir sagen: abstruse Angelegenheit verwickelt wurde, noch keine Nachrichten eingetroffen

sind, beziehungsweise man keine Ermittlungen des Sohnes –"
„Wollen Sie eintreten?"
„– des Sohnes"
„Bitte sehr!"
„– des Sohnes"
„Nehmen Sie Platz!"
„– des Sohnes hatte machen können, bitteschön, dankeschön."
„Kirsch?"
„*Ich* enthalte mich des Alkohols."
„Zigarette?"
„Nur am Sonntag nach dem Mittagessen."
Sie sahen sich an. Stift bemerkte die flackernden Augen der Frau und nagte an der kleinen Unterlippe. Auch diese Mutter schien verängstigt, was den Klassenlehrer befriedigte.
„Eine polizeiliche Untersuchung ist im Gange. Ich will hier nur das – das äh Milieu studieren."
„Es ist mir peinlich, Herr –"
„*Doktor*!"
„Doktor?"
„Dürr!"
„Dürr. Herr Doktor –"
„Dürr!"
„Dürr – wirklich, Doktor, peinlich, dass Christian und dieser – dieser Steinmann uns –"
„Dreihundert Franken!"
„– uns Ungelegenheiten bereiten."
„Dreihundert Franken! Bitteschön! Dreihundert Franken. In das Komplott ist zweifelsohne auch Ihr Sohn verwickelt."
„Doktor – Herr Doktor – also ich sage Ihnen: Dieser Steinmann ist schuld! Wirklich!"
„Die Verhältnisse bei Steinmann scheinen mir betrüblich, betrüblich."
„Herr Steinmann trinkt."
„Bitteschön, *ich* enthalte mich des Alkohols. Sekretär des Blauen

Kreuzes", Verbeugung. Die braunglänzende Uhr tickte hinkend.
„Frau Steinmann geht putzen."
„Aha! Ich nehme das zur Kenntnis."
„Sehen sie, Herr Doktor, seit mein Mann gestorben ist, habe ich nur noch Christian." Ihre Augen wurden plötzlich gläsig. Nach einer unruhigen Gebärde fuhr sie fort: „Und jetzt das! Daran ist dieser Bengel schuld, dieser Steinmann. In den drei Monaten, seit wir hier wohnen, hat sich Christian verändert. Immer steckt er bei diesem Steinmann. Sie haben selber gesehen, wie diese Verhältnisse sind. Der alte Steinmann ist ja gar nicht mehr Redakteur!" Sie flüsterte erregt: „Gestern nacht gingen sie baden!"
Der Stift machte Glotzaugen. Er sagte gepresst: „Der Gefahren sind viele!" Und er schrieb etwas in sein rotes Notizbuch. Mitternachtsbad am siebenten Juli. Aha – verworfen – verworfen – nicht auszudenken – unsittlich.
„Herr Doktor!"
Stift zog den Spitzbauch ein, die folgende Bitte witternd.
„Wenn Christian wieder zurückkommt – wird er dann aus dem Gymnasium –"
„Ich werde alles tun, um Ihnen Unannehmlichkeiten zu ersparen. Bin ich doch überzeugt, dass Christian unter dem schlechten Einfluss eines Alkoholikerkindes steht. Es wird sich herausstellen, wer das Geld gestohlen hat! Monströs, monströs!"
Stift stand auf und näselte: „Erbmasse, Sie gestatten." Er entfernte sich hastig und bemerkte Roland nicht, der durch den Seiteneingang des Domes schlüpfte.
Christian lehnte an einer Säule.
Roland zog den Freund in einen Beichtstuhl. Hinter dem grünen Vorhang verborgen warteten sie.
Später sassen sie im Zuge, der zur Stadt am See fuhr. Auf zwei Schienen einer unbestimmten Hoffnung entgegen. Ihre Schwüre verliehen neue Kraft. So drangen die Freunde in ihr Abenteuer ein und verloren die Scheu.
Im Dunkel eines Tunnels sagte Roland: „Ich ertrug es nicht

mehr: O dieses graue Haus! Ich werde nie zurückkehren."
„Wie willst du nun Musiker werden?" fragte Christian.
„Musiker? Ich *bin* Musiker; aber seit Jahren musste ich ein Tuch zwischen Hämmer und Saiten meines braunen Klaviers hängen, damit die Mieter nicht gestört werden."
„Wolltest du deshalb fliehen?"
„Mein Vater trinkt."

Christian bat um Rolands Geschichte. Roland erzählte von den Knabenjahren im grauen Haus mit der roten Tür; von jenen Jahren, als er Chorbub gewesen; von Vikar Benoit, der die Chorbuben dirigierte; oder von Kowacewskj, der im riesigen Estrich des grauen Hauses gewohnt hatte.
„Kovacewskj, musst du wissen, war ein Sonderling, ein verkrachter Mensch. Er arbeitete nie. Er besass Hunderte von seltsamen Büchern, die ich las. Ausser ihm wohnte eine Frau Diethelm im Estrich. Sie vertrank ihre Rente und starb, berauscht vom roten Wein, in meinen Armen, als ich zehn Jahre alt war. Ich rief Kovacewskj, der herbeieilte. Schnell nahm er Frau Diethelms Silber, aus dessen Erlös er mir anderntags das braune Klavier kaufte. Übrigens: Mein schwarzer Rabe Wladimir gehörte Frau Diethelm. Ich bekam also ein Klavier und den hinkenden Raben Wladimir. Während jeder freien Stunde hielt ich mich bei Kovacewskj auf und lernte von ihm das Klavierspiel. Als ich vierzehn war, konnte ich besser spielen als er. Durch meinen Singlehrer erhielt ich ein Stipendium, das mir ermöglichte, bei Ivar Kissling Stunden zu nehmen. Kissling ist mein Meister. Er ist klein, hat eine gewaltige weisse Künstlermähne und ein gelbes Gesicht, weil er an Malaria leidet. Kissling ist ein berühmter Musiker. Und er weiss nicht, dass ich durchgebrannt bin. Vielleicht wird mich Kissling verstossen deswegen."
„Lebt Kovacewskj noch?"
„Ich weiss es nicht. Bevor er verschwand, sagte er mir, ich würde das Entscheidende erfahren."

Der Zug fuhr durch die Dunkelheit. Christian war sehr bleich geworden. Roland fragte ihn: „Bereust du die Flucht mit mir? Warum bist du so still? Etwas quält dich."
„Nein, ich bereue die Flucht nicht. Aber es ist etwas geschehen. Etwas Furchtbares. Letzte Nacht, als ich in mein Zimmer zurückkehrte, stand meine Mutter vor mir. Sie war nackt. Roland, meine Mutter ist wahnsinnig." Er weinte lautlos.
Die Bremsen des Zuges knirschten. Roland und Christian sassen alleine im Abteil. Roland senkte den Kopf. Er schwieg, bis sich Christian beruhigt hatte. Denn fragte er: „Und nachher?"
Christian presste seine Fäuste gegen die Schläfen. „Sie ging rückwärts aus dem Zimmer; aber ich sah sie deutlich. Sie hasst dich. Sie hasst dich!" Er wiegte den Oberkörper hin und her und schluchzte heiser und laut. Er stand auf, beugte sich aus dem Fenster, musste erbrechen. Mit dem Taschentuch wischte ihm Roland den kalten Schweiss von der Stirne. Christian war weiss im Gesicht.
Der Zug fuhr langsam in den Hauptbahnhof ein. Unentschlossen gingen Roland und Christian über die Brücke.

Der Engel verhüllte sein strahlendes Haupt. Die blutende Stadt stürzte ein; die Strassen bäumten sich auf und barsten im Scheitelbogen.

Der Portier zerbiss krachend ein grünes Bonbon und überreichte Roland, der gesagt hatte, sie seien Brüder und hiessen Peter und Paul König, den Zimmerschlüssel, der an einer roten Kugel befestigt war. Nur das Alter, das Roland in den Anmeldeblock eintrug, entsprach der Wahrheit: Christian fünfzehn Jahre und sieben Monate alt; Roland sechzehn Jahre und fünf Monate alt.
Im Zimmer standen sich die Freunde gegenüber. Keiner fand den Mut zu beginnen, bis Christian endlich jene Worte der vergangenen Nacht wiederholte: „Ein Bett ist weicher."
Roland ging langsam auf die Veranda und sah den See und sah tausend Lichter darin. Er hörte, was Christian hinter ihm tat. Ro-

lands Finger umklammerten das kühle Eisengeländer. Der frische Wind liess ihn frösteln. Die Nacht war mondhell. Jetzt spürte er die zwei noch zwischen Lenden und blauer Badehose verbliebenen Hunderternoten. Es wurde Roland elend vor Lust und Grauen; und er sagte deutlich: „Christian! Wir wollen es oft tun. Alles ist erlaubt, wenn man sich liebt, alles."
Roland drehte sich langsam um. Christian stand nackt auf dem Bett, andächtig, eine schlanke und weisse Gestalt. Roland sog den Anblick mit zitterndem Atem ein. Er gab sich dem Unausweichlichen preis.

II

Als vier Jünglinge von der Heilsarmee im Ratskeller ein Lied sangen, kamen die Herren Jugendanwalt Dr. Leibundgut, Verleger Sollich, Rektor Dr. Neuhaus und Baudirektor Wühler bei Chateau neuf du Pape und Kartenspiel so recht vaterländisch in Schwung, politisierten, schöngeistelten, fachsimpelten, stürzten in Themenlöcher: Fischereipatent, Jugendkriminalität, Milchpreiserhöhung, Bahnhofneubau, Parlament, Pariser Bordelle, Militär, soziale Fürsorge, Sittlichkeitsverbrechen und begannen allmählich jenen Gesprächsstoff zu kauen, der ihnen offenbar allen auf den weinfeuchten Zungen lag.

Jugendanwalt Dr. Leberecht Leibundgut schlürfte den süffigen Wein, sog an der dicken Zigarre, rülpste vornehm durch die violette Nase, wobei er seinen weissen, fleischigen Handrücken vor die wulstigen Lippen hielt, und begann: „Pardong. Sehen Sie, meine Herren, guten Abend Herr Fürsprech, guten Abend Frau Fürsprech, da ist der Fall von – danke gut! Und Ihnen? Ebenfalls ausgezeichnet bei diesen Zeiten, hahahaha, was ist Trumpf? Herz? Sehr seltsam, ach so, ja, da ist der Fall von pardong, die Fleischpastete, der Fall von Weinmann oder Steinmann, eher Steinmann! Wie kam ich auf Weinmann? Also, Moment: Steinmann! Natürlich, Roland Steinmann, danke bestens, ich rauche zwar lieber diese Zigarre, aber zur Abwechslung eine Dann, eine Dann, eine Dann und Wann, Moment! Sie spielen, Herr Doktor! Bock und Bock und nochmals Bock! Danke sehr. Donnerwetter, diese drallen Beine bis zum Boden, was?! Sie rauchen nicht? Das sollten Sie aber, das fördert die Verdauung. *Verdauung,* jawohl! Die Verdauung. Ach so, Zigaretten? Sehr schädlich. Sehr schädlich. Pardong. Also, meine Herren, um, mein lieber Wühler, du spielst ja keinen Trumpf aus! Um auf diesen Steinmann zu sprechen zu kommen, scheint mein Urteil zu seinem ganz persönlichen Schutz zu sein. Roland Steinmanns Vater ist Alkoholiker. Prost Max. Wollte sagen: es schien mir ein Milieuwechsel in eine Beobachtungsstation, Bock und Bock und nochmals Bock, angebracht zu sein, wie gesagt, wollte ich sagen: milde mein Urteil, wohlwollend, aber gepaart mit Strenge, denn dort kommt er auf andere Gedanken, und er ist entzogen, pardong, dem schlechten Einfluss seines Vaters, Moment! So spiele ich nicht weiter. Pardong. Ich sollte tatsächlich ein Vichy-Wasser haben, die Fleischpastete. Ich sage immer zu meiner Frau, aber selbstverständlich lieber Max, glänzende Idee, sage ich also, wollte ich sagen, zu meiner Frau sage ich immer, jawohl Fräulein, Vichy-Wasser, sage ich zu meiner Frau: die Jugend muss man hegen und pflegen. Das ist wie ein Misthaufen. Guter Dünger, gute Erde. Ein Urteil, gerecht wie das Jüngste Gericht – bei Gericht fällt mir ein, dass die Fleischpastete irgendwie, also sozusagen, ja, nicht wahr, ich meine nur so – was habe ich jetzt gesagt?"

„Vichy-Wasser", grölte Wühler und kippte seinen siebenten Genever.

„Nein – also – pardong. Die Pleischfastete. Hallo Fräulein! Gerecht wie das Jüngste Gericht! Milde! Strenge! Vichy-Wasser! He! Fräulein! Vichy-Wasser! Mit milder Strenge erwogen, das ist der goldene Mittelweg, sage ich immer zu meiner Frau. Diese Zigarre zieht verteufelt schlecht. Übrigens – ganz vertraulich –" Leberecht Leibundgut schnalzte mit der Zunge: „Kennen Sie, meine Herren, Maria Pedroni? Das ist so eine, sage ich Ihnen. Soooooo eine." Er zeigte es und flüsterte: „Maria Pedroni wohnt neben der 'Blauen Laterne' im Krummen Gässchen, aber das nur nebenbei. Moment! Wer spielt eigentlich aus? Ich sage immer zu meiner Frau –"

„Sehr gut", brüllte Wühler und stocherte mit einem zerkauten Streichholz in den faulen Zähnen, „ich sage auch immer zu meiner Frau –"

„Wie ist das", mahnte der Rektor des Städtischen Gymnasiums, „jassen wir, oder jassen wir nicht?"

„Wir jassen", flüsterte der Verleger Sollich.

„Wir jassen nicht", schrie Wühler und zitterte mit seinem Schnurrbart. Der Rex schmiss schlechte Karten auf den Tisch. Sollich tätschelte vergnügt und schadenfroh den grünen Jassteppich.

Ein Herr mit kleiner Unterlippe und riesigem Adamsapfel trat zum Tisch. Das verwaschene Knabengesicht unter schütterem Haar war gerötet.

„Darf ich vorstellen", sagte der Rektor, „Herr Doktor Dürr, Gymnasiallehrer."

„Gestattet, bitteschön?"

„Angenehm."

„Freut mich, Herr Spühler."

„Wühler."

„Ach so."

„Baudirektor zwo."

„Nein danke, ich rauche nicht. Nur am Sonntag nach dem Mittagessen."

„Das sollten Sie aber. Das hält in Form. Das fördert die Verdauung."

„Meinen Sie? Ach mein Stuhlgang. Ich sehe, Sie trinken Vichy-Wasser?"

„Fleischpastete."

„Mir auch ein Vichy-Wasser, Fräulein. Aber, bitteschön, temperiert, bitteschön, dankeschön. Fleischpastete?"

„Fleischpastete. Es ist etwas Ungeheuerliches mit diesen Fleischpasteten. Also ich sage Ihnen: Fleischpasteten! Fleischpasteten, also das ist die reinste Wissenschaft mit diesen Fleischpasteten, pardong."

Der Rektor sagte: „Wir unterhielten uns eben über Roland Steinmann."

Stift schien das zu freuen; er rieb die Hände aneinander, presste die Faust ans Herz und zielte mit dem Daumen gegen die Tafelrunde. „Bitteschön, Steinmanns Ausschluss aus dem Gymnasium, scheint mir, um meine Darlegungen hier noch einmal zu wiederholen, wegen der Trunksucht seines Vaters sehr angebracht zu sein. Ich bin, Herr Jugendanwalt, sehr erleichtert, dass Sie wesentlich dazu beigetragen haben, diesen, ich möchte sagen: Fremdkörper in meiner Klasse, der, unter anderem, durch seine Indifferenz und Indolenz infizierend gewirkt hatte auf seine Mitschüler, namentlich auf Christian, glücklicherweise und zum Wohle aller in diese Beobachtungsstation, ähäm – Knabenerziehungsheim –"

„Beobachtungsstation, bitte zu unterscheiden!"

„– bitteschön: in diese Beobachtungsstation –"

„Beobachtungsstation."

„Beobachtungsstation einzuweisen."

Verleger Sollich flüsterte: „Ist dieser Steinmann ein Verbrecher?"

„Gewissermassen", säuselte Hieronymus Dürr.

Jugendanwalt Leibundgut sagte: „Die Jugendanwaltschaft ist ein Refugium. Und die Psyche, meine Herren, während der Pubertät", alle lauschten, „ist labil. Pardong. Darum gilt es, solche unilateralen, puerilen Individuen, wie etwa diesen Steinmann, auf eine gute Bahn zu lenken."

Wühler sagte: „Bravo", und er roch nach Alkohol. Stift kriegte den Geruch in die Nase, rückte entsetzt beiseite und biss, infolge eines blossliegenden Zahnnervs, einen kleinen Schluck temperierten Vichy-Wassers ab. Er näselte: „Um bei diesem Kolloquium zu bleiben, möchte ich Herrn Doktor Leibundgut, bitteschön, entgegenhalten, dass Steinmann keineswegs pueril ist."

„Pueril", flüsterte Sollich.

„Wie bitte?“ fragte Leibundgut.
Wühler schrie nach dem achten Genever. „Bei meiner Exploration bezüglich, bitteschön, der Beschaffenheit des Charakters dieses Steinmann, scheint es mir indefinibel, dass Sie, Herr Jugendanwalt, vorhin gesagt haben, Steinmann sei pueril, nein, bitteschön, je m'excuse, er ist unheimlich erwachsen, ich möchte sagen, er sei ein Defraudant, ein, gelinde gesagt, ausgekochter sogar.“
„Aber er wurde in eine Beobachtungsstation abgeschoben, pueril hin, pueril her“, brüllte Leberecht Leibundgut.
„Nein“, kreischte Hieronymus Dürr, Französischlehrer, der an sporadischer Gelbsucht, Diabetes mellitus, Prostatitis, faulen Zähnen, unregelmässiger Verdauung, angegriffenen Lungen und leichtem Basedow litt.
„Pueril“, flüsterte Sollich.
„Nein, nicht pueril!“
„Doch, pueril!“
Stiftens Adamsapfel tanzte. Er machte seine Glotzaugen.
„Wir betreiben“, sagte der Rektor besänftigend, „am Donnerstagabend üblicherweise keine Kontroversen, sondern jassen!“
„Pueril“, flüsterte Sollich.
„Also – jassen wir, oder jassen wir nicht“, fragte der Rektor streng.
Wühler kippte seinen achten Genever, und der Jugendanwalt warf die kalte Zigarette erbost in den Aschenbecher.
„Also“, wiederholte der Rektor etwas lauter: „Jassen wir, oder jassen wir nicht?“
Leibundgut versuchte beschwichtigend Stiftens Loch in der Stimmung zu stopfen: „Nicht wahr, Herr Doktor, dieser Christian stand unter dem schlechten Einfluss Steinmanns?“
„Zweifelsohne.“
„Pardong. Das habe ich mir doch gleich gedacht. Da täusche ich mich nie! Also, meine Herren, um – auf Wiedersehen Herr Fürsprech, auf Wiedersehen Frau Fürsprech – um auf diesen Steinmann, also ganz im Vertrauen: man fand die beiden in einem

Bett des Hotels du Pont, nehmen Sie gar keinen Wein, Herr Doktor? Das sollten Sie aber! Das fördert die Verdauung!"
„Bitteschön: Prinzipien!"
„Pueril", flüsterte Sollich, und Wühler schnarchte.

III

Die Beobachtungsstation beherbergt Knaben von zehn bis achtzehn Jahren. Die Zöglinge haben Feldarbeiten zu verrichten. Herr Walcher ist Hausvater, und der tabakkauende Aufseher, Herr Glauser, 'der liebe Gott', steht ihm bei.
Roland bekam am Nationalfeiertag eine Rakete, die er hätte auffliegen lassen sollen; aber sie war eine Blindgängerin, zischte bloss und stank. Ausserdem wurden auch Reden gehalten, und man hätte die Höhenfeuer gesehen; indessen: es regnete heftig am ersten August.
Der Psychiater, Herr Doktor Jules Servais, betrachtet Rolands lange Beine, knirscht mit den Zähnen und sagt mit seiner sanften Stimme: „Heute ist dein letzter Tag."
„Morgen kann ich also fort."
„Ja, Roland. Dieser Aufenthalt hat dir gut getan. Du willst jetzt ordentlich arbeiten, das freut mich sehr für uns; denn mit Klavierspielen kann man sein täglich Brot nicht verdienen. Das siehst du doch ein? Du spielst ja recht brav, zugegeben. Aber warum denn gleich Pianist werden? Ganz abgesehen davon, dass du nicht aus jenem Milieu stammst, das einer derartigen Neigung entspräche, oder ihr durch finanzielle Mittel Vorschub leisten könnte." Des Psychiaters Auge wandert an Rolands Körper auf und ab. Er sagt plötzlich mit veränderter Stimme: „Du kannst jetzt gehen!"

Roland atmet freier draussen, wo er in die genagelten Schuhe steigt; denn die Zöglinge dürfen das Ordinationszimmer nur mit Socken betreten. Es wird einem heiss während der Konsultationen beim Psychiater, und Gänsehaut kriecht über den Rücken, wenn man vor dem Schielenden liegt, der immer unanständige Fragen stellt und dabei schrecklich mit den Zähnen knirscht.
Glauser speit Tabaksaft. Er ruft: „Auf zwo numerieren! Eins zwo! Eins zwo! Eins zwo! Gruppen rechts schwenkt, marsch!"
Roland ist noch ausser Atem. Den Weg vom Psychiater bis hier zum hinteren Feld hat er im Eilmarsch zurückgelegt.
„Zwo!" schreit er, neben dem Riesen Fritz stehend. Die Sonne brennt. Es müssen Kartoffeln aufgelesen werden. Man nennt diese Arbeit Buddeln oder Goldschürfen.

Die Sonne

Durst

Heute ist der letzte Tag – und wie war's am ersten Abend? Roland buddelt, buddelt; und Glauser lauert.

Nächste Furche.

Acker Sonne Bremsen Mücken Schweiss Hunger und Durst. Das Pferd trampt vor dem Pfluge. An den massigen Hufen klebt braune Erde. Die Knaben gebückt überm Kartoffelacker. Blonde, braune, rote, schwarze Haare. Gebeugte Rücken. Furche an Furche, Furche an Furche, Furchenmeer. Grosse Kartoffeln, schwere, braune, Kartoffeln, Kartoffeln, Kartoffelschnaps.
Ich kartoffele
Du kartoffelst
Er kartoffelt
Wir kartoffelonieren
Ihr kartoffeloniert
Sie karfunkeln.

Faule Kartoffeln: eine zerplatzt an Fritzens Hinterkopf. Glauser winselt. Natürlich wird der Täter nicht ermittelt. Glauser bellt, und Tabaksaft quillt aus dem Mundwinkel.
Nächste Furche. Fritz, der vierzehnjährige Hüne, sammelt mit ruhigen, gleichmässigen Bewegungen Kartoffeln ein. Sein Gesicht ist kaum gerötet.
Heute ist der letzte Tag – und wie war's am ersten Abend? Nach dem Nachtessen erwartete man den Neuen im Viererzimmer. Roland kam. Sein schäbiges Köfferchen lag auf der rohgezimmerten Planke. Es war durchwühlt. Mutters Köfferchen, darin die Unterwäsche und das Hemd, das die Mutter geflickt hatte; auch Seife, die gut roch; aber die Seife wurde geschnappt. Solche Seife ist verboten wegen der Sittlichkeit. In der Nacht gurgelt die Sittlichkeit in der Jauchegrube. Zuunterst im Köfferchen hatte die Mutter noch Schokolade versteckt. Sechs Augen starrten darauf. Zaghaft bot Roland von der Schokolade an; aber die drei Knaben im Zimmer blickten feindselig.

Nächste Furche.

„Warum bist du hier?" Der kleine Dicke mit dem fahlen Gesicht und den Knopfaugen hatte es lauernd gefragt am ersten Abend.
„Ich bin ein Dieb", murmelte Roland. Er senkte den Kopf, so dass seine Haare über die Brauen fielen.
„Willst du mich schlagen?" Roland begriff diese Frage noch nicht. Also – wie war das am ersten Abend? Verdammt, wie die Zeit vergeht! Ja: Fritz nahm die Schokolade. Er stopfte alles in den Mund. Der Bettnässer stach sich mit einer Nadel in die Blase an seiner Ferse. Der kleine, dicke Perduzzi mit dem fahlen Gesicht und den Knopfaugen kniete auf seinem Bett. Fritz zog den Gürtel aus der Hose und begann den kleinen Dicken mit dem fahlen Gesicht, diesen Perduzzi mit den Knopfaugen, zu schlagen. Perduzzi zog das Nachthemd hoch und stöhnte. Roland stand in der Ecke, und er begriff immer noch nicht. Fritz führte die Bewegungen ruhig und gleichmässig aus. Der Bettnässer

keuchte vor Lachen. Der Gurt klatschte gleichmässig, bis Fritz innehielt und Roland mit strahlenden Augen ansah, wobei er mit feuchter Zunge Schokolade aus den Mundwinkeln leckte. Perduzzi wälzte sich. Der Bettnässer sah ihm mit trüben Augen zu und tat mechanisch dasselbe wie Perduzzi.

Nächste Furche. Der Rücken schmerzt nicht mehr. Das war am Anfang. Fritz sammelt mit gleichmässigen, ruhigen Bewegungen Kartoffeln ein, Kartoffeln, Kartoffeln.

Der Gestank des Bettnässers: Ungefähr zwei Uhr nachts brüllte er und nässte sich ein. Es stank scharf und aufdringlich wie Pferdeharn. Perduzzi fand den Gestank angenehm. Er beroch zitternd vor Lust die harnfeuchten Leintücher und rieb sich dabei. Muzio Perduzzi hatte mit Vorliebe Tiere geschlachtet und ihr warmes Blut getrunken, rohes Fleisch gegessen, in den Eingeweiden gewühlt. In der Beobachtungsstation musste er sich an lebende Regenwürmer und Engerlinge halten, weil er keine Tiere töten durfte. Dafür liess er sich den Harnstrahl pissender Kühe in den Mund spritzen, wobei ihm die Knaben gegen Entgelt zuschauen durften. Perduzzi liess sich mit frischem, heissem Kot bezahlen, welchen er gierig verschlang. Roland konnte anfänglich kaum schlafen, so sehr fürchtete er sich vor Perduzzi.

Nächste Furche.

Mitte August lieferte man den Bettnässer in eine Pflegeanstalt ein. Perduzzi blieb, und Roland musste mit ihm das Zimmer allein teilen, denn man hatte Fritz in einem anderen Schlafraum untergebracht für vier Tage. Die Nächte mit Perduzzi waren lang und voller Grauen. Ein rachitischer Knabe, furchtbar mager, kam als Neuer ins Viererzimmer. Des Knaben rechte Hand fehlte. Man hatte die Hand amputieren müssen, weil der Vater dieses Knaben sie mit einem Hammer traktierte, als er seinen Sohn in

der Scheune sündigen sah. Der rachitische Knabe stiess ein Messer in seines Vaters dicken Bauch.
Nächste Furche: Die Erde ist heiss und trocken. Buddeln, buddeln. Hitze flimmert überm Acker. Wie lange dauert es noch? Heute ist der letzte Tag.

Christian!
Die Erscheinung auf dem Bett. Nein, du, denke nicht daran! Sinke nieder auf den durchwühlten Acker! Beisse in eine faule Kartoffel! Wirf dich unter die Hufe des schweren Pferdes! O des Vergessens tausend funkelnde Lichter im dunklen See. Drehe dich um, und du wirst jene Gebärde der Andacht niemals mehr sehen. Da steht krumm und verwachsen ein laubloser Baum im Nebel. Der Wind trägt die Blätter weg: Sie liegen feucht und zerstampft auf kaltem Asphalt. Wie lange ist es her, seit vier nackte Füsse leise klatschend über warmen Asphalt liefen? Stummer Stein des gewaltigen Domes. Gequälte und verklärte Seelen sich beugend vor der Macht des gerechten Gerichtes. Oder ein Beichtstuhl: Hinter dem grünen Vorhang verborgen erstarrte die Stunde zum durchsichtigen Tropfen der pochenden Wollust.

Nein, denke nicht daran! Nimm Kartoffeln, gib sie in den Korb, bück dich, bück dich, bück dich, nimm Kartoffeln, wirf sie in den Korb!

Nächste Furche.

Bumm bumm bumm an der Tür, bumm bumm bumm. Zwei Polizisten und ein bonbonlutschender Portier drangen ins Zimmer 16 ein. Mitkommen! Mitkommen! Mitkommen!

Nächste Furche.

Der Zug ratata ratata. Leibundgut ist dick und hat eine Glatze. Er riecht aus dem Mund, rülpst dauernd und sagt pardong, wobei er seinen weissen, fleischigen Handrücken vor die roten Lippen hält. Ich bringe Leibundgut um ich bringe Leibundgut um ich bringe Leibundgut um ich bringe Leibundgut um ich bringe Leibundgut um ich bringe Leibundgut um er hasst mich er hasst mich ich töte Leibundgut – – nein, ich will nichts denken, nichts denken, Kartoffeln, nichts denken, Leibundgut ermorden diesen Jugendanwalt, nein, vorbei, morgen kann ich heim! Nach Hause?

Und Ruben?
Ruben!
Ruben

„Steinmann! Buddeln! Buddeln! Buddeln! Du verdammter Faulenzer! Du verfluchter Nichtstuer! Meinst du, du stinkender Affenarsch, weil du morgen verduften kannst, brauchst du nichts mehr zu arbeiten, he?“ Glauser heult, und Roland bückt sich wieder, nimmt Kartoffeln, gibt sie in den Korb; bückt sich nimmt Kartoffeln Korb bückt sich bückt sich bückt sich nimmt Kartoffeln gibt sie in den Korb bückt sich nimmt – nächste Furche. Fritz arbeitet gleichmässig und ruhig. Glauser speit braunen Tabaksaft aus, blickt giftig, die Sonne, nächste Furche.

Warum bist du nicht hier, Christian? Warum bist du nicht hier? Warum kommst du nie? Warum hat man uns getrennt? Die Fragen wurden nachts erstickt im Kopfkissen. Lass uns jemanden töten, Christian!

Lautlos sank während heisser Nächte der Engel auf Roland nieder und nahm Botschaften des Klagenden mit: „Christian! Ich schaue dich in der Nacht! Und ich versinke mit dir im Fluss. Unsere Gedanken rauschen wie fallende Wasser hinter dem Stauwehr. Du wirst auf mich warten. Vergiss mich nicht, Christian! Wir wollen eine Tat vollbringen. Gemeinsam jenen vernichten, der geschickt wurde, uns zu trennen. Ich träumte von

dir, bevor du durch die rote Tür tratest am ersten April dieses Jahres. Ich träumte von der grossen Axt, die an meiner Seite lag; die manchmal über mir drohte; die auf mich niedersank; die mit kalter Schneide zwischen meine Schenkel drang; die mich bedrohte und liebte. Unsere Mütter wissen alles, Christian. Deine Mutter will dich nehmen – sie will mich vernichten; und sie beschwört den Widersacher herauf: Ihr Wahn ist wirksam."
Er heisst Ruben. Er ist der vollkommen Unvollkommene. Dort drüben bückt auch er sich nach Kartoffeln.

Nächste Furche.

Auf dem Acker liegt die Hitze massig, faul und feil. Die Knaben bücken sich nach Kartoffeln. Sie blicken kaum auf, wenn jemand über die Landstrasse geht. Nur Roland schaut jenem jungen Mann nach, der jeden Tag hier vorbeikommt. Der junge Mann lächelt.

Wer ist dieser junge Mann?

Nächste Furche.

Roland hat sich das Rauchen zur Gewohnheit gemacht hier oben. Den Rauch zieht er jetzt tief in die Atemwege ein, und manchmal schmerzen die Lungen. Rauchen ist verboten. Am frühen Morgen streicht feiner Nebel über Felder. Das riecht nach Sehnsucht. Fritz steht immer hinter Roland und schaut mit ihm über die Felder frühmorgens. Sie atmen die frische Luft ein. Der erste Zug rumpelt vorbei: Tärämtämtäm Tärämtämtäm – – auf zwei Tränenschienen rumpelt er, rumpelt fort und rumpelt fort, rämtämtäm tärämtämtäm. Das reisst im Bauch. Wässeriger Kaffee aus dem blechernen Napf, dazu Vierfruchtkonfitüre zum Bauernbrot, das noch warm und feucht ist, knusprig die Rinde: Man kaut's. Spaghetti oder Hörnli oder Makkaroni oder Rösti oder Fleisch zum Mittagessen, oder Brotauflauf oder Kartoffeln oder Nudeln oder Kraut oder Rüben zum Abendessen. Das schlingt man in den Magen, denn hier oben sind alle hungrig, alle hungrig.

Am ersten Tag hatte Roland auf dem Friedhof Wege zu säubern. Er weinte den ganzen Tag. Friedhofwärter nannten ihn die Knaben, und der Name ist ihm geblieben. Einmal kam Besuch. Roland musste auf dem braunen Klavier spielen. Die Delegation höherer Herren sass im guten Saal. Roland hätte etwas Lustiges spielen sollen. Er trug den Gefangenenchor aus Nabucco in Fis-dur vor. Herr Walcher kriegte Atemnot: aber den höheren Herren gefiel's.

Nächste Furche.

Fritz beschützte Roland. Der Hüne war ihm ergeben; und Roland erzählte ihm die Odyssee. Einmal, als Roland die Geschichte von Dädalus und Ikarus erzählt hatte, fand man unter Fritzens Kopfkissen Hühnerfedern. Fritz kann nur Roland verstehen: er liest alles von den Lippen ab; denn Fritz ist taubstumm.
Drei Tage vor dem Erhängungstod wurde Perduzzi von Glauser im Kuhstall ertappt. Perduzzi trieb es dort wie der Zuchtstier. Perduzzi sprach nur noch von Ruben, bevor er sich erhängte.

„Pause!"

Glauser spuckt Tabaksaft und bläst in seine Trillerpfeife. Die Knaben lassen sich auf die Erde fallen. Roland betastet die Erde. Er hasst sie. Die Erde bringt ihm Unglück. Wie Tiere liegen die Knaben. Wie Kühe liegen sie. Der kühle Tee, mit Kellen geschöpft aus grossen Kübeln, erfrischt.

Ruben liegt abseits.

Die Kirchenuhr schlägt vier. Fritz liegt neben Roland. Sie kauen Brot: langsam, bis es zur Flüssigkeit wird; so löscht's unsern täglichen Durst. Senkt Eure Häupter, Ihr Herren: betet die Knaben an, die Ihr verurteilt! In Zuchthäusern und Erziehungsanstalten wachsen die roten Rosen. Über uns wölbt sich ein gewaltiger Himmel.

Roland war Ruben im schmutzigen Korridor begegnet, an dessen Wänden Röhren entlangführen, in denen es rauscht und gurgelt. Ruben stand lauernd still, als er Roland zum ersten Mal sah. Mit nackten Oberkörpern standen sie sich gegenüber.
Rubens Haare wuchsen dicht und vollkommen schwarz. Die anthrazitglänzenden Augen starrten. Rubens Haut war zwiebelfarben. Mit nacktem Oberkörper lauerte er. Das Handtuch hing über dem rechten Arm. Mit der geballten Linken umkrallte er die Zahnbürste. Barfüssig schlich Ruben näher. Die schwarzen Augen glitzerten. Er entblösste seine weissen, spitzen Zähne. Ohne die Zahnbürste fallen zu lassen, schlug Ruben seine Faust gegen Rolands Magengrube. Roland stöhnte leise. Als er die Augen wieder öffnete, war Ruben verschwunden. Roland ging in sein Zimmer. Er warf sich stumm auf das Bett. Der kleine graue Mann drückte ihm eine Sicherheitsnadel auf die Brust. Der Glasharfenton sang durchdringend. Roland wand sich unter dem Druck und wimmerte. Erwachend schnellte er hoch. Perduzzi hing nackt am Fensterkreuz. Zum erstenmal heulte Roland, langgezogen und furchtbar, als er sah, wie Perduzzi hing: nackt, blau das Gesicht, schlaff der Körper, aufgerichtet das starre Glied.

„Aufstehen!"
Roland bückt sich, nimmt Kartoffeln, gibt sie in den Korb. Bückt sich. Nimmt Kartoffeln. Gibt sie in den Korb. Bückt sich nimmt Kartoffeln gibt sie in den Korb bückt sich nimmt Kartoffeln nimmt Kartoffeln Kartoffeln – nächste Furche.
Gewölk türmt sich auf. Die Hitze lastet schwerer. Der Gaul trampt. Fritz führt seine Bewegungen ruhig und gleichmässig

aus. Der Psychiater Servais kommt einherspaziert und schielt zähneknirschend auf die arbeitenden Knaben. Glauser schickt einen Strahl Tabaksaft in die Hitze. Er stampft zu Servais.

Nächste Furche.

Nie sprach Roland mit Ruben, nie. Aber beide standen jeden Abend im schmutzigen Korridor und belauerten sich stumm. Rubens nackter Oberkörper schimmerte zwiebelfarben. Gelbe Augen und schwarze Augen starrten einander an.

Nächste Furche.

Alles rollt mechanisch ab: man denkt nicht viel, ist nur auf eigenen Vorteil bedacht. Aber man lebt zu dicht nebeneinander. Die Geheimnisse sind schwer zu hüten. Und die Körper sind ohne Geheimnis: das Waschen im Waschraum verbirgt nichts; krumme Rücken, grade Rücken, makellose Rücken, verkrüppelte Rücken, ein schöner Rücken kann auch entzücken, oder Morgenstund ist aller Laster Anfang. Schmale Schultern, breite Schultern, haarlose Brüste, behaarte Brüste. Hier gellen ungebrochene Stimmen, und man sieht unentwickelte Knaben mit mageren Beinen. Heimliches Geflüster. Verborgenes Betasten. Lüsternes Kichern über aufgeilenden Fotografien: sie gehören zum Inventar. Jeden Samstag wird geduscht. Die nackten Körper stehen eng beieinander. Das Wasser rieselt langsam. Servais beobachtet die Knaben zähneknirschend, wenn sie unter der Brause stehen. Jeden Abend wird das Licht um dieselbe Zeit gelöscht. Die Stille dauert etwa eine Stunde. Dann erhebt sich das Flüstern und Wispern in der Nacht und gipfelt in wilden Spielen. Und der Schlaf endlich: er presst nieder, dieser Qualschlaf, aus dem man so bedrückt erwacht. Und man träumt Träume, die der schielende Servais niemals erfährt, der doch so erpicht ist auf Knabenträume, Zöglingsträume, Angstträume, Wunschträume, Nassträume, Trokkenträume. Das Schicksal teilt man sich mit, ohne viel Worte:

Zwei Sätze und ein Kuss. Man lehrt einander Vorteile: wie man es anstellt, Schlösser zu öffnen; zu erpressen; zu vergewaltigen; aus den Taschen zu stehlen; zu erwürgen; Handkantenschläge gegen die Oberlippe und den Adamsapfel zu verabfolgen; anzugreifen mit ausgestreckten Zeige- und Mittelfingern, die man dem Gegner in die Augen stösst; mit dem Messer zwischen die geeigneten Rippen zu stechen; Zigaretten zu drehen; andere Sachen zu drehen; auf den Strich zu gehen; Angst einzujagen; vom fahrenden Zug zu springen; Automaten zu knacken; Glas geräuschlos zu durchbrechen; den Schlagring zu handhaben; abzulenken zwecks bandenmässigen Überfalls; man lernt alles hier oben.

Nächste Furche.

Der Acker ist zerstampft. Die Kartoffeln sind geerntet. Das Pferd zieht den schweren Wagen.
„Abmarsch!"

Anderntags durfte Roland sein schäbiges Köfferchen packen. Im schmutzigen Korridor wartete Ruben. Sein dunkles Gesicht war marmorn. Rolands Angst wuchs, als Ruben flüsterte: „Wir werden uns wiedersehen."
Roland drehte sich nicht um, als er auf der Landstrasse stehend die Freiheit roch.

IV

Als das Morgengrauen bleiern in den schmutzigen Hof rann und die Stille furchtbar war, erhob sich Roland und trat zum Bett seines Freundes. Christian lag still. Leise hob und senkte sich die Brust. Jetzt atmete Friede im blassen Gesicht. Doch einen Tag, zwei Tage, drei Tage war Christian krank gelegen, einen vierten Tag, einen fünften, einen sechsten, siebenten, achten, neunten und zehnten; einen elften und einen zwölften Tag stöhnte Christian im Fieber.
Der dreizehnte Tag brach an. Roland berührte die Stirn seines Freundes. „Lächle“, bat er den Schlafenden: „Lächle!“ Und nach einer Weile: „Du wirst mit mir gehen.“
Christians Mutter, die Rolands Anwesenheit in der Wohnung des Erdgeschosses dulden musste, schlief erschöpft in ihrem Zimmer.
Am Tage des Wiedersehens war die Freude gross gewesen: Roland kam von der Beobachtungsstation und überquerte die Brücke. Weit unten floss der flaschengrüne Fluss. Mitten auf der Brücke begegneten sich Roland und Christian. Sie reichten einander stumm die Hände. Vier Füsse gingen über grauen Asphalt. Sie standen im schmutzigen Hof, der zerrissen wurde von einer Regenrinne. Schief und hoch wankte die nach faulen Bananen stinkende Harassenbeige. Rostig lief das Abflussrohr der Dachtraufrinne empor. Sie traten durch die rote Tür. Im Treppenhaus

roch es nach Kohl und Urin. Roland und Christian stiegen die Treppe hinauf. Die zweitoberste Stufe wackelte. Bei Steinmanns feierten sie Wiedersehen. Entschlossen setzte sich Roland ans Klavier und spielte 'Les adieux' von Beethoven. *Das Lebewohl*: adagio; *Abwesenheit*: andante espressivo, in gehender Bewegung, doch mit viel Ausdruck; *Das Wiedersehen*: vivacissamente, in lebhaftestem Zeitmasse.
Christian lauschte; und Roland wusste, dass er diese Sonate nie wieder spielen würde.
Rolands Mutter kehrte von der Arbeit heim. „Da bist du ja wieder. Du bist gewachsen." Sie kochte den Knaben ein Essen. Ihre Hände ruhten auf dem Schoss, als sie zuschaute, wie die Freunde assen.
Bis tief in die Nacht wanderten Roland und Christian durch die Wälder in der Umgebung der Stadt. Sie waren betäubt vor Glück. Als sie zurückkehrten, stand Christians Mutter unter der Tür. Ihre Augen waren verglast, und in den Mundwinkeln klebte trokkener, gipsweisser Speichel. Nur ein Wort hatte sie gesprochen: „Verführer."
Im Zimmer packte Roland endlich sein Köfferchen aus. Zuoberst lag ein Zettel, auf dem stand: KOMM ZU MIR, WIR WOLLEN UNS HASSEN. RUBEN AMBAR. Roland zerriss das weisse Papier in kleine, kleinere und immer kleinere Schnitzel, die er aus dem Fenster warf.
Am folgenden Tag war er ratlos. Er irrte in der Stadt umher, während Christian im Gymnasium war. Rolands Beine schmerzten. Er stand vor dem Jüngsten Gericht des Domes. Er drang in das steinerne Gewölbe ein und lehnte an einer Säule. Ihre kalte Gebärde flösste ihm Andacht und Furcht ein.
Plötzlich wusste Roland, dass er nicht allein war. Er lauschte, aber vernahm keinen Laut. Das Drohen jedoch musste hinter einer grauen Säule lauern. Die Anwesenheit des Fremden rauschte im Blut und pochte in den Schläfen. Mit beiden Handflächen befühlte Roland die Säule. Langsam löste er sich und wagte einige Schritte ins Mittelschiff zu tun. Doch er konnte den

unsichtbar Lauernden nicht entdecken. Seine Beine waren schwer geworden. Langsam verschob sich der grüne Vorhang des Beichtstuhles, in dem Roland und Christian sich versteckt hatten am siebenten Juli. Heraus trat Ruben und stand still. Roland wollte fliehen. Rubens schwarze Augen glänzten. Roland fragte: „Was willst du von mir?"
Die harte Stimme drang wie ein klirrender Meissel in granitnen Grund und hinterliess kalt und gleissend ein meneh meneh tekel u pharsin: „Ich will dich!"
Rolands Blut stürzte heiss in den Schoss. Ruben verliess unhörbar den Dom. Roland, der wieder gehen konnte, eilte ihm nach; aber Ruben war verschwunden.
Auf der Brücke wartete Christian. Sie beschlossen, Ruben aufzulauern und zu bekämpfen. Roland erzählte von der Beobachtungsstation: wie er vor Ruben gestanden im schmutzigen Korridor, dass Ruben ihm die Faust gegen die Magengrube geschlagen, dass Ruben jenen Zettel geschrieben und im Dom gewartet hatte. Sie eilten durch die Stadt und suchten Ruben. „Er will etwas", sagte Roland, als er mit Christian die hölzerne Treppe zum Dom emporstieg, „er will etwas!"
„Wir müssen ihn finden", sagte Roland, „und wir müssen ihn unschädlich machen!" Abermals gingen sie die hölzerne Treppe hinunter zum Fluss. Jetzt sahen sie Ruben: Er lehnte, die Arme verschränkt, am alten Baum.
Drohend ballten Christian und Roland die Fäuste und standen vor Ruben, der ausholte und Christians Wange zerkratzte. Entsetzt flohen die Freunde, und Ruben lachte durchdringend laut.
Unterdessen war es heller geworden im Zimmer. Christian schlief unruhig. Auf seiner Wange verblassten die fünf Kratzmale Rubens.
Am Morgen nach dem nächtlichen Kampf mit Ruben war Christian krank geworden. Am Abend sagte er: „Du bist erst seit drei Tagen zurück, Roland, und ich weiss, dass ich krank war. Mir hat so furchtbar geträumt letzte Nacht:

Ruben stürzte auf mich nieder. Er verwandelte sich in einen Adler und packte mich mit den scharfen Krallen. Dann flog er mit mir hoch in die Luft, weit empor, vier Stunden hoch. Der Adler Ruben sprach zu mir: 'Schau das Land, und schau das Meer! Sage mir, was du siehst!' Ich schaute und musste sagen, ich sähe das Land wie einen Mehlbrei und das Meer darin wie trübes Rinnsal. Noch höher trug mich der Adler, dann liess er mich fallen."

Roland sah den Freund an, er befühlte die Stirne; sie war heiss. „Leg dich hin, Christian! Du hast Fieber."

Roland blieb bei ihm, obwohl Christians Mutter ein böses Gesicht machte. Roland fürchtete sich nicht. Er schlief beim Freund, und er wachte beim Freund. In dunkler Nacht redete Christian irre: „Er fasst mich an! Schau, Roland, die dunklen Augen! Er holt mich wieder. Er will mich ganz. Er führt mich in die zerfallene Stadt. Er schleppt mich in einen finsteren Saal. Hier gibt es nichts zu essen. Hier ist Staub Nahrung, Lehm und Dreck. Das Haus des Erdstaubs. Roland! Roland! Roland!"

Da liegt Christian einen Tag, einen zweiten Tag. Der Tod schleicht ins Zimmer. Einen dritten, einen vierten Tag, einen fünften, sechsten, siebenten, einen achten, neunten und zehnten. Christians K.ankheit wird schlimmer. Einen elften und zwölften Tag liegt er da.

Der dreizehnte Tag bricht an. Roland flüstert abermals: „Lächle! Lächle! Du wirst mit mir gehen."

Eine Stunde lang sass Roland schweigend am Bett seines Freundes. Die Kälte drang ins Zimmer, so leise, wie damals während der Nacht des siebenten Juli Roland in dieses Zimmer eingedrungen war. Christian lag vor ihm wie in jener Nacht; aber jetzt war es kalt im Zimmer. Christian atmete nicht mehr. Auch als Roland auf dem Freund lag, bewegte sich Christian nicht. Roland wimmerte vor Schmerz. Er versuchte die Kälte des toten Freundes mit der eigenen Körperwärme zu besiegen. Er küsste Christians kühle Lippen.

Roland wich zurück in die Ecke. Stumm war sein Mund aufgerissen. Ohnmächtig versank er in einem Trauertraum:
Der kleine graue Mann presste Roland nieder und stach ihm mit einer Sicherheitsnadel in die Brust. Durchdringend sang der Glasharfenton. Das Mondlicht schimmerte wie grützige Milch auf hölzernem Boden. Als der kleine graue Mann wich, stieg Roland aus dem Fenster, umkrallte das rostige Rohr der Dachtraufrinne und kletterte hinunter in den grauen Hof. Christians Fenster war vermauert. Roland wollte schreien, doch die Stimme erlosch wie eine Kerzenflamme im dunklen Mund. Der schwarze Asphalt brannte unter den nackten Füssen, als Roland ins Gymnasium lief. Vor dem grünen Schrank stand er, und er zerschmetterte die Füllung mit der Axt. Seine Finger suchten in der grünen Gitterkasse und fanden das Geschlecht Christians, welches in seine Hand wuchs und hart wurde. Stöhnend schreckte Roland zurück. Der Stift stand hinter ihm. Sein Adamsapfel war gross wie eine Melone. Der Daumen, den er Roland entgegenstreckte, verdorrte und fiel zu Boden wie ein abgestorbener Ast. Stift zischte: „Voleur!" Roland floh aus dem Schulzimmer, lief und lief tagelang über die Steppe, durch Gassen, steinerne Gassen, lief manche Stunde weit und lief und lief, bis er vorm Jüngsten Gericht stand. Er betrat den Dom und schlüpfte in den Beichtstuhl. Aber auch hier fand er Christian nicht. Nur eine rote und eine blaue Badehose lagen auf dem Samt. Vorm Hochaltar stand Christians Mutter. Sie war nackt. Ihre Augen waren erloschen. Roland kehrte um und lief zwischen den Schienen. Das rote Schlusslicht des Eisenbahnwagens blinkte. Der Bahnhof war eingestürzt, eine blutende Ruine. Und die Stadt versank im dunklen See. Tausend Lichter erloschen zischend im schwarzen Wasser. Der Portier zerbiss krachend Glassplitter, und er überreichte Roland einen Phallus, mit dem er die Tür zu Zimmer 16 öffnete. Auf dem Bett stand Christian mit verwüstetem Körper. Sein Geschlecht war ausgerissen. Der Phallus in Rolands Hand zuckte wie ein schlüpfriger Fisch, schnellte schleimig aus der Hand und zappelte auf dem Fussbo-

den. Roland jagte ihm nach, wollte ihn greifen oder zertreten, aber er wurde von zwei Polizisten zurückgehalten; sie schleppten ihn vor Leibundgut, der dick und rülpsend auf dem Thron sass. Auf purpurner Glatze glänzte die goldene Krone. Um die Schultern hing ein scharlachroter, hermelingesäumter Mantel. In der dicken weissen Hand drohte das Szepter, mit dem König Leibundgut auf Roland einschlug. Das Rülpsen dröhnte wie ein Donnerschlag, und die Gewalt des stinkenden Atems, der aus dem gähnenden Schlund drang, blies Roland in die Beobachtungsstation, wo ihn Servais einsperrte zum erhängten Perduzzi, aus dessen Bauchnabel der Rabe Wladimir kroch, der krächzend gegen Roland anflog und ihm die blutenden Augen auspickte. Im Korridor wartete Ruben, mit der Zahnbürste bewaffnet. Sein olivgrüner Oberkörper glänzte fettig. Rubens Kopf begann sich zu spalten. Die beiden Hälften des Kopfes brachen entzwei, und das eiskalte Blut schoss hoch, die weisse Schlange umspülend, die aus dem Rumpf kroch und Roland verfolgte. Und er lief, und er lief in den grauen Hof. Er pochte mit verfaulenden Fäusten gegen das zugemauerte Fenster Christians. Jetzt hing Roland am rostigen Abflussrohr. Er sah sich unten und rief: „Roland! Du bist ich!“ Und er liess sich fallen. Doch der Abstand zwischen Roland und Roland wurde nicht kleiner.

V

Roland trauerte um Christian. Er sass lange Zeit im Zimmer, ohne sich zu rühren und starrte in den grauen Hof. Später jagte ihn der Dämon über kalten und nassen Asphalt in verborgene Winkel, Kellergewölbe, enge Schnapsbuden, über Rummelplätze, und das Mosaik wirbelte wild: Schneestürme, Getöse, Lärm, Leuchtreklamen, Tränenschnaps, Gesässe, hautenge Hosen, Blechpissoirs, Lust, Gestank, Fausthiebe, Schnäpse, Schminke, Strichjungen. Jüngstes Gericht, Korridore, Warenhäuser, Parkanlagen, Bahnhöfe.

Er betäubte sich, wenn er in der engen Spelunke 'Zur blauen Laterne' sass, wo er den Schnaps kennenlernte: wasserklaren Kartoffelschnaps, nächste Furche. Er umklammerte das Schnapsglas. Die Mutter bangte um ihren Sohn, und der trinkende Vater hiess Roland während eines Wutanfalles die Wohnung sofort zu verlassen.

Roland war in sein Zimmer gegangen und hatte das schäbige Köfferchen gepackt. Er nahm auch seine wenigen Bücher mit, die er dem Antiquar Fuchs verkaufen wollte. Ohne Abschied verliess er die Wohnung und schlug die Tür zu. Die zweitoberste Stufe wackelte, und er stolperte im grauen Hof über die Regenrinne. Zwei Mädchen in Schürzen und Pullovern streckten ihm ihre roten Zungen entgegen und flohen in den gegenüberliegenden Hausgang. Mit hölzernem Brettchen jagte ein Knabe un-

unterbrochen ein weisses Plastikbällchen in die Höhe. Der Knabe zählte laut. Roland stiess an die schiefe Harassenbeige und sah sich nach dem spielenden Knaben um. Dann lief er zum Rathausantiquar Fuchs.
„Ich habe hier“, sagte Roland unsicher im düsteren Gewölbe des Antiquars, „einige Bücher zu verkaufen.“
Der Antiquar prüfte die Bücher. Er legte den Kopf auf die spitzige Schulter und zupfte sich am fuchsroten Bocksbart. „Hm. Schlechte Bücher, miese Bücher. Ich habe gesehen viele Bücher schon in Prag an der Karlova: schöne Bücher, bittschön, prosim! Ich hab noch nie so miese Bücher gesehen. Wieviel?“
„Fünfzig Franken für alle.“
„Bitt schön, Sie ermorden mich!“ Lauernd: „Acht?“
„Fünfzig Franken für alle!“
„He? Acht! Sonst ich kann die Bücher nicht nehmen.“
„Ich will dreissig Franken!“
„Ich bezahle Ihnen zehn gute, zehn harte, zehn runde, zehn blanke, zehn teure Franken!“
Roland streckte die Hand hin. Der kleine graue Mann zahlte.
„Junger Mann, zehn Franken für miese Bücher sind zehn Franken zu viel. Ich schenke Ihnen zehn Franken!“
Roland steckte das Geld ein und verliess das Gewölbe.
Er stellte sein Köfferchen in ein Schliessfach am Bahnhof. Dann irrte er durch die Stadt, ging am Rathaus vorbei und bog in die krumme Gasse ein. Hier krochen die Häuser ineinander, als frören sie. Das Katzenkopfpflaster war holprig und löchrig. Roland trat in die Spelunke und trank Kartoffelschnaps, nächste Furche.
Tief in der Nacht wankte er durch die krumme Gasse. Die Häuser wuchsen schief empor, ineinander verkrallt und verschachtelt. Die Gässchen waren so eng, dass man mit ausgestreckten Händen beide schwarze Häuserfronten berühren konnte. Dunkle Münder die Hauseingänge. Der Rausch beglückte Roland. Er rollte sich auf dem Pflaster zusammen, um zu schlafen. Aber eine junge Frau beugte sich über ihn und zog ihn hoch und nahm ihn

mit in eine Mansarde. Dort schlief Roland seinen Rausch aus. Am Morgen hatte er ein schlechtes Gewissen und wollte fliehen. Aber die junge Frau stand vor dem Bett und sagte: „Ich heisse Maria."
„Ich heisse Roland."

Roland hatte sein Köfferchen abgeholt und blieb bei Maria. Sie ernährte ihn bis Weihnachten.
Am Heiligen Abend lief Roland vor die Stadt. Als ihn niemand sah, umarmte er eine Pappel und ass Schnee. Später ging er mutlos der Stadt entgegen. Seine Hände brannten. Er drang in die Altstadt ein. Weihnachtssterne, die über Strassenlaternen gestülpt waren, verbreiteten ein diffuses Licht. Roland hielt inne vor dem Dom und starrte zum Jüngsten Gericht hinauf. Er umklammerte zwei Eisenstäbe des Tores. Mit gekrümmtem Rücken, hustend, überquerte er den Rathausplatz. In der krummen Gasse zögerte er und lauschte. Stille Nacht, Heilige Nacht. Eine dünne Kinderstimme sang das Lied. Sein Gesicht wurde heiss. Roland zögerte vor der Spelunke, dann fuhr er sich mit dem Handrücken über die blasse Stirn und trat entschlossen durch die Tür. Kartoffelschnaps, wasserklarer Kartoffelschnaps, nächste Furche.
Er vergrub den Kopf in seinen Armen. Frau Wirtin hinter der Theke schüttelte die Löcklein. Der letzte Gast verliess die 'Blaue Laterne'. Frau Wirtin schlurfte zu Roland und seufzte. Er schaute nicht auf und murmelte: „Frau Wirtin hatte auch 'nen Gast, der war ein fauler Ast. Der Gast heisst Roland nur und wohnt bei einer Hur. Prächtiger Vers, nicht wahr? Lasset uns lachen, oremus! Im Schnee liebte ich die einsame Pappel. Am liebsten wäre ich erfroren. Sagen Sie mal: kann man jemanden so verfluchen, dass er stirbt, der vom Fluch Betroffene?" Roland schaute hoch. Seine Augen blickten trübe.
Die Wirtin stand auf und ging hinter die Theke. Sie sagte unwillig: „Eigentlich wollte ich das Geschäft schliessen, denn es ist Heiliger Abend."

„Noch einen Tränenschnaps!"
„Gut. Aber nur noch einen. Ihr sauft zu viel, Roland. Und wenn Ihr besoffen seid, dann erzählt Ihr Eure traurigen Geschichten."
Sie brachte ihm den Kartoffelschnaps. Roland trank gierig. Er schüttelte sich und begann: „Traurige Geschichten? Also keine traurigen Geschichten! Alle herhören: Humoreske in Des-hur für eine Flöte und ein Strichinstrument mit obligatem Bass, der die Horizontale stützt. O Tannenbaum, O Tannenbaum, wie grün sind deine Gäste! Engführung: die Linien kreuzen sich. Dann ein Sexakkord, und das Strichinstrument stöhnt eine Kadenz. Mit vorhaltartigem Charakter beginnt die Engführung. Es folgt eine Variation in kleinen Sekunden. Dann der Wechsel: Sprungweise. Die rhythmisch straffe Sequenz stösst im Zweizweiteltakt zu, und endlich die Erlösung als Trugschluss zieht eine Mischung nach sich: äolisches und harmonisches Moll – etwas Molliges. Dann ein übermässiger Klang, und bei fortschreitender Harmonik stöhnt der Bass einen Orgelpunkt, bis sich das Ganze auflöst. So sehe ich's bei Maria Pedroni. Sie spart für einen Gemüseladen, wissen Sie es, Frau Wirtin? Ich lag in der Gosse, und Maria nahm mich auf. Waren Sie schon in der Mansarde? Noch nie? Und Sie halten ihr Kunden zu, ohne zu wissen, wie's in der Mansarde aussieht? Ich wohne im Kämmerchen nebenan. Niemand würde dort das Kämmerchen vermuten, denn die Tür zu ihm sieht aus wie eine Schranktür, ohne Falle, nur mit einem Schlüssel versehen. Ich liege unter blutroten Ziegeln. Haardünne Eiszäpfchen wachsen in meinen Mund. Ich schaue durchs Schlüsselloch, und ich schaue zu, wie es die Männer treiben mit Maria. Roland Steinmann, stud. hur."
Roland stand auf und verliess leise schwankend die Spelunke. Nebenan wohnte Maria. Er stieg die Treppe empor zur Mansarde. Vor der Tür blieb er stehen. Er hustete und trat ein.
„Du bist betrunken, Roland! Willst du essen? Ich habe noch Chianti, Salami, Coppa, Mortadella, Spaghetti, Datteln und Mandarinen. Wir zünden Kerzen an und halten ein Tannen-

zweiglein darüber, o das riecht!" Sie spielte mit der Kordel ihres Morgenrockes. An ihrer Unterlippe hing eine brennende Zigarette. Heiser fragte sie: „Bist du krank?"

„Nein. Ich bin nur nutzlos, nicht krank. Tränenschnaps habe ich getrunken, wasserklaren Kartoffelschnaps – Kartoffeln, die ich hinter Fritz zusammenlas, Fritz, der ruhig und gleichmässig gearbeitet hatte. Er strahlte, als Perduzzi am Fensterkreuz hing. Die nackte Leiche am Fensterkreuz, haha! Guter Titel, was? Oder: Der hängende Tierschänder. Oder: Das Holzauge des Strangulierten. Oder: Der Alraunwurzelsämann."

Maria sah die Tränen in Rolands Augen und zündete eine Kerze an. Sie sagte leise: „Ich will dir helfen, Roland. Du darfst dich doch nicht so fallen lassen."

„Helfen? Ich hasse es, wenn man mir hilft. Du willst wohl mich, was? Meinen Körper kriegst du nicht! Ich bin dein Zuhälter, das genügt vollkommen! Und ich verbrauche das Geld nicht! Helfen! Helfen! Niemand soll mir helfen! Ich weiss mir selber zu helfen! Ich will frei sein. Ich lebe, wo ich will – auf der Strasse, in diesen engen Gässchen der Stadt, in den Spelunken. Erker, Winkelchen, Türmchen, Hinterhöfe und ein gotischer Dom. Wir sind ausgespuckt. In der Beobachtungsstation machten sie mich zur Sau. Sie pressten mich aus wie eine Zitrone."

Roland setzte sich auf den Stuhl. Maria sagte mit tiefer Stimme: „Du darfst nicht traurig sein, Roland. Ich will nichts von dir. Aber ich konnte dich doch nicht liegenlassen! Man hätte dich sonst eingesperrt. In diesem Land ist es ein Verbrechen, auf der Strasse zu liegen. Das weisst du doch gut genug. Du bist so verschlossen. Ich weiss: dein Freund ist gestorben; aber er hiess doch Christian! Warum schreist du im Schlaf denn immer jenen sonderbaren Namen?"

„Welchen Namen?"

„Ruben."

„Ach, du weisst nichts, Maria. Warum soll ich dir meine Geschichte erzählen? Sie ist belanglos. Aber ich bin zerstört, ich bin zerstört. Nein, ich weiss nichts von Ruben. Was soll ich sagen?

Christian und seine verwitwete Mutter zogen ins graue Haus. Am ersten April traf ich Christian im stinkenden Treppenhaus. Wir begrüssten uns und begannen zu sprechen. Es stellte sich heraus, dass Christian künftig mit mir die gleiche Klasse des Gymnasiums besuchen sollte. Gemeinsam gingen wir zur Schule. Wir sassen zusammen. Wie soll ich es sagen? Wir gefielen einander. Ich entdeckte, dass Christian mein Freund war. Ja, wir wurden Freunde. Ich gestand Christian, dass ich Musiker werden wollte. Ich spielte ihm jeden Tag auf dem Klavier vor. Ivar Kissling, mein Musiklehrer, vermochte seine Freude nicht zu verbergen, weil ich abermals Fortschritte machte. Niemand konnte so zuhören wie Christian. Ich verrate dir ein Geheimnis, Maria, du musst es wissen. Aber wie kann ich es sagen? Es gelingt mir kaum, das Schöne zu denken. Wie sollte ich Worte finden? Weisst du, nach einigen Wochen, Ende Mai, während des Maibummels, geschah es. Wir gingen weit hinter den anderen Schülern her im Wald, wo der Waldmeister herb duftete und Sonnenstrahlen in den Wipfeln schimmerten. Da blieb Christian stehen und sagte: 'Ich kann kaum atmen!' Ich wusste keine Antwort. Ich schämte mich. Was hätte ich sagen sollen? Christian fuhr zögernd fort: 'Ich möchte dir schon lange etwas sagen!' Wenn du wüsstest, Maria, wie mein Herz rasend zu pochen begann und sich, es klingt so banal und abgeleiert, meine Kehle zusammenschnürte, als ob mich jemand zärtlich würgte, weil ich wusste, was mir Christian sagen wollte, obwohl ich nicht daran zu glauben wagte. Wir standen voreinander. Christian quirlte einen kleinen, trockenen Zweig zwischen Daumen und Zeigefinger und blickte auf den feuchten, dunklen Waldboden. Plötzlich liess er den Zweig fallen und rannte davon. Ich blieb stehen. Äste knackten unter Christians Füssen. Der Wald war erfüllt vom Insektensummen. Ich lief Christian nach, der sich zu Boden geworfen hatte. Er sagte lachend: 'Hier ist es schön!' Ich wusste, dass ich alles opferte und alles hingab, als ich sagte: 'Du bist schön!' Er setzte sich auf und schaute mich benommen an. Ich stand vor ihm und sah seine schwarzen Haare. Er reichte mir die Hand, damit ich ihm aufhülfe. Wir hörten die rufenden Stimmen der anderen Schüler, die in der Nähe rasteten. Und Christian konnte mir nicht gestehen, was er hatte sagen sollen. Die Spannung knisterte zwischen uns. Unter dem Pult, anderntags, berührten sich, es geschah während der Lateinstunde beim ledernen Heiland, zufällig unsere Schenkel. Wir zuckten nicht zurück. Mir wurde schwindlig vor Lust. Kurz danach, im Juni, spielte ich an einem Samstagnachmittag Christian auf dem Klavier das Italienische Konzert von Bach vor. Als ich das Klavier schloss, sagte Christian: 'Es war so schön wie auf dem Maibummel.' Ich nickte, und mein Herz begann wieder zu klopfen wie im Wald. Nach kurzem Schweigen fragte Christian: 'Bist du mein Freund?' Abermals nickte ich. 'Dann wollen wir Blut tauschen', schlug Christian vor. Wir gingen in den Estrich, wo früher ein alter Mann, Kovacewskj hiess er, einige Jahre gewohnt hatte. Dort entblössten wir unsere Oberkörper, schnitten uns mit einem scharfen Messer unter die linke Brustwarze und pressten die Körper aneinander. Es war ein angenehmer Schmerz. Aber wir erbleichten, und wir atmeten schwer. 'Das ist noch gar nichts', flüsterte Christian. Meine Knie zitterten. Das Gebälk knackte. Die Hitze unter den Ziegeln war dick wie dampfender Haferbrei. Die Oberkörper waren blutverschmiert. Wir hielten beide den Atem an, und vor Aufregung und Erhitzung röteten sich unsere Gesichter. Nur das Gebälk knackte, sonst hörte man keinen Laut. Wir standen nahe voreinander. Schwer hingen unsere Hände an den Armen. 'Wollen wir?' flüsterte ich und schluckte leer. Die Wunde unter der Brustwarze juckte. Stumm berührten wir uns. Warum erzähle ich dir dieses Erlebnis? Es fällt mir schwer, das Folgende zu sagen. Es ist, als läge die Vergangenheit unter einem schwarzen Tuch. Dieses Tuch möchte ich wegreissen. Ja – wie war es? Wir schrieben uns Briefe, wir schmiedeten Fluchtpläne. Glaube nicht, dass wir masslos waren. Heute würde ich es sein. Wir waren scheu. Erst während der Nacht des siebenten Juli wiederholten wir, was im Estrich geschehen war. Ich kletterte am rostigen Abflussrohr der Dachtraufrinne entlang hinunter und drang in Christians Zim-

mer ein. Mir hatte schlecht geträumt. Am Nachmittag hatte ich Christian gesagt, dass ich das Schulreisegeld stehlen wolle. Er war einverstanden. Aber ich konnte nicht schlafen. Es war eine heisse Nacht. Wir badeten im Fluss. Schwimmend tauschten wir unsere Badehosen. Am Morgen stahl ich das Schulreisegeld. Die Schuld verkettete uns. Erst jetzt wurden wir masslos. Wir versteckten uns im Beichtstuhl. Dann flohen wir. Christian aber war traurig: seine Mutter hatte sich ihm nackt gezeigt mit einer vollkommen wahnsinnigen Absicht. Ich vermochte Christian nicht zu trösten. Wir begingen den Fehler, in einem Hotel zu übernachten. Nach einigen Stunden wurden wir verhaftet. Mich steckte man in die Beobachtungsstation, wo ich Ruben kennenlernte."
„Warum war Ruben dort?"
„Ich habe keine Ahnung. Ruben wurde am selben Tag wie ich entlassen. Er verfolgte mich. Er will etwas von mir. Er schrieb mir einen Zettel, den ich in meinem Köfferchen fand: Komm zu mir, wir wollen uns hassen. Was soll ich tun, Maria? Am Nachmittag traf ich Ruben im Dom. Er sagte: 'Ich will dich!' Ich konnte mich nicht bewegen. Mit Christian beschloss ich, Ruben zu suchen, um ihn unschädlich zu machen."
„Was ist geschehen?"
„Wir vermochten nichts gegen ihn. Er zerkratzte Christian mit allen fünf Nägeln die Wange. Und dann lachte er gellend unten am Fluss. Tags darauf wurde Christian krank. Nach vierzehn Tagen war er tot."
Roland weinte ohne Hemmung. Er weinte laut und masslos, steigerte sich, und endlich heulte er nur noch: ein langgezogenes Heulen. Maria bohrte ihre Zeigefinger in die Ohren. „Hör auf, hör auf!"
Rolands Gesicht war weiss und entstellt. Er wand sich in einem Hustenanfall, hustete und hustete und heulte. Erst als Maria ihn ohrfeigte und an den Haaren riss, beruhigte er sich.
Nach einer Stunde beschlossen sie, in die Mitternachtsmesse zu gehen. Roland zog seinen rotgefütterten Regenmantel an und sagte vor dem Dom: „Vielleicht wird Herr Vikar Benoit predigen.

Er dirigierte die Chorbuben. Ich sang sieben Jahre lang als Chorbub im Dom. Vikar Benoit hatte mich lieb."
„Solltest du ihm nicht alles erzählen, Roland? Priester wissen manchmal einen Rat."
„Nein. Niemand soll etwas wissen – höchstens Ivar Kissling. Ja, morgen, am Weihnachtstag werde ich Kissling besuchen; denn er hat mich auch einmal besucht in der Beobachtungsstation. Zwei Monate lang sah ich ihn nicht. Kissling weiss viel und ahnt noch mehr. Er ist der einzige, dem ich vertrauen kann. Du wirst seine Messe in h-moll hören, die man alle Jahre während der Mitternachtsmesse aufführt im Dom. Kissling wird selbst dirigieren."
Maria und Roland betraten den Dom. Sie setzten sich neben den Beichtstuhl. Das levitierte Hochamt begann. Roland sah nicht vom Beichtstuhl weg. Er stellte sich vor, wie es wäre, wenn Christian jetzt den Vorhang beiseite schöbe und hinausträte. Im selben Augenblick, als Vikar Benoit die Kanzel betrat, zuckte Roland zusammen, weil kalte, trockene Finger seinen Nacken umkrallten.
„Und sie fürchteten sich sehr", sagte Benoit laut und deutlich. Maria drehte sich um, und sie erbleichte, als sie Ruben sah. Nach der Predigt dirigierte Kissling das Credo aus der h-moll Messe. Ruben blies heissen Atem gegen Rolands Nacken.
Später flüsterte Roland in Marias Ohr: „Gehen wir kommunizieren?"
„Eine Sünde ohne Beichte! So darf man nicht zur Kommunion!"
„Eine Sünde? Um so besser!"
Roland und Maria traten zum Altar. Zu ihrer Linken kniend, empfing er von der Hure das Keinelion. Er öffnete den Mund. Die Augen Benoits unter zusammengewachsenen Augenbrauen blickten ernst. Roland streckte ihm die Zunge entgegen. Benoit zeichnete das Kreuz mit der Hostie und murmelte: „Corpus Domini Jesu Christi custodiat animam tuam in vitam aeternam. Amen." Die Hostie schmolz fade auf der Zunge und schmeckte

wie der Schnee, den er während der Abenddämmerung bei der Pappel gegessen. Roland gab das Keinelion weiter. Ruben riss es ihm aus der Hand. Benoit zögerte. Seine Hand zitterte, als er die Hostie auf Rubens Zunge legte. Roland kehrte mit Maria an seinen Platz zum Beichtstuhl zurück. Rubens Gummisohlen quietschten auf dem Klinkerboden.

Agnus Dei, qui tollis peccata mundi: Miserere nobis.

Neblig und harmoniefremd füllte die Melodie das gotische Gewölbe. Die stummen Säulen sausten, eine steinerne Gebärde, zur Decke.

Benedicat vos omnipotens Deus – Pater et Filius et Spiritus sanctus. Amen.

Die Menschen verliessen den Dom. Ruben stand hinter Maria und Roland, teilte sie mit Schwimmergebärde, hakte beiden ein und zog sie mit sich in die dunkle Gasse. Aber Maria schüttelte Ruben ab, machte kehrt und lief davon. Die Lücke klaffte zwischen Ruben und Roland.
Ruben trat näher zu Roland und umklammerte abermals mit trockener, kalter Hand den Nacken. Roland konnte sich nicht wehren. Er hasste diesen brutalen Griff und begehrte ihn zugleich, wie er nie zuvor etwas begehrt hatte. Die Umklammerung raubte klare Gedanken und liess ihn versinken wie in schwankendem, gurgelndem Moorboden.
„Lass mich los", sagte Roland mühsam, „lass mich los!" Aber Ruben lachte hart. „Jetzt habe ich dich gepackt", sagte er, „und ich lasse dich nicht so schnell wieder los. Drei Monate habe ich gewartet. Ich weiss alles. Ich habe dir nachgeforscht. Du kommst mit mir. Und du willst mit mir gehen, ich weiss es."
Roland ging ohne Willen neben Ruben durch die nächtliche Altstadt. Die Lauben waren eng und nieder, und die schmalen Gassen waren gebogen, als krümmten sie sich vor Kälte. Schnee-

flocken fielen ruhig. Ruben und Roland überquerten die niedere Brücke, bogen um die Ecke und stiegen eine steinerne Treppe hoch, die in ein anderes Quartier führte. Vor dem Gittertor blieb Ruben stehen und öffnete. Ein schwarzer Hund bellte und knurrte im Garten. „Kusch, Achilles! Kusch!“ Der Hund winselte. In der Halle zog Roland seinen rotgefütterten Regenmantel aus. Er folgte Ruben über prächtige, moosweiche Teppiche in das kostbar eingerichtete Zimmer.

Sie setzten sich. Roland blickte das Getäfel an. Sein Herz pochte schnell. Er wusste, dass er ausgeliefert war. Die behagliche Wärme drang nicht in seinen Leib. Er kam sich wie mit Lumpen bekleidet vor, die kaum seine Blösse bedeckten, derart schüchterten ihn der Reichtum und die Pracht ein.

„Das alles gehört dir“, sagte Ruben und lachte wieder sein hartes Lachen. Rolands Herz pochte noch schneller. Er dürstete, und sein Gaumen war trocken wie sonnenbeschienener Sand. Die Angst vor Unbekanntem, Drohendem und Unausweichlichem wuchs langsam. Der fremde, süsse und faulige Geruch betäubte wie Äther.

Roland sagte: „Wir kennen uns nicht.“

„O doch! Ich kenne dich gut“, entgegnete Ruben und fuhr kalt fort: „Sprich mir nach: Video meliora proboque: Deteriora sequor.“

„Video meliora proboque: Deteriora sequor“, wiederholte Roland stockend und leise und wusste, dass er den Willen verloren hatte. Er hasste Ruben: hasste den vollkommenen Körper; das Gesicht, hart und steinern wie eine Statue; die dunkle Haut; die anthrazitschwarzen Haare und Augen. Aber zugleich fühlte er den Wunsch, sich nackt auszuziehen, vor Ruben niederzuknien, um ihm die Füsse zu lecken. Er wollte sich unterwerfen und malte sich aus, wie es sein würde, wenn Ruben ihm den Schuh auf den Nacken presste. Roland hätte winseln mögen wie Achilles, hündisch und ergeben: Verfüge über mich, sei mein Gebieter, o es ist mir ein Genuss, dir zu dienen. Aber er beherrschte sich so

sehr, dass seine Augen blutunterlaufen wurden vor Anstrengung.
Ruben stand aufrecht vor ihm. „Willst du Kognak trinken?“ fragte er. Roland nickte. Ruben schenkte ein und sagte: „Der Kognak ist vorzüglich.“
Sie tranken schweigend.
„Du trinkst viel“, meinte Ruben gelassen und bot Zigaretten an. Roland rauchte gierig. „Es ist mir ein Vergnügen, dich zu beobachten, Roland. Ich kenne einen Schlossherrn, Frank Stockermann heisst er, der dich gerne kennenlernen möchte. Ich habe ihm von dir erzählt. Übrigens darfst du ruhig Fragen stellen. Die Antworten sind bereit. Ich darf dich vielleicht noch darauf aufmerksam machen, dass des seligen Christian Mutter seit vierzehn Tagen in der Irrenanstalt ist.“
Roland hustete. „In der Irrenanstalt?“ Dann lachte er krampfhaft und keuchte: „In der Irrenanstalt! In der Irrenanstalt! In der Irrenanstalt!“
„Wundert dich das?“ Ruben zog spöttisch die linke Augenbraue hoch und roch an einer roten Rose.
„Warum“, fragte Roland, „warum warst du oben, oben in der Beobachtungsstation?“
„Ich simulierte einen Selbstmordversuch, damit man mich einsperrte, wie das hier Sitte ist; denn ich wollte schon lange eine Beobachtungsstation studieren. Dort findet sich ein, was über dem Durchschnitt ist. Dort leben die heiligen Knaben, die früh mit den lästigen Gesetzen gebrochen. Dort habe ich auch dich getroffen. Oder denke an Perduzzi! Ich erzählte ihm von Strangulationsklubs, deren Mitglieder sich temporär aufhängen, um eine wunderbare Stauung im Unterleib zu bewirken. Wahrscheinlich konnte sich die Ursau Perduzzi nicht rechtzeitig lösen. Abgesehen davon: Ich gab den Ratschlag Perduzzi nur deshalb, damit du Zeuge sein musstest. War der Anblick angenehm?“
Roland war bleich geworden.
„Siehst du“, fuhr Ruben fort, „der Tod wird dir noch oft begeg-

nen. Du warst in der Nähe eines Mordes. Sein Atem wird dich wieder berühren. Ich habe dich im schmutzigen Korridor gut beobachtet. Servais seinerseits beobachtete mich schielend und knirschte mit den Zähnen. Auf seine Assoziationstests wusste ich sittlich zu kombinieren. Den Binet-Test kenne ich auswendig, und wie man die Kleckse des Rorschachs zu werten hat, ist mir vertraut. Niemand ist so spielend zu betrügen wie ein Psychiater, vorausgesetzt, dass der Patient schlau ist und die analytischen Kinkerlitzchen kennt: somit kann der simulierende Patient jeden Gesundheits- und Krankheitsgrad vortäuschen."
Roland starrte auf seine Schuhspitzen. „Wer bist du, Ruben?"
„Köstlich", sagte Ruben, „köstlich! Diese Frage stellte ich einmal einer Dichterin. Sie sagte: Sie stellen damit die schwierigste Frage, die an einen Menschen, wer immer er auch sei, gerichtet werden kann. Soll ich antworten: Ich bin mein Werk? Dies gilt für die besten Stunden, in denen Vor-, Nach- und Gegenwartsgefühl zum magischen Augenblick, zur Allzeit zusammenschiessen. Da nun aber die guten Stunden selten sind, ist man meistens viel weniger. Dann müsste ich wohl sagen: Ich bin der Schatten des Menschen, der sich, sich seiner selbst zu vergewissern, im Werk Identitäten zu schaffen versuchte. Vieles von dem, was ein Ich ist, erkennt sich nur im Spiegel des Du. Wer ist Ich, diese geringe Sache, die nur mit einem winzigen Teil im Sichtbaren sich darstellt, indes das Eigentliche im Verborgenen west, das, in den tiefsten Schichten, ein Allgemeines, Gemeinsames sein mag? *Wer* bin ich? Erkenne dich selbst, sagt das delphische Orakel – und du wirst entdecken, wer du bist. Nur so kannst du verstehen, wer ich bin. Ergo bibamus."
Die Pendule tickte silbern. „Ich habe nachzutragen, dass ich ein Bastard bin. Nicht der Pferdehändler Jost Ambar hat mich gezeugt. Meine Mutter empfing mich von einem Fremdling. Ich sage das nur, weil die Zukunft den Bastarden und Narren gehört. Es waren immer die Aussenseiter, die der Welt Farbe gaben. Weisst du, dass der Joker, also der Gaukler, die Trümpfe des Tarockspiels anführt? Das ist bemerkenswert, wenn man

bedenkt, wen die einundzwanzig Trümpfe darstellen; nämlich: Die Päpstin, Die Kaiserin, Den Kaiser, Den Papst, Die Liebenden, Den Triumphwagen, Die Gerechtigkeit, Den Einsiedler, Das Glücksrad, Die Kraft, Den Gehenkten, Den Tod, Die Mässigkeit, Den Teufel, Den Turm, Die Sterne, Den Mond, Die Sonne, Das Jüngste Gericht, Die Welt – – und Den Narren! Gibt dir das zu denken? Glaube mir, du wirst diese Trümpfe kennenlernen. Du besitzest diese Karten, die die Geheimnisse der Welt verschlüsseln. Komm mit mir und schau die Welt! Ich werde dich auf einen Berg führen und dir die Welt zeigen! Du sollst viel sehen. Du sollst ein Held sein in der heute einzig möglichen Form: ein Narr! Aristoteles sagte: Der Mythos ist nicht 'einer', wie manche glauben, weil es einen Heros gibt; denn das Leben eines Menschen besteht aus einer grossen Zahl von Ereignissen, die keine Einheit bilden."
„Was willst du, Ruben – was willst du?"
„Ich gab dir die Antwort im Dom. Und du bist gekommen. Da bist du, und es ist gut so. Folge mir! Brich mit dem Gesetz! Alle jungen Menschen sollen mit dem Gesetz brechen! Denn jedes Gesetz, auch das moralische, verschlechtert die Menschheit. Es schafft einen gewaltigen Überschuss hässlicher und verlogener Menschen. Aber noch heute schafft sich die Welt Götter! Götter – Narren. Denn die Götter stehen am Ende der Welt, nicht am Anfang. Sie sind Ergebnis der Welt und nicht Ursache der Welt. Gott als Ursache der Welt gibt es nicht. Gottesglaube gehört in die Politik und nicht in die Religion. Du wirst dich für mich entscheiden. Die Ordnung der menschlichen Gesellschaft liegt seit fünfzig Jahren in der Agonie. Ich wittere den totalen Zusammenbruch! Folge mir – aber dazu musst du den Pakt unterzeichnen."

VI

Wildes Trommeln riss Roland aus dem Schlaf. Erwachend meinte er zuerst, geträumt zu haben, hörte aber jetzt deutlich den getrommelten Rhythmus, und es währte nur einige Augenblicke, bis er sich, das fremde und kostbare Zimmer benommen und erstaunt betrachtend, der nächtlichen Geschehnisse und des Paktes erinnern konnte, während er, nach mühsamem Aufstehen, vor den mannshohen Spiegel trat. Er befühlte die geschwollenen, schmerzenden Lippen und lauschte angestrengt dem Trommeln, das immer näher drang, näher, bis vor die Türe, die sich leise und langsam öffnete.

Ruben erschien: eine grüne Gestalt. Roland hielt den Atem an und starrte auf den Spuk, der, sich lautlos nähernd, über moosweiche Teppiche tänzelte. Ruben war mit einem hautanliegenden, grünen Trikot bekleidet, das sich seinem Leib so vollkommen anschmiegte, dass es aussah, als sei der Körper mit grüner Farbe bestrichen worden. Obwohl Roland vom Anblick bestürzt war, überlegte er sich, dass Ruben nur durch die Halsöffnung in diese grüne Haut hatte schlüpfen können, weil die Extremitäten vom selben Stoffe umschmiegt waren: alles aus einem Stück, Handschuhe sowohl wie Strümpfe. Nur in der Leibesmitte klaffte ein Schlitz, als sei er absichtlich in den grünen Stoff geschnitten worden, der so hauchdünn wie Gummi zu sein schien. Die künstliche Haut leuchtete grün phosphoreszierend. Rubens Ge-

sicht war weiss geschminkt. Die Augen funkelten wie nasser Schiefer, auf dem Mondstrahlen glänzen. Die Augenbrauen waren überschminkt, und an ihrer Stelle liefen, vom nämlichen brennenden Scharlachrot wie die Lippen, gemalte Brauen schnurdünn und schräg bis zu den Schläfen.
Die linke Hand hielt das Tamburin, und die langen grünen Finger der Rechten trillerten, klopften und vibrierten auf dem gespannten Fell. Das mehlweisse Gesicht blieb starr und unbeweglich. Rubens anthrazitschwarze Augen waren weit aufgerissen. Die Haare klebten an der Kopfhaut. Dumpf manchmal, dann heller und greller, wild und zerrissen zuckte der Rhythmus, zu dessen zerfetztem Takt Ruben einen Tanz begann, wobei sein Oberkörper hin und her baumelte wie eine im Winde schwankende Vogelscheuche, indem die Beine, deren Muskeln sich unter dem grünen Stoffe deutlich und einzeln abzeichneten, starr blieben. Allmählich bewegten sich auch die Zehenspitzen behutsam, dann schneller, die Füsse zitterten, und wie ein Schauer rieselte, gleich dem rostroten Sandstrahl durch die haardünne Kanüle eines Stundenglases, die Erregung, aus der Leibesmitte quellend, den Beinen entlang nach unten, so dass der Körper flimmerte. Ruben bog sich zurück, mit dem Hinterkopf den violetten Teppich berührend, schnellte empor, wippte nieder in die Knie, flog abermals hoch, spreizte, in der Luft schwebend, die Beine auseinander, landete auf dem Teppich im Spagat, gab sich einen Ruck, rollte, kam auf den Kopf zu stehen, tanzte dann wieder, tanzte, immer trommelnd, im Zimmer umher, so schnell endlich, so wirbelnd und wild sich drehend, dass Roland nur noch einen grünen Schatten sah und mit den Augen dem rasenden Körper kaum folgen konnte, der, einmal oben, einmal unten, kreuz und quer, inmitten des Zimmers, in den Ecken des Zimmers, auf Stühlen, in der Luft herumwirbelte, zusammenfiel, grösser wurde, sich versteifte, sich lockerte, spannend, entspannend und nicht ermüdete, sondern, je länger dieser wilde und vom Rhythmus der Tamburinschläge begleitete und gestachelte Tanz währte, an Energie gewann, bis er, nach und nach,

wieder zu erkennen war, weil seine Bewegungen langsamer wurden, langsamer, als ob ein Uhrwerk in seinem Innern abliefe und Spannkraft verlöre.
Endlich stand Ruben wieder still wie am Anfang. Sein Gesicht war zerrissen von gezackten, grauen Schweissspuren. Doch der Atem war unhörbar. Das Weisse der Augen schillerte purpurn, und die Schminke, mit der Ruben seine Augenbrauen bemalt hatte, löste sich auf und floss wie blutrote Tränen übers Antlitz. Auch die Mundschminke war verschmiert, so dass die Lippen verzerrt und fratzenhaft grinsten. Heiser befahl er: „Knie nieder!"
Roland sank in die Knie, und Ruben trat näher, so nahe, dass sein Glied vor Rolands Mund drohte. Ruben senkte das Tamburin und reichte es Roland, welcher es hielt wie das Keinelion während der Mitternachtsmesse. „Öffne den Mund! Empfange mein Fleisch und mein Blut!" Roland öffnete den Mund und schloss die Augen. Heiss und bitter spritzte Rubens Samen gegen Gaumen und Halszäpfchen. Roland schluckte. Ruben spreizte die Beine, hüpfte über Roland weg und verliess das Zimmer.
Schwankend stand Roland auf. Er schüttelte benommen den Kopf und nahm die Kognakflasche zur Hand, riss den Korken aus der Halsöffnung und trank mit hastigen Schlucken. Aber der bittere Geschmack liess sich nicht vertilgen. Brechreiz quälte Roland, als er die Tür öffnete, vor der Achilles, der schwarze, grosse Hund, knurrte. Roland ging trotz der Furcht in die Halle und nahm den rotgefütterten Regenmantel. Er trat in den Garten und hörte die harte Stimme: „Binnen weniger Stunden wirst du wieder hier sein!"
Roland rannte durchs vornehme Gittertor und lief aufatmend über schneebedeckten Asphalt, stieg die steinerne Treppe hinunter, überquerte die niedere Brücke, kam in die Altstadt, bog in die winkligen, engen Gässchen ein, ging beim Dom vorbei und läutete endlich heftig atmend bei Ivar Kissling, der eine Gebärde des Schreckens machte, als er, die Tür öffnend, seinen Schüler gehetzt und bleich vor sich sah und Roland, ohne ein Wort der Be-

grüssung zu sprechen, in die Wohnung eindrang, als würde er verfolgt. Kissling schob seinen Unterkiefer vor und strich die weisse Mähne aus der breiten, höckerigen Stirn, wobei er mit seiner tiefen Stimme fragte: „Was soll das? Welch hoher Gast in meiner niederen Hütte! Und warum so aufgeregt?"
Er musterte Roland mit galligen Augen, bemerkte die geschwollenen Lippen und fragte: „Was ist geschehen? Hattest du eine Schlägerei?" Roland nickte. „Komm ins Musikzimmer, du Ungetreuer." Der Geruch russischer Zigaretten beruhigte Roland, als er sich im behaglichen Raum, den er fast ein halbes Jahr nicht mehr betreten hatte, auf den abgewetzten Lehnstuhl setzte. „Was ist, Roland? Du siehst ja beinahe so verängstigt aus wie das erste Mal, als du hier hereinkamst, klein, schmächtig und vierzehnjährig. Wie lange ist's her? Drei Jahre. Übrigens: wie lange genau unterrichtete dich Kovacewskj?"
„Vier Jahre."
Kissling schob den Unterkiefer vor und schien angestrengt zu überlegen. Er brummte: „Ich frage nicht ohne bestimmte Absicht. Mein Klavierkonzert wird am dritten April aufgeführt. Ich werde selber dirigieren. Aber es ist etwas geschehen."
Roland stand auf. „Sie haben es also vollendet?"
„Ja."
„Was – was ist denn geschehen?"
„Edwin Rascher, der das Konzert hätte spielen sollen, ist letzten Herbst gestorben; und nun hat die Direktion der Musikgesellschaft beschlossen, einen jungen Pianisten debütieren zu lassen. Im Januar wird dieser Pianist, anlässlich eines Wettbewerbes, bei dem ein Ausschnitt aus meinem Konzert vorgetragen werden muss, gewählt werden." Roland begriff die Tragweite des Gesagten. Seine Stimme zitterte, als er fragte: „Und – und man kann sich immer noch anmelden?"
Kissling nickte.
Rolands Handflächen begannen zu schwitzen. Er sagte leise: „Aber ich bin kein Pianist."
„Quatsch kein Blech. Du hast drei Jahre, auf der Stufe eines Be-

rufsschülers, bei mir Stunden genommen. Hör zu! Jemand muss dir doch endlich die Meinung sagen! Es hat keinen Sinn, dir etwas vorzumachen. Ich weiss, dass der Aufenthalt in der Beobachtungsstation und deines Freundes Tod dich aus dem Geleise geworfen haben. Aber das ist kein Anlass, mit seiner Begabung Schindluder zu treiben. Ich vermied es immer, von deiner Begabung zu sprechen. Ich sage zum ersten und zum letzten Mal: Du bist ein begnadeter Musiker, du Lumpenhund! Du wärest noch jetzt in der Beobachtungsstation, wenn ich nicht mit Leibundgut gesprochen hätte. Jawohl! Das hättest du nicht vermutet, was, dass der alte Esel Kissling sich für dich einsetzte? Hör auf zu weinen! Willst du wohl aufhören? Ich ertrage keine Sentimentalitäten." Kissling schob den Unterkiefer vor. „Es hat lange gedauert, bis du gekommen bist. Also. Also. Jetzt bist du ja da. Es ist nicht an mir, dir nachzulaufen, verstehst du? Spielst du überhaupt noch Klavier?"

Roland schneuzte sich die schmerzende Nase. Er sagte: „Im Herbst, als ich zurückkehrte, spielte ich Christian 'Les adieux' vor. Seither habe ich nie mehr gespielt."

„Also. Hör zu! Wir wollen uns an die Tatsachen halten. Möchtest du am Wettbewerb teilnehmen?"

Roland nickte. Kissling fuhr fort: „Es steht in meiner Macht, dich am Wettbewerb teilnehmen zu lassen. Ich habe aber keine Macht, dich auszuwählen, denn die Mitglieder der Jury werden bestimmen, wer das Konzert spielen darf. Das Werk ist abendfüllend – mehr eine Symphonie als ein herkömmliches Klavierkonzert. Du müsstest vier Monate lang jeden Tag sechs Stunden üben!"

Roland nickte abermals.

„Am 27. Januar soll der Wettbewerb stattfinden."

„Das ist ja mein Geburtstag!"

„So so? Siehst du, Mozart hatte auch am 27. Januar Geburtstag. Da hast du doch wenigstens etwas mit Mozart gemein; und der war sehr begabt." Kissling lachte dröhnend. Roland hustete und presste die Hand gegen das Herz. Kissling, wieder ernst gewor-

den, sagte leise: „Du bist blass. Hast du Hunger? Du kannst hier essen, wenn du willst. Meine Frau wird jeden Augenblick zurückkommen und kochen. Lebst du eigentlich zu Hause?"
„Nein. Der Vater hat mich fortgejagt. Ich wohne in einer Mansarde."
„So so. In einer Mansarde. Aha. Und du wohnst ganz alleine in einer Mansarde?"
„Nicht ganz."
„Also nur halb alleine. Die andere Hälfte, eine fromme Frau, pflegt während der Mitternachtsmesse zu kommunizieren?"
Roland errötete. Kisslings gelbes Gesicht wurde drohend. Er schob den Unterkiefer vor, als er knapp sagte: „Ich schaute von der Orgelempore aus ins Kirchenschiff hinunter und habe dich mit einer Frau zum Altar gehen sehen. Also?"
„Sie heisst Maria Pedroni, und ich wohne bei ihr."
„Aha. Was treibt diese heilige Maria?"
„Sie will einen Gemüseladen eröffnen."
„Hört, hört!"
„Ja."
„So, so. Und vorläufig handelt sie mit Fleisch? Bist du ihr Zuhälter?" Kissling schlug mit der Hand auf den Flügel. Er schrie: „Gib Antwort!"
Roland zuckte mit den Achseln. „Sie kennen also Maria", sagte er und wusste diesem Satz eine verfänglich laszive Betonung zu geben, so dass Kissling in einem jähen Wutanfall bebte. Sein Gesicht wurde noch gelber. „Hör zu! Ich gebe dir eine Chance: am 27. Januar wirst du ins Konservatorium kommen. Vorher will ich nichts mehr von dir hören! Ich werde dich anmelden, wie ich es versprochen habe. Hier!" Er warf Roland die Partitur auf die Knie, „hier! Irgendeine Solostelle, die etwa zehn Minuten dauern soll, musst du vorspielen. Und jetzt verdufte! Geh! Geh zu Maria Pedroni und flöte mit ihr. Nein! Warte! Willst du wohl stehenbleiben?! Setz dich. Du machst mich wütend. So kommst du nicht weiter, Roland!"
Roland presste die Partitur an sich. Der scharfe Geschmack

brannte immer noch im Gaumen. Maria, dachte er – Maria – Köfferchen packen – dann zu Ruben – zu Ruben –
„Was starrst du? Schläfst du stehend? Du siehst ja aus wie ein Somnambuler. Roland, sei vernünftig. Kehr zu deinen Eltern zurück! Du kannst doch nicht bei einer Hure bleiben!“ „Ich wohne im Nebenkämmerchen. Ich tu ihr nichts. Vielleicht könnte ich zu einem Bekannten gehen und dort üben.“ Roland biss sich auf die geschwollene Unterlippe, weil er schon so viel gesagt hatte. „So, so. Ein Bekannter? Vielleicht darf ich wissen, wer dieser Bekannte ist?“
„Er heisst Ruben Ambar. Im Salon steht ein Flügel. Dort könnte ich üben. Niemand würde mich stören. Rubens Eltern sind in Ferien.“
„Ist Ruben der Typ, der mit Maria und dir zum Altar ging?“
„Derselbe.“
„Ah – derselbe. Ich habe euch gesehen.“ Kisslings Gesicht wurde alt und verfallen. Er schenkte sich Wodka ein und trank. Müde sagte er: „Da ist das Anmeldeformular.“
Roland legte die Partitur sorgfältig, als wäre sie zerbrechlich, auf den Flügel. Er füllte das Formular aus.
„Sind Sie mir böse, Herr Kissling?“ Kissling gab keine Antwort. Roland verlor alle Hoffnung, als Kissling sagte: „Also – am 27. Januar um drei Uhr im Konservatorium. Wo kann man, falls Änderungen einträten, den Herrn erreichen?“
„Bei mir zu Hause.“
„Du gehst also zurück?“
„Ja“, log Roland.
„Ich will dir glauben“, sagte Kissling und reichte Roland die Hand. Roland ging hinaus und merkte im Korridor, dass er die Partitur vergessen hatte. Er schämte sich furchtbar, klopfte an und trat ins Musikzimmer. Kissling stand noch an derselben Stelle. „Die Partitur“, flüsterte Roland. Ungelenk, auf den Zehenspitzen stelzend vor Scham, als wäre er nackt, ging er zum Flügel und nahm die Partitur. Kissling rührte sich nicht, als Roland die Wohnung verliess und ins Ungewisse hinabstieg.

VII

„Du hast dich verändert“, sagte Kissling, bevor er Roland zutrank, der, die Augen senkend, mit Daumen und Zeigefinger am langen Stiel des Kelches spielte. Lehrer und Schüler hoben die Gläser. „Auf deinen siebzehnten Geburtstag, alles Gute, Roland!“ Die Gläser stiessen dumpf zusammen. „Schade“, sagte Kissling, „zu diesem Zwecke hätten wir Rotwein trinken sollen; denn mit Weisswein gefüllte Gläser klingen nicht gut.“
Sie tranken. Roland fürchtete sich im vornehmen Speisesaal. Die Umgebung, fremd, bedrückte ihn. Der Kellner Severin – Roland hatte gehört, dass man ihn mit dem Namen Severin rief – der Kellner Severin also, mit einem Frack bekleidet, trat näher. Überm Arm hing eine Serviette; Handtücher, dachte Roland – Handtücher überm linken Arm; Zahnbürste; Faustschlag gegen die Magengrube; schmutziger Korridor: Röhren an der Wand, in denen es stöhnt, seufzt, wimmert.
„Haben die Herren gewählt?“ Das rechte Auge des Kellners Severin wurde vom schweren, dicken Lid verhängt. Kissling stiess den Unterkiefer vor und runzelte die buschigen Brauen. „Bringen Sie uns Austern zum Chablis, zwölf Stück. Aber, bitte, portugiesische, denn sie sind fleischiger als französische. Ferner lassen Sie uns ein Stück saftiges Fleisch vom Filet zubereiten, das innen noch blutig ist.“
„Also saignant.“

„Wenn Sie diesen Ausdruck vorziehen, mag es mir recht sein. Blutig also. Veranlassen Sie ausserdem, dass ein verlorenes Ei darübergeschlagen wird. Das Ganze auf einen Sockel gutgerösteten Brotes! Vergessen Sie das Markbein nicht!"
„Sehr wohl mein Herr: un oeuf poché. Muss ich Châteaubriand oder Tournedos bestellen?" Kissling sah den Kellner durchdringend an. „Sie bringen den Gast um einen grossen Genuss, wenn Sie ihm die Schilderung der Speisen vorenthalten."
„Und zu trinken?"
„Ich sprach vom Essen; denn ich wünsche weder Pommes frites noch Büchsenspargel auf dem Teller anzutreffen. Ich erwähnte lediglich ein Stück Fleisch mit den genannten Zutaten."
„Sehr wohl mein Herr. Also weder ein Châteaubriand noch ein Tournedos, sondern ein Stück Fleisch. Und für den jungen Herrn?"
„Dasselbe, denke ich."
„Also, gewissermassen: zwei Stücke Fleisch?"
„Ein grosses Stück Fleisch. Innen blutig."
„Saignant."
„Blutig. Und Markbein!"
„Gewiss, mein Herr, sehr wohl."
„Mit Ei!"
„Ich habe verstanden: un oeuf poché."
„Zwei verlorene Eier."
„Ein Stück Fleisch und zwei Eier: à votre service, monsieur."
„Auf der genannten Unterlage: Nicht zu weich, nicht zu hart!"
„Gewiss, mein Herr: Toast."
„Brot!"
„Merci monsieur: geröstetes Brot. Und zum Trinken?"
„Eine Flasche Ostschweizerwein: Kalchrainer-Knabenerziehungsanstalt, wenn ich bitten darf."
„Ein sehr schöner Wein, mein Herr! Blumig und keineswegs lang. Er wird Ihnen gefallen: etwas Nebliges und Herbes, gewissermassen. Kühl, aber nicht zu kalt. Leicht und bekömmlich."
Der Kellner Severin verbeugte sich und stelzte wie ein Storch zur

Theke. Roland zeichnete mit der silbernen Gabel wirre Figuren auf das Damasttischtuch. Er fragte, ohne Kissling anzusehen: „Wurde dieser Wein von Zöglingen gepflegt?"
„Ach so – ich wollte dich nicht verletzen. Diesen Wein pflege ich immer zu trinken."
„Nein, Sie haben mich nicht verletzt! Der Wein wird mir schmecken. Vielleicht ist ein Hauch Traurigkeit mit hineingekeltert; eine Träne: geweint wegen des Aufsehers, der, womöglich, tabakkauend die Knaben während der Traubenlese antreibt. Wir gruben Kartoffeln. Jene, die Wein bauen, mögen glücklicher sein."
„Tatsächlich", wiederholte Kissling betroffen: „Du hast dich verändert! Es haftet dir etwas Fremdes an. Es ist mir schon am Nachmittag während deines Spiels aufgefallen."
Roland verbarg die Hände unter dem Tisch, als Kissling nach kurzem Schweigen sagte: „Ich hoffe doch nicht, dass dir etwas zugestossen ist! Denn es scheint mir eine Lücke zu klaffen zwischen dem Weihnachtstag und dem 27. Januar, eine dreiunddreissigtägige Lücke! Du solltest mir erzählen, was während dieser Zeit geschehen ist!"
Der Kellner Severin brachte die Austern, die er auf einer mit durchsichtigen Eisstücken gefüllten Silberplatte darreichte. Roland sah zum ersten Mal Austern, und er wusste nicht, wie man sie essen musste. Um keine Rechenschaft über die dreiunddreissig Tage ablegen zu müssen und in der Hoffnung, Kissling vergässe, abgelenkt durch die Austern, seine Aufforderung zu wiederholen, trank Roland mit hastigen Schlucken.
„Trinke nicht zu rasch", sagte Kissling, „wir reden nachher darüber; denn hungrig lassen sich diese Sachen nicht gut besprechen, und unser Gespräch würde wieder so unerquicklich, wie es am Weihnachtstag war." Er löste mit einem Gäbelchen das weisse Fleisch, träufelte Zitronensaft in die blauschimmernde Schale, spritzte ein wenig Tabasco und Worcestersauce über die Meeresfrucht und schlürfte das tote, weiche Tierchen mit gewaltigem Schmatzen. Roland schämte sich, und Kissling, dies bemerkend,

sagte mit spöttischem Tone, wobei er gallenbitter zum Nachbartisch schielte: „Wer die Austern nicht zu schlürfen wagt, ist ein Banause. Also schlürfe ruhig." Aber Roland wagte nicht, derart zu schlürfen. Das scharfe Gewürz trieb ihm Tränen in die Augen. Der Gaumen brannte. Rolands Ohren wurden rot. Er fand die Austern abscheulich, und er bekam Hunger; aber das musste wohl so sein.

„Riechst du das Meer, das weite Meer in dieser Auster? Die Rillen Riffe und der Schimmer Brandung!"

„Werden Sie mir von Ihren Weltreisen erzählen?" Roland fragte es, um Kissling abzulenken.

„Ah! Meine Reisen! Manchmal möchte ich wieder hinaus! Das Meer riechen. Fremde Städte – fremde Steine! Es fällt schwer, das Fernweh zu überwinden, wenn man in Indien, Afrika, Amerika, Asien – hoch oben im Norden und weit unten im Süden war."

„Ich möchte auch reisen: Als Schiffsjunge an Bord eines Dampfers. Eigentlich wollte ich am 7. Juli mit Christian aufs Meer. Christian und ich: Zwei Schiffsjungen an Bord eines Dampfers. Wir träumten davon."

„Flohst du deshalb mit Christian?"

„Ja. Auch deshalb."

Ivar Kissling betupfte seine Lippen mit der Serviette und steckte eine seiner russischen Zigaretten in den Mund. „Ich liebe das Rauchen zwischen zwei Gängen. Du solltest es lieber unterlassen, denn der Nikotingenuss ist der Geschmeidigkeit deiner Finger abträglich."

„Wie habe ich heute nachmittag gespielt?"

„Du bist ein Schlaumeier. Was soll ich sagen? Die Jury hat zu bestimmen."

„Ich fürchte mich. Die Herren sahen undurchdringlich aus. Habe ich eine Chance?"

„Du hast es dir sehr leicht gemacht und die technisch unbedeutendste Stelle vorgetragen. Das Thema ist für die Flöte gedacht: eine schlichte Hirtenweise. Warum hast du die Flötenmelodie gewählt?"

„Die Melodie gefällt mir, weil sie so schlicht ist. Ich habe sie nicht deshalb gespielt, weil die Interpretation technisch keine hohen Anforderungen verlangt, sondern weil man auf einem Berg zu sein glaubt. Ich stellte mir einen Hirtenbuben mit Flöte vor."
Kissling sagte leise: „Das freut mich. Diese Melodie gefällt auch mir. Sie ist mir die liebste im Konzert. Ich hörte die Melodie auf einer Alp in Frankreich. Ein Hirtenbub spielte sie auf seiner Flöte. Du hast mich begriffen." Roland sah Kissling mit glänzenden Augen an.
„Der Wein, bitteschön, meine Herren", sagte Severin und schenkte ein. Kissling wünschte Roland noch einmal Glück zum Geburtstag. Roland schloss die Augen und trank. Der Wein floss kühl durch die Kehle.
Severin servierte das Fleisch. „Bitte schön: ein hervorragendes Stück Fleisch, gewissermassen ein Tournedos solo, avec un oeuf poché, auf Toast, saignant, mein Herr, saignant. Und hier das Markbein."
Während des Essens musste Roland husten. Kissling blickte erschrocken hoch: „Du bist doch nicht etwa erkältet!" Er musterte Roland betroffen. Wieder fielen ihm die hektisch roten Flecken im Gesicht und die fiebrig glänzenden Augen auf.
„Hustest du oft?"
„Eigentlich nicht, nein, nie, überhaupt nie!" Roland sprach ausweichend und absichtlich mit vollem Mund.
„Aber man hat euch untersucht in der Beobachtungsstation?"
„Oberflächlich. Servais ist nicht nur Psychiater. Ich meine: er ist Arzt."
„Arzt?"
„Er schielt."
„Ich weiss."
Sie assen schweigend weiter.
„Bist du satt? In deinem Alter musst du mehr essen. Geh öfters an die frische Luft. In der Beobachtungsstation sahst du besser aus."
„Ich bin zehn Kilo leichter geworden."

„Also iss gehörig!"
Der Kellner Severin räumte ab. „Bringen Sie uns zwei grosse Schnitten Vacherin. Diesen aber à point, wenn Sie das besser verstehen." Und zu Roland: „Ich denke, Käse ist bekömmlicher als eine Omelette."
„Meinen Sie? Meine Mutter buk Christian und mir eine Omelette, als ich zurückkam von der Beobachtungsstation."
„Also gut, nimm eine Omelette!"
„Ich möchte lieber Käse."
„Also Käse."
Schweigend warteten sie auf den Käse. Kissling trommelte mit seinen braunen, lederigen Händen aufs weisse Tischtuch. Er sah Roland fragend an. „Nun? Willst du mir nichts erzählen über die dreiunddreissig Tage?"
„Bestehen Sie darauf?"
Kissling schob den Unterkiefer vor und schien etwas sagen zu wollen, wurde aber gestört vom Kellner Severin, der den Käse brachte. „Der Vacherin, mein Herr! Er ist im Stadium gewissermassen, sehr reif: à point." Das hängende Augenlid verdeckte des Kellners rechtes Auge nun vollständig, so dass er noch hochmütiger aussah. Er wedelte gelangweilt mit dem weissen Tuch Brosamen weg. Als sich der Kellner entfernt hatte, sagte Kissling: „Es steht dir natürlich frei, über deine Erlebnisse zu berichten."
„Ich will Sie nicht belügen, Herr Kissling."
„Lassen wir das Thema fallen."
„Sie sind erzürnt."
„Der Käse schmeckt vortrefflich."
„Ich finde eher, dass er nach Salmiak schmeckt."
„Das muss er. Du verstehst nichts von Käse."
Roland würgte den Käse hinunter.
„Wenn ich –"
„Wenn du was?"
„Wenn ich gewählt würde –"
„Ho!"
„Wenn ich gewählt würde von der Jury –"

„Nun?“
„Wenn ich gewählt würde von der Jury: dürfte ich dann bei Ihnen wohnen?“
„Warum?“
„Sie wissen doch ––“
„Na na!“
„Mein Vater –“
„Dein Vater? Ach so. Gut. Ich meine: schlecht. Blödsinn. Ja, ich habe dich verstanden. Selbstverständlich dürftest du bei uns wohnen, vorausgesetzt –“
„Vorausgesetzt?“
„Vorausgesetzt, dass dich die Jury wählt.“
„Ich danke Ihnen, Herr Kissling! Ich meine – ja, Sie haben doch auch mit Leibundgut gesprochen. Sie helfen mir.“
Kissling machte eine grosse Gebärde. „Doch, doch“, sagte Roland eifrig nickend, „Sie haben mir geholfen! Ich wäre so froh, wenn ich bei Ihnen wohnen dürfte. Denn ich hasse dieses graue Haus mit der roten Tür. Bei Ihnen zu üben würde mich freuen. O wenn Sie wüssten, wie sehr ich mir wünschte, Ihr Konzert zu spielen! Die Partitur habe ich studiert, daraus gespielt –“
„Sie sieht dementsprechend aus!“
„Wie meinen Sie das?“
„Wie ich es sage: zerfetzt!“
„Ach, mein Vater –“
„Dein Vater? Ja? Was willst du sagen?“
„Ich habe Ihnen am Weihnachtstag gesagt, wer Maria Pedroni ist. Sie wissen ja – ich meine: Sie spart für einen Gemüseladen.“
„Mach’s kurz!“
„Als ich Sie an Weihnachten verliess, ging ich zu Maria, weil ich das Köfferchen packen wollte.“
„Wozu?“
Roland starrte auf die stinkenden Käserinden. Er sagte zögernd: „Ich wollte packen.“
„Stimmt! Du wolltest ja nach Hause.“
„Ja.“

„Und? Was ist geschehen?“
„Ich kam in die Mansarde. Mein Vater war bei Maria. Er zog sich eben an. Es gab Streit. Stellen Sie sich vor: ich prügelte mich mit meinem Vater in der Mansarde einer Hure am Weihnachtstag. So hat die Partitur leider Schaden gelitten.“ Roland biss die Zähne zusammen. Sein Gesicht wurde hart, als er sagte: „Mein Vater und Maria haben –“
„Du brauchst nicht so deutlich zu werden. Ich bin ja nicht blöd, oder?“
„Wissen Sie, Herr Kissling, es ist so: Ruben hat meinem Vater aufgelauert, als ich bei Ihnen war. Er hat meinem Vater Geld gegeben, er hat meinem Vater den Rat gegeben, Maria in der Mansarde aufzusuchen. So ist das. Er berechnete, dass ich bei Maria das Köfferchen holen würde und dabei den Vater anträfe.“
„Warum konnte er das wissen?“
„Weil er wusste, dass ich zu ihm zurückkehren würde.“
„Aha. Du wolltest also nicht nach Hause.“
„Nein.“
„So, so. So ist das. Du lügst also.“
„Bitte verstehen Sie mich nicht falsch!“
„Ruben also. Jener Typ, der mit euch kommunizierte. Derselbe. Und er hat also diese Begegnung provoziert; ich muss schon sagen: das ist ein eigenartiger Freund! Gehe ich fehl, wenn ich annehme, dass du bei ihm gewohnt hast während der dreiunddreissig Tage?“
„Ja. Ich meine: nein.“
„Wie bitte?“
„Ich wohnte bei Ruben.“
„Und du spieltest auf dem genannten Flügel?“
„Ja.“
„So so. Willst du jetzt erzählen?“
Roland schwieg.
„Du willst mir also nichts erzählen.“
„Ich darf nicht darüber sprechen – das heisst –– es gibt gar nichts zu erzählen.“

„Höchst interessant."
„Wir haben uns getrennt."
„Um so besser."
Kissling rief den Kellner, der, herbeistelzend, fragte: „Wünschen die Herren Kaffee?"
„Nein. Die Rechnung."
Kissling bezahlte.
Roland folgte ihm traurig in die Kälte. Sie gingen durchs Schneegestöber der Brücke entgegen. Zum Abschied sagte Kissling streng: „Wir trennen uns hier. Geh nach Hause. Die Mutter wird auf dich warten. Enttäusche sie nicht. Du hast einen Monat nutzlos vertan, kostbare Zeit vergeudet. In diesem Monat hättest du den ersten Satz auswendiglernen können. Überdies musst du dich auf einen abschlägigen Bescheid der Jury gefasst machen. Adieu."
„Ich verstehe", sagte Roland leise, „ich verstehe." Aber Kissling war schon in der Dunkelheit verschwunden. Langsam ging Roland über die Brücke. Er lehnte sich ans Eisengeländer und zitterte vor Kälte. Der rotgefütterte Regenmantel spendete keine Wärme. Roland musste abermals husten und spürte den eigenartigen, faden Geschmack im Mund, und das Stechen zwischen den Rippen flösste Angst ein.
Im schmutzigen Hof lehnte er sich an die schiefe Harassenbeige. Der Schlüssel wurde warm in seiner Hand. Verdammter Draht! Verdammter verbogener Draht. Grasgrüne Gitterkasse! Oh, als Schiffsjunge an Bord eines Dampfers. Flucht! Der Schlüssel wird so schwer, du! Öffne die Tür! Hinter der Harassenbeige lauert der kleine graue Mann auf dich. Komm doch hervor, du Quälgeist! Oder soll ich das rostige Abflussrohr der Dachtraufrinne entlang nach oben klettern? Mir den Kitzel in der Bauchhöhle gönnen?
Roland steckte den Schlüssel ins Loch. Im Treppenhaus roch es nach Kohl und Urin. Die zweitoberste Stufe wackelte. Im Zimmer lag das schäbige Köfferchen. Der Heizkörper war lauwarm.

Rollende Bewegung des Kopfes auf dem tränenfeuchten Kissen. Husten Husten Husten.

Nächste Furche.

Roland lag auf dem Rücken. Er drückte die Augäpfel nach oben und verspürte die Wirkung des Alkohols. Drehen wie auf dem Karussell, sausende Bewegung dem Schlaf entgegen, hinein in den Schlaf, wie der Zug in den Tunnel – dunkle Durchfahrt – und hinten wieder hinaus ins Erwachen.
Roland ging zum Frühstückstisch. Die Mutter gab ihm das Geburtstagsgeschenk. „Ich habe sie gestrickt. Sie werden dich bestimmt wärmen. Ausserdem sind diese Socken viel gesünder als Nylonsocken und saugen den Schweiss auf. Der Fuss kann atmen."
„Danke. Ich werde die Socken anziehen."
„Du musst die Zehennägel schneiden. So gibt es viel weniger Löcher. Es ist ein kleines Geburtstagsgeschenk – kein Klavier. Ich habe das Klavier immer abgestaubt, als du –"
„Es ist alles gut, Mutter!"
„Aber wo warst du denn die ganze Zeit?"
„Ich bin zurückgekommen."
„Wie ging es überhaupt gestern im Konservatorium?"
„Es besteht eine Hoffnung. Wenn ich gewählt werde – gewählt würde, müsste ich zu Kissling ziehen."
„Was? Schon wieder fort?"
„Ich muss üben. Auf einem Flügel üben. Ein Klavier nützt mir nichts."
„Du willst also wieder fort? Gehst du auch gewiss zu Kisslings? Man sagt doch, dass du bei einer – bei einer Person warst!"
„Was heisst da Person! Was heisst da Person", schrie Roland weiss vor Wut. „Weisst du überhaupt, was dein Alter an Weihnachten mit dieser *Person* gemacht hat?"
„Roland! Du sprichst von deinem Vater!"
„Ja – Vater! Gehurt hat er, jetzt weisst du's!"

„Roland!"
„Schrei nicht! Herrgott noch mal: es ist mein gutes Recht, abzuhauen, denn ich verrecke in dieser Umgebung! Hier stinkt's! Es war diese Person, die mich nicht verhungern liess! Ich hegte ihr gegenüber nicht die gleichen Absichten wie dein Herr Gemahl!"
Die Mutter gab ihm eine Ohrfeige. Roland sprang auf und schleuderte die Kaffeetasse an die Wand. „Berühre mich nicht", brüllte er, „berühre mich nicht! Sonst werde ich rasend! An Weihnachten! An Weihnachten! Und du wartest zu Hause und wartest und wartest – schon im Juli wollte ich deswegen fort! Ich halte es einfach nicht mehr aus! Ich hasse euch! Meinst du eigentlich, dass du verheimlichen konntest, dass du –– die Wände sind dünn! Die Wände sind dünn! Ich habe gelauscht!"
Die Mutter sass steif und gerade auf dem Stuhl. Eine runde Scherbe der Kaffeetasse wackelte schnell, immer schneller – bis sie sich nicht mehr bewegte.
Roland presste die Stirne gegen die Wand. Trommelnd begann er verzweifelt mit beiden Fäusten an die Wand zu schlagen, so dass die Deckenlampe klirrte. „Ich halte es nicht mehr aus! Ich halte es nicht mehr aus! Ich halte es nicht mehr aus!"
„Sei ruhig, Roland!" Die Mutter packte seine Handgelenke. „Es ist nicht so schlimm, wie du denkst."
„Ihr habt mir alles verheimlicht! Alles! Alles! Von meiner halbschlauen Tante musste ich hören, dass ich eine Frühgeburt bin!"
„Sprich nicht so bitter. Du bist böse geworden. Du hast dich verändert. Die Socken freuen dich nicht. Und jeden Abend habe ich gestrickt und gehofft, dass du kommst. Der Vater hat's doch nicht so gemeint, als er dich –"
Das Telefon klingelte. Roland erschrak. Die Angst fuhr schwer in die Beine. Er lief zum Telefon, nahm den Hörer ab und sah zur Mutter hin, die mit der Kehrichtschaufel zu ihm trat.
„Wer ist es?" flüsterte sie. Roland winkte wütend ab.
„Ja? Ja?" Er presste den Hörer ans Ohr. „Ja? Herr Kissling?" Seine

Augen wurden gross und rund vor Staunen. „Wie? Gewählt? Danke Herr Kissling! Danke!“ Schlotternd hängte er den Hörer auf, machte einen Purzelbaum, umarmte die Mutter und jauchzte: „Ich bin gewählt! Ich bin gewählt! In der Sitzung wurde es inoffiziell bekanntgegeben. Kissling hat es mir unverzüglich mitgeteilt.“
Roland tanzte durch die Wohnung. „Einpacken“, schrie er: „Einpacken!“ Der Rabe Wladimir krächzte und flatterte in Rolands Zimmer. Er folgte dem Raben und öffnete das schäbige Köfferchen.
Die Mutter fragte traurig: „Du gehst, Roland?“
„Ich muss! Kissling hat es befohlen. Du weisst jetzt, wo ich bin! Dort hab ich's doch gut! Kissling hat zwei Flügel.“
„Mein Gott, was müssen die Leute reich sein. Zwei Flügel. Das wird mir einen Staub geben. Sind sie schwarz? Da sieht man jedes Drecklein.“
„Ich nehme nur das Nötigste mit. Wäsche, Hemden und – und die Socken. Sie werden mich wärmen. Freust du dich auch?“
„Ach, wenn ich weiss, dass es dir recht geht – kocht Frau Kissling gut?“
„So, sage ich Dir!“ Er schnalzte mit der Zunge und schloss verzückt die Augen.
„Sag ihr, sie soll nicht zu viel Salz nehmen. Ich habe im Heftchen gelesen, das sei ungesund. Lieber Pfeffer als Salz. Und den Wollschal vergiss nicht! Wo ich den doch nur wieder hingelegt haben mag. Lass mich nachdenken.“
„Ich brauche keinen Wollschal.“
„Natürlich brauchst du einen Wollschal! Ach so, ja. In der Kommode. Ich gehe ihn holen.“ Sie eilte ins Schlafzimmer. Roland folgte ihr. Die Mutter kniete vor der Kommode nieder. Ihr Gesicht war abgewandt.
„Mutter – wegen vorhin: du bist mir doch nicht böse? Ich wollte die Tasse nicht zerschlagen.“
„Der Henkel hatte sowieso einen Sprung, Roland, denk nicht daran. Scherben bringen Glück.“ Sie stand auf und reichte ihm den

Schal. Ihre Augen waren gerötet. „Vielleicht ist die Unterwäsche schon trocken", sagte sie schnell. „Ich habe sie auf den Ofen gelegt. Ich brauche sie ja nicht zu bügeln. Da kommt mir in den Sinn: du hast keinen Pyjama! Der liegt ja noch in der Lauge. So kannst du doch nicht zu Kisslings gehen! Willst du ein Nachthemd vom Vater?"
„Verschone mich! Man könnte meinen, es ginge nach Amerika!"
Er stopfte seine Sachen ins Köfferchen. „Aber Roland! Lass mich mal. So packt man doch keinen Koffer." Sie nahm alles wieder heraus, um besser einzuordnen.
Als Roland im Regenmantel vor ihr stand, das Köfferchen in der Rechten, tauchte die Mutter ihre Finger ins Weihwassergefäss und bekreuzigte den Sohn. „Wegen des Klapses bist du mir doch nicht böse?"
Roland schüttelte den Kopf und scheute sich, seine Mutter zu küssen. Er stand unter der Wohnungstür und trat von einem Fuss auf dem andern.
„Also behüt dich Gott, Bub. Und mach nichts Dummes."
Er polterte die Treppe hinunter, rannte den ganzen Weg zu Kissling, und das Köfferchen schlug gegen die Beine. Roland schrie beinahe vor Glück.
Er läutete bei Kissling.
„Nanu?" knurrte Kissling.
Rolands Stimme wurde zum ängstlichen Piepsen: „Sie haben mich doch vorhin angerufen!"
„Ich? Angerufen? Kein Mensch hat angerufen!"
Roland wusste alles. Er senkte den Kopf und sagte kaum hörbar: „Sie haben recht. *Kein* Mensch hat angerufen. *Er* hat angerufen."
„Erklär dich bitte! Wer hat angerufen?"
„Ruben."
„Warum?"
„Er hat gesagt, die Jury habe mich gewählt."
„Aha. Aha. Ein schöner Freund ist das! Ein schöner Freund!

Nein aber auch: wie humoristisch. Und? Und? Was willst du jetzt?"

Roland senkte den Kopf und schwieg. Frau Kissling, herbeiwatschelnd, hiess Roland, nachdem sie gesagt hatte, wie gross er geworden sei, eintreten und Platz nehmen.

„Ich verbitte mir solche Scherze", knurrte Kissling. Er ging ins Badezimmer und schmetterte die Tür zu.

„Du darfst schon bei uns bleiben", sagte Frau Kissling leise und fuhr flüsternd fort: „Ich will dir etwas verraten! Mein Mann ist sehr optimistisch, sehr optimistisch! Aber sag ihm auf keinen Fall, dass ich davon gesprochen habe!"

„Meinen Sie, ich dürfe das Konzert spielen?"

„Das habe ich nicht gesagt, aber mein Mann glaubt fest daran!" Ihre Apfelbäckchen glühten. Geschäftig bezog sie im Gastzimmer das Bett mit Barchenttüchern.

Roland nickte zu allen Vorschlägen: Tee und Toast zum Frühstück und, bitte, lieber Pfeffer als Salz. Pfeffer sei gesünder!

VIII

Am 1. April verliess Roland das Bett später als üblich. Entgegen seiner Gewohnheit sprach er nicht mit Frau Kissling während des Frühstücks. Kauen, Einspeicheln, Schlucken. Die Nahrung, schlüpfrig geworden durch Muzin des Speichels, rutscht durch die Speiseröhre. Vorausnahme des Verdauungsaktes durch Ptyalin. Das Magenferment Pepsin verdaut Eiweisskörper. Chymase zaubert Kasein von der Milch weg: Zerlegung in Parakasein und Molkeneiweiss. Speisebrei im Magen: Toast und Tee. Mehr Pfeffer als Salz. Exodus durch den Magenpförtner in den Zwölffingerdarm. Metamorphose, die verborgen. Neutralisation durch alkalische Bauchspeicheldrüsen und Darmsäfte. Trypsin: Spaltungswillig; Malzzucker; Fettsäuren; Kohlehydrate. Willige Zottenmuskulatur und Resorption im Dickdarm. Umwandlung des flüssigen Speisebreis in Kot, der in den Mastdarm wandert und auf Entleerung wartet. Roland spürte es und stand auf. „Ach ja“, sagte Frau Kissling, „es ist ja noch ein Brief da für dich. Hier!“ Roland nahm den Brief entgegen und ging auf die Toilette.

Er setzte sich. Der grüne Briefumschlag zitterte in seiner Hand. Grün: Farbe des Diebstahls, Farbe des Priesters am Ostertag, Farbe der Wiese. Baumblatt, blattgrün. Grün: Farbton zwischen Blau und Gelb; dem Gelben benachbartes Laubgrün, dem Blauen verwandtes Seegrün. Berggrün, Grünerde. Chromgrün, Saftgrün, Grün: Farbe der Unerfahrenheit, Farbe der Hoffnung,

Farbe des Herzens. Grüne Wandtafel, grüner Schrank, grüne Gitterkasse, grüner Vorhang des Beichtstuhls, grüner Hautanzug, grüne Türvorlage, grüner Wollschal der Mutter, grüner Briefumschlag, darauf Rubens Schrift.

Roland hatte zwei Monate gearbeitet, seit dem Tag als er Bescheid erhielt, Kisslings Konzert spielen zu dürfen, zwei Monate, zwei lange Monate, zwei Monate hatte er geübt, gearbeitet, auswendiggelernt, zwei Monate sass er jeden Tag sechs Stunden am Klavier, Kissling stand daneben, wodkatrinkend, zitroneträufelnd, unterkiefervorstossend, kaffeebohnenzerkauend, malariagelben Gesichts, antreibend, anfeuernd, tadelnd, lobend, ekstatisch, und jetzt, nach zwei Monaten, schickt Ruben einen Brief, nach zwei Monaten der Entsagung, Eifer, nach zwei Monaten der Fingerübungen, Pedalübungen, Untersetzübungen, Akkordübungen, Repetierübungen, Spannungsübungen, Knickübungen, und jetzt, nach zwei Monaten, beherrscht er alles auswendig, kennt die Partitur, ihre Stimmen, kleine Flöten, grosse Flöten, Oboen, Englischhorn, Klarinetten in Es, Klarinetten in B, Bassklarinetten in B, Saxophone in Es, Fagotte, Kontrafagott, Kornetts in C, Trompeten in C, Hörner in F, Posaunen, Pauken, Xylophon, kleine Trommel, Becken, *Klavier,* Violinen I, Violinen II, Bratschen, Violoncelli, Kontrabässe, und jetzt kommt Ruben, und Roland ist tief ins Werk eingedrungen und denkt nichts anderes, schreitet im Takte der Musik, schwimmt im Fugenflusse, Fuge, Fuge, flüchtet mit ihr, flüchtet mit dem Cello, das, im Subjekt, als gewaltiger Block wuchtig sein Thema bringt, und als Gefährte antwortet die Bratsche, während das Cello kontrapunktisch figuriert, und später blüht das Thema wieder bei den Geigen auf, blumig, und die Exposition wird gekrönt, zwei Durchführungen folgen, die Stimmen reiben sich in der Engführung, dissonieren, streiten in kanonischen Kontroversen, aber Dux und Comes reissen die Herrschaft an sich, und im Andamenti triumphiert das Klavier als Usurpator und klopft den Orgelpunkt, spannt, spannt – und Auflösung: Erguss – ein gewaltiger Strom stürzt wie ein Wasserfall nieder und rauscht

und singt und tobt und brüllt und rast und flüstert und schreit und schluchzt als Musik, Musik, Musik, flutet über Länder, ergiesst sich ins Meer, überschwemmt, schwillt, versiegt, ja, das ist Kisslings Musik, die Roland kennenlernte, und jetzt kommt Ruben, und Roland ist müde nach zwei Monaten, heute, am 1. April, und vor einem Jahr, am 1. April, war er Christian im Treppenhaus begegnet, und nun kommt Rubens Brief, und Roland ist leer, ausgeleckt wie ein Milchnapf, und er wollte den Brief nicht lesen und spreizte die Beine und liess den Brief fallen, stand auf, spülte, trat ins Musikzimmer und setzte sich an den Flügel.
„Was ist los mit dir? Beginnst du endlich?"
„Ach, Herr Kissling! Ich kann nicht mehr. Heute will ich frei haben! Nur für ein paar Stunden!"
„Ist es wegen des grünen Briefes? Meine Frau sagte es mir. Also geh. Aber pass auf! Mach nichts Dummes! Du hast viel gearbeitet. Geh nicht zu Ruben. Er hat dich gefoppt vor zwei Monaten und genarrt. Ich will nicht wissen, was er geschrieben hat. Ich will mich an unsere Vereinbarung halten, dich weder über die dreiunddreissig Tage noch über diesen Kerl Ruben zu befragen. Aber ich warne dich vor ihm. Wenn du schon zwei Monate ohne ihn sein konntest, so kannst du es auch jetzt! Du hast bewiesen, wozu du fähig bist. Du hast mir viel Freude gemacht. Aber bilde dir jetzt gar nichts ein darauf, verstanden!? Mach also in Gottes Namen frei heute. Und komm nicht zu spät!"
Kissling legte seine braunen, lederigen Hände schwer auf Rolands Schultern. „Ich bin stolz auf dich, du!" Er schüttelte ihn.
Roland errötete und versprach, zum Nachtessen zurück zu sein.
Er nahm den rotgefütterten Regenmantel und trat ins Freie. Tief atmete er auf. Warmer Wind blies ihm entgegen. Schwarze Wolken segelten wie riesige Piratenschiffe durch den Himmel.
Jetzt bereute Roland, Rubens Brief nicht gelesen zu haben. Unschlüssig stand er auf der Strasse.
Später ging er entschlossen in die krumme Gasse, öffnete die Tür zur Spelunke und schrie: „Es brennt! Es brennt! Fürio! Hilfio!"

Die Wirtin eilte in die Gaststube. Roland begann zu lachen. Er sagte: „Am ersten April kann man narren, wen man will!"
„Was fällt Euch ein, Roland, mich so zu erschrecken! Ihr habt Euch lange nicht mehr sehen lassen!"
„Ich spiele übermorgen ein Konzert!"
„Potztausend!"
„Haben Sie es nicht gelesen in der Zeitung?"
„Nein."
„Es stand doch in der Zeitung! Mit einer Reportage über mich!"
„Das ist ja grossartig. Wollt Ihr ein Schnäpschen?"
„Ja! Schnaps Schneps Schnips Schnops Schnups!"

Nächste Furche.

Roland trank vom Wasserklaren. Trank wasserklaren Kartoffelschnaps, Tränenschnaps.
Eine halbe Stunde später verliess er die Spelunke und trat ins Nachbarhaus ein, wo im Erdgeschoss Gipser und Maler beschäftigt waren. Roland stieg langsam zur Mansarde empor, klopfte zögernd und trat ein, als er Marias tiefe und heisere Stimme sagen hörte: „Pronto!"
Da standen sie voreinander und sahen sich an. Sie hob die Hände, trat auf Roland zu und umarmte ihn heftig, der erschlaffte, als er Marias Kraft spürte. „Du riechst nach Alkohol", flüsterte Maria. Sie streichelte Rolands glatte, vollkommen bartlose Knabenwange. Plötzlich lachte Maria gurrend wie eine Taube und rieb mit lavendelriechendem Zeigefinger Rolands Oberlippe. „Du kriegst hier Flaum!" Roland errötete und wurde wütend. „Ich bin kein Spielzeug", sagte er heftig. Maria lachte schallend und warf sich auf den wackelnden Lehnstuhl.
„Weisst du, dass ich ein Konzert spielen werde?"
„Ein Klavierkonzert?"
„Ja. Kisslings Klavierkonzert!"
„Wann?"
„Übermorgen!"

„Nein! Sicher?"
„Es stand doch in der Zeitung!"
„Du machst Spass."
„Sicher!"
„Ich lese nie Zeitungen."
„Ach so." Roland senkte den Kopf und setzte sich aufs Bett, fuhr aber sogleich wieder auf.
„Sitz doch! Sitz doch", sagte Maria beschwörend. „Es war kein Mensch hier seit Weihnachten. Sicher! Ich schwöre es dir! Dein Vater war der letzte — ich meine: Ich habe doch nicht gewusst, dass jener Mann dein Vater war."
„Es ist gut, Maria, es ist gut. Ruben hat ihn dir geschickt."
Marias Augen wurden gross. Sie atmete schneller. „Ruben? Ruben? Ich möchte ihn wiedersehen." Sie erschrak und wurde blass. Schnell zündete sie sich eine Zigarette an.
„Warst du bei Ruben die ganze Zeit? Drei Monate bei Ruben?"
„Nein. Nur dreiunddreissig Tage. Seit zwei Monaten wohne ich bei Kissling, wo ich an seinem Klavierkonzert arbeite."
„Ach ja, ach ja", sagte Maria leise, „ein Konzert. Warum hat Ruben deinen Vater zu mir geschickt?"
„Er wollte eine Begegnung provozieren. Ruben wusste, dass ich bei dir mein Köfferchen holen würde. Und so geschah es."
„Überhaupt ein gebildeter Mann, dein Vater!"
Roland lachte. „Ja, sehr gebildet. Er war Chefredakteur, dann Redakteur, dann Hilfsredakteur, dann Journalist, dann Hilfsjournalist, und heute ist er Gelegenheitsjournalist. Eine grossartige Karriere. Er säuft und säuft und säuft und säuft. Seit einem Jahr ist es ganz schlimm. Meine Mutter muss putzen gehen. Ich will nicht davon sprechen. Nein! Ich will nicht davon sprechen. Meine Mutter leidet. Ich hielt es nicht mehr aus letzten Sommer. Warum musste Christian sterben? Heute vor einem Jahr lernte ich Christian kennen. Und später lag ich in der Gosse. Du nahmst mich auf. Warum will ich immer alles im Stich lassen? Ich bin immer auf der Flucht. Als Sechsjähriger war ich schon immer auf der Flucht, damals, als ich in den Kindergarten musste. Oder später in der Schule: Es geschah, dass mich ein Lehrer ohrfeigte – ich

flüchtete und blieb drei Tage lang der Schule fern. Nur meiner Mutter verdanke ich, dass es keine Scherereien gab; denn sie meldete mich krank. Später wollte ich zur See. Ich bin kein Schwächling! Ich bin kein Schwächling! Und jetzt? Jetzt möchte ich wieder ausreissen. Ruben hat mir geschrieben." Roland verzog das Gesicht.

„Was hast du, Roland?"

„Die Narbe schmerzt." Er öffnete das Hemd. „Siehst du? Die kleine, weisse Narbe ist verheilt. Damals tauschte ich mit Christian das Blut. Aber die grosse, eiternde Narbe stammt von Ruben."

„Das sieht böse aus."

„Ruben brachte mir diesen Schnitt bei."

„Soll ich Jod daraufpinseln?"

„Nein."

„Warum hat er dich geschnitten?"

„Wir tauschten ebenfalls Blut."

„Tat es weh?"

„Nein. Wir betäubten lokal. Gefrorene Brustwarze durch verdunsteten Äther. Eine schmerzlose Zerfleischung. Betrug."

„Warum kamst du zu mir, Roland? Hast du Streit mit Kissling?"

„Nein. Heute ist doch der erste April! Und Ruben hat geschrieben. Aber ich las den Brief nicht."

„Was hast du bei Ruben gemacht?"

„Ich? Ich wohnte dreiunddreissig Tage bei ihm."

Das Schweigen quälte. Roland knöpfte das Hemd zu. Der Wind stöhnte über den Dächern. Die Wolkenschiffe segelten nach Norden.

Nach einer Weile sagte Roland: „Ich kam zu dir, weil ich dir danken wollte. Du hast mir geholfen."

Maria sagte: „Es ist soweit. Ich habe das Geld beisammen. Im Erdgeschoss wird mein Gemüseladen eingerichtet."

Roland wusste nicht, was er sagen sollte. Er stand auf und zog den Regenmantel an. „Ich gehe jetzt." Die dunkle Schönheit Marias ängstigte ihn.

„Warum gehst du schon? Willst du nicht bei mir bleiben?"
„Wie alt bist du, Maria?"
„Dreissig. Aber das seit einigen Jahren."
Roland blickte auf den grünen Teppich, der vor dem Bett lag.
„Warum fragst du nach meinem Alter?"
„Nur so." Roland lächelte hilflos.
„Du willst also gehen?"
„Ja, ich komme bald wieder", sagte Roland leise und verliess die Mansarde. Er stand vor der Tür und lauschte; und er knöpfte Regenmantel und Hose auf. Es war ruhig im Treppenhaus. Seine Finger zitterten. Ihm wurde schwindlig. Hier oben war er allein. Er hielt inne und horchte. Aus Marias Mansarde drang kein Laut. Er fuhr fort und kämpfte gegen das Keuchen. In den Adern des Halses klopfte das Blut.
Er atmete heftig und starrte einige Sekunden erlöst und benommen auf die Schwelle.
Er floh in den Dom, lehnte an einer grauen Säule, schloss die Augen und stellte sich Christian vor.
„Christian!"
„Roland?"
Roland öffnete die Augen und erschrak. An derselben Stelle, wo Christian gewartet hatte am 7. Juli, stand der Priester.
„Herr Vikar Benoit?"
Roland sah in das strenge, asketische Gesicht. Unter den zusammengewachsenen Brauen blickten die dunklen, traurigen Augen. Die schmalen Lippen formten ein Lächeln.
„Welche Überraschung", sagte der Priester und reichte Roland die Hand. Der Händedruck dauerte seltsam lang.
„Ich habe dich seit Weihnachten nicht mehr gesehen. Warum besuchst du mich nie? Es ist schade, dass man den Kontakt so verliert. Wie geht es dir? Ich denke, dass du bald Primaner sein und deine Matura machen wirst?"
„Nein. Ich wurde vor neun Monaten aus dem Gymnasium geschmissen."
Der Priester blickte ihn betroffen an, und Roland versuchte, gelangweilt zu lächeln, was aber misslang, als ihm Benoit seine

schwarzbehaarte Hand auf die Schulter legte. „Was ist, Roland? Du siehst nach dem Beichtstuhl? Kamst du in den Dom, um zu beichten?“

„Sie wissen, dass ich nicht mehr beichte.“

„Ich erinnere mich unserer Aussprache. Es dürften drei Jahre her sein. Damals erklärtest du mir, mit der Religion gebrochen zu haben. Das mag eine Krise gewesen sein, und es geschah kurz nach deinem Stimmbruch. Ich hoffe, du verstehst mich. Du willst nicht mehr beichten, und darum befremdet es mich sehr, dir während der Mitternachtsmesse vergangener Weihnacht die Kommunion dargereicht zu haben, wenn ich bedenke, dass du sie ohne Beichte empfangen hast!“

Der Priester blickte ihm in die Augen und trat einen Augenblick später zum Beichtstuhl. Er öffnete das Türchen, nachdem er sich bekreuzigt und das Knie gebeugt hatte. Der Priester verschwand im Beichtstuhl. Das Türchen schnappte zu; aber ein Zipfelchen der Soutane war eingeklemmt und schaute schwarz hinaus. Roland schob den grünen Vorhang beiseite und kniete nieder. Eine hölzerne Wand trennte Beichtvater und Beichtkind. Roland betrachtete das feine Maschenwerk des Gitterchens, das vollgesogen war mit Sünden, ihn an die grüne Gitterkasse erinnerte und nach saurem Speichel roch. Rolands Herz pochte schnell. Er begann: „Gelobt sei Jesus Christus.“

„In Ewigkeit. Amen.“

„Hochwürdiger Beichtvater, ich habe seit drei Jahren nicht mehr gebeichtet.“ Rolands Stimme zitterte so sehr, dass er nicht mehr sprechen konnte. Sein Gesicht wurde heiss. Er musste schlukken.

„Nun?“ mahnte der Priester nach langer Zeit.

„Ich kann nicht.“ Roland verliess hustend den Beichtstuhl. Nach einer Weile stand Benoit hinter Roland und sagte leise: „Komm zurück, ich werde dir helfen.“ Er nahm Roland am Arm, den er zärtlich drückte. Der Vikar verschwand abermals im Beichtstuhl. Diesmal war kein Zipfelchen der Soutane eingeklemmt.

Roland schob den schweren, grünen Vorhang beiseite und kniete nieder. Sein Kreuz schmerzte. Er hörte den Priester flüstern:

„Wir wollen miteinander sprechen."
„Ich will nicht beichten."
„Das glaube ich nicht. Sonst würdest du nicht hier sein. Ich kenne den Beweggrund, der dich nicht mehr zur Beichte kommen liess. Ich kenne dich. Als du noch bei mir als Chorbube sangst, erfülltest du deine Pflichten. Mein Vorgänger, Vikar Jacobi, bei dem du vier Jahre gesungen hast, sprach von deiner Frömmigkeit. Unumwunden: Du bist mein bester Chorbub gewesen! Ältere Leute sprechen nicht ohne Rührung von deiner Stimme. Du musst es als schmerzlich empfunden haben, deine Stimme zu verlieren. Und du kamst nicht mehr zur Beichte wie so viele, wenn sie mannbar werden. Die Hormcne verändern auch den Charakter. Du konntest im Beichtstuhl nicht von den Veränderungen deines Körpers berichten. Ich verstehe das. Andere Knaben berichten genüsslich von ihren Qualen. Sie sind mir widerwärtig. Höre, Roland: Ich spreche vielleicht nicht wie ein Priester. Du bedeutest mir mehr, als ich dir jetzt sagen kann. Ich würde nicht mit dir sprechen, wenn du nicht so traumverloren an der Säule gelehnt hättest. Ich beobachtete dich einige Augenblicke. Du sprachst den Namen Christian aus. Wer ist Christian?"
„Mein Freund; aber er ist gestorben."
„Gestorben?"
„Ja."
„Ich fühle mit, Roland."
„Danke bestens."
„Sei nicht zynisch. Es hilft dir nichts. Hängt es mit Christian zusammen, dass du das Gymnasium hast verlassen müssen?"
„Ich stahl Geld in der Schule, um mit Christian zu fliehen. Dann steckte man mich in eine Beobachtungsstation. So ist das. Später starb Christian."
„Wann lerntest du Christian kennen?"
„Heute vor einem Jahr."
„Hast du ihn geliebt?"
„Sie sprechen sehr frei, Herr Vikar!"
„Ich kenne deine Neigungen, Roland, ich kenne sie gut."
Das Schweigen lastete schwer im Beichtstuhl. Roland legte die

Stirne an die hölzerne Wand. Sein Kreuz schmerzte heftiger als vorhin.
„Nein! Sie wissen nichts von mir; Sie wissen nicht, dass Christian und ich, dort wo Sie jetzt sitzen oder knien, wider das Sechste Gebot gehandelt haben!"
Roland atmete auf. Es schenkte ihm Befriedigung, zu beichten. Er wusste, dass der Priester litt, und deshalb machte es ihm Spass, Benoit zu quälen: „Wie ist das? Müsste diese heilige Stätte nicht neu geweiht und gesegnet werden? Wir haben doch regelrecht –"
„Ja? Warum sagst du mir das Wort nicht? Bist du plötzlich feige?"
Roland duckte sich. Er empfand Wut, weil der Priester ihm überlegen war.
„Was tust du jetzt, Roland?"
„Ich wohne bei Herrn Kissling."
„Ivar Kissling?"
„Ja. Ich werde sein Klavierkonzert spielen. Lesen Sie Zeitungen?"
„Flüchtig. Sein Klavierkonzert sagst du?"
„Ja. Hat es Ihnen Herr Kissling nicht gesagt?"
„Nein. Ich komme mit Ivar Kissling kaum ins Gespräch, seit ich die Chorbuben nicht mehr dirigiere."
„Was? Sie leiten die Chorbuben nicht mehr?"
„Nein."
Roland hätte fragen wollen weshalb, beherrschte sich aber, weil ein Verdacht in ihm aufstieg. Der Priester sagte: „Das macht mir grosse Freude, Roland! Ich werde auf jeden Fall dabeisein, wenn du das Konzert spielen wirst."
Der Priester schwieg derart lange, dass Roland versucht war, den Beichtstuhl zu verlassen. Aber Benoit fragte plötzlich: „Wer hat mit dir kommuniziert?"
„Bekannte."
„Das nehme ich an."
„Ich wohnte bei ihr."
„Und Jener – *Jener*, der neben dir kommunizierte – wer ist er?"

Roland sagte dumpf: „Auch bei ihm wohnte ich." Roland klammerte sich am Stützbrettchen fest. Das Kreuz schmerzte unerträglich.
„Du sagst nichts mehr? Du schweigst? Du wohntest also mit einer Frau zusammen und mit jenem – mit Jenem?"
„Erst später wohnte ich bei Ruben."
„Er heisst Ruben?"
„Er heisst Ruben."
„Du wohntest bei ihm. Und was machtest du bei ihm?"
„Ich unterschrieb einen Pakt."
Der Priester atmete schwer. Ganz leise fragte er:
„Wie?"
„Ich unterschrieb den Pakt mit meinem Blut."
„Wie – wie lautet der Pakt?"
„Ich kenne den Wortlaut nicht. Ich war betrunken. Es geschah nach der Mitternachtsmesse."
Der Priester murmelte eine lateinische Formel.
„Exorzismus? Das wird nichts nützen, Herr Vikar, obwohl jeder katholische Priester auch Teufelsaustreiber ist! Nein! Nein! Ich wusste am Heiligen Abend: Du bist erledigt, Roland, jetzt bist du erledigt, als Ruben hinter mir sass während der Mitternachtsmesse und seinen heissen Atem gegen meinen Nacken blies. Am andern Tag begann es. Am Morgen tanzte er mit einem grünen Hautanzug bekleidet. Er drang in mich ein, und ich empfing sein Fleisch und Blut. Und dann schickte er meinen Vater zu Maria. Sie müssen wissen, dass Maria eine – eine Person ist. Aber ich habe nie etwas mit ihr gehabt! Nie! Nie! Ich habe überhaupt noch nie etwas mit einer Frau gehabt. Jetzt wissen Sie's! Ich habe Angst. Aber ich habe zugeschaut, ich habe zugeschaut, wie die Männer Maria fickten! Auch mein Vater hat es getan mit ihr. Auch mein Vater. Warum kennt Ruben meinen Vater? Ich weiss es nicht, ich weiss es nicht. Aber ich sass, nachdem ich mich mit dem Vater geprügelt hatte, auf meinem Köfferchen vor dem Gittertor und wartete und wartete und wartete auf Ruben. Dann kam er, und er nahm mich, und er führte mich in sein Reich. Dreiunddreissig Tage des stählernen Hasses und der Ausschwei-

fung. Er vermochte alles. Er führte mich durch die Duftgärten. Er lud Halbwüchsige ein, die ihm willig dienten. Die jungen Körper boten sich feil. Fritz, das ist ein ehemaliger Zögling, ein Riese, diente als herkulischer Sklave. Er ölte unsere Körper, bereitete die Bäder, füllte die Opiumpfeifen und bewachte uns. Ein Halbwüchsiger und Fritz lieferten sich einmal im Garten einen Zweikampf. Ihre nackten Körper wirbelten im blauschimmernden, blendenden Pulverschnee. Auf fünffach geschichteten Teppichen, unter der Spiegeldecke, feierten wir Messen in allen Farben: Rosa Messen, Grüne Messen, Schwarze Messen. Ruben murmelte Beschwörungen. Räucherstäbchen dufteten herb, süss und faulig. Er zauberte Trugbilder. Die Trägheit berauschte mich, und ich verfiel schweren Düften von Fichten, Jasmin, Arnika, Rosmarin, Eukalyptus, Weihrauch. Wir trugen seidene Gewänder: Saris, Tuniken, Kimonos. Wir assen fremde Gerichte und kosteten Gewürze: Ingwer, Wachholder, Kümmel, Pfeffer, Nelken, Safran, Kapern, Lorbeer, Muskat, Curry, Minze, Anis, Melisse, Paprika, oder wir assen Dong Gwah, Won Tan, Go Low Yok, Hulva, Chapati, Yünnam Fo toy, Cous-Cous, Tavuk Keuftés ve Bezelyalipilawe — und das Opium: Bukett des Tschandus, schneeweisser Garten der Lust, des Rausches, glitzernde Trugfarben: Lapislazuli, Smaragd, Rubin, Topas, Kristall, Chrysoberyll, Turmalin, Spinelle, Achat, Türkis, Granat, Tigerauge, Aquamarin, Saphir, Amethyst, Hyazinth. Es funkelte und gleisste. Ich versank im schaumroten Taumel. Ruben sagte: 'Du bist ein Dieb, und ich bin ein Bastard: uns gehört die Zukunft!' Und ich zappelte im Wollustnetz. Die Früchte des Paktes schmeckten honigsüss. Ich torkelte in den orangenblütenduftenden Gärten. Mein Rückenmark schauerte vor Lust und Grauen. Aber ich habe Angst, Herr Vikar! Ich habe Angst! Ich darf Ihnen nicht sagen, was geschehen ist! Ich kann es nicht sagen. Ich weiss es nicht mehr. Ich war berauscht. Er hält sich verborgen. Er ist wie Gott im Netz — als eine Spinne lauert er. Und das Gift lähmte meine Gedanken. Aber ich habe ihn verlassen und zog zu Kissling, und heute schrieb er mir einen Brief, aber ich habe den Brief nicht gelesen, nein, ich habe ihn nicht gelesen. Er will etwas. Bei ihm, während der dreiunddreissig Tage, als er das Haus verlassen hatte, um Hass zu säen in die Menschen, setzte ich mich an den Flügel und spielte aus Kisslings Konzert die Hirtenweise, eine Flötenmelodie, mit der ich den Sieg errungen hatte beim Wettbewerb, immer spielte ich sie, immer, immer wenn er das Haus verlassen hatte, spielte ich sie, diese Hirtenweise: Lockruf aus den Bergen. Ich möchte Hirte sein oder Schiffsjunge an Bord eines Dampfers. Berge und Meere; das Hohe und das Weite; Gebärde des Aufbäumens und Gebärde der Spannung; Aufgeworfenes und Flaches; Stein und Wasser. Immer spielte ich die Melodie, und Ruben wusste es. Er sagte: 'Du hast den Pakt unterschrieben – also wirst du das Konzert spielen können!' Aber seine Liebe ist der Hass, und ich möchte mich lösen von Ruben – aber kann ich es? Kann ich es? Er greift nach mir. Das Gefüge seines Hasses ist von der Gesetzmässigkeit eines Kristalls, sein Hass ist gewoben wie ein Spinnennetz, das zwischen zwei Bäumen in frischer Morgenkühle reifversilbert glitzert. Rubens Wunde unter der Wunde Christians schmerzt und eitert. Zwei Wunden in der Brust — und ein einziger Schmerz darin. Mein Verstand zerstiebt wie Wasser an einem Felsenriff, wenn ich an Ruben denke, und ich muss die Schreie ersticken. Ich will zu Christian! Er bewegt sich im Grab. Ich habe sein Grab noch nie gesehen. Ich will an Christians Grab! Ich will zu Christian! Ich muss ihn finden, und wenn der Weg bis zu Utnapischtim führt. Mich packt der Aufschrei der Erde. Ich werde durch Länder laufen und werde Berge besteigen und werde das Meer durchschwimmen: so werde ich Christian finden!"

„Du wurdest missbraucht, Roland! Halte dich von Rubens Wirkung fern! Gehe zu Herrn Kissling zurück! Wenn du willst, begleite ich dich. Und versuche nicht das Unmögliche, indem du zu Christian willst. Dies ist keinem Sterblichen gelungen. Du darfst keinen Kontakt aufnehmen mit Christian – oder du wirst wahnsinnig! Ich sage dir Roland: Du bist nicht Gilgamesch!"

„Gilgamesch? Gilgamesch? Doch – ich bin Gilgamesch. Und Christian ist Engidu!"

„Du bist ein Heide geworden, Roland! Das Babylonische eurer Sitten wird sich rächen."
„Ich pfeife auf die christliche Moral."
„Das ist ungeschickt ausgedrückt. Ich will dir helfen, Roland. Es gibt nur ein Gesetz: Arbeit!"
Der Priester segnete Roland und verliess den Beichtstuhl. Roland erschrak, als er den Priester sah: sein Gesicht war verzerrt, die Augen blutunterlaufen, und eingetrockneter Speichel klebte an den Mundwinkeln. Die Augenlider flatterten, als er sagte: „Auch ich bin nur ein schwacher Mensch." Dann eilte er dem Altar entgegen und verschwand in der Sakristei.
Roland lehnte an der Säule. Er sagte wieder leise: „Christian", und er verliess den Dom, und er ging zum Friedhof.
Der Friedhof lag vor der Stadt. Am ersten Tage seines Zwangsaufenthaltes in der Beobachtungsstation hatte Roland weinend die Friedhofwege gesäubert. Seither war er nie mehr hier gewesen; und jetzt suchte er Christians Grab. Roland fand das Grab nicht.
In Reih und Glied standen die Grabsteine. Auf zwo numerieren! Eins zwo! Eins zwo! Gruppen rechts schwenkt, marsch! Stramm marschierten die Kreuze und Grabsteine. Die Erde erzitterte. Hohe Marmormonumente flankierten den Zug. Auf dem Feldherrenhügel brüllte der Liebe Gott Kommandos und geiferte Tabaksaft. Einige Kreuze waren invalid und humpelten. Trippelnd folgte der Kinderkreuzzug. Donnernd marschierte die Parade der Kreuze im besten Alter. Der Liebe Gott schrie: „Ganze Abteilung halt!"
Die Grabsteine und Kreuze, in Gruppen geordnet, standen still.
„Kreuze, Kreuzinnen! Ihr seid hier versammelt auf dem Friedhof, eurem angestammten Platz. Seid ihr euch der hohen Aufgabe bewusst? Ich sage euch: Nein! Und abermals nein! Ihr steht schief! Aber ihr habt gerade und aufrecht zu stehen, verstanden?! Es ist vorgekommen, dass verschiedene Kreuze geweint haben. Ihr seid nicht da, um zu weinen! Habt ihr das verstanden, ihr himmeltraurigen Christenkruzifixe? Das faulende Kreuz Chri-

stians ging mit dem schlechten Beispiel voran. Dieses Kreuz hat nicht darauf zu achten, wie der Körper aufquillt und den Sarg zu sprengen versucht; wie die Augen gerinnen unter sich lösenden Lidern; wie die Wimpern abblättern; wie sein junger Körper modert im Sarg, dessen sechs Kanten schief und die Nägel verrostet; wie die Lippen verdorren; wie die Zähne gelb werden und lang; wie das Fleisch verrottet und fault, abfällt, zu Erde wird; wie die Würmer sich durch Rippen fressen: Nein, darauf hat ein anständiges Kreuz nicht zu achten! Stramm muss es stehen und gerade, bis es dereinst ausgerissen wird, wenn man Raum für frische Leichen braucht. Abtreten! Eins! Zwo! Eins! Zwo! Stramm! Auf eure Plätze! Marsch!"

Der Liebe Gott blies erregt in die Trillerpfeife; und stramm marschierte das Kreuzbataillon.

Roland fand Christians Grab nicht. Er war nicht dabeigewesen, als man Christian begraben hatte. Er suchte und suchte, aber es war vergebens.

Er verliess den Friedhof spät. Kreuz und quer irrte er durch die Stadt, bis es dunkelte. Der warme Wind blies die dunklen Piratenschiffe nach Norden. Fahl beschien der Mond die ausgefransten Ränder der zerfetzten Segel. Der rotgefütterte Regenmantel blähte sich auf. Roland betrat den Hof. Die Regenrinne durchriss den nachtdunklen Asphalt. Er lehnte an der hohen, schiefen Harassenbeige. Später öffnete Roland die rote Tür. Es war acht Uhr abends, als er das Treppenhaus betrat, in dem es nach Kohl und Urin stank. Wackelnde zweitoberste Stufe. Er stieg höher, als Wladimir krächzte. Plötzlich öffnete sich die Haustür. Der Vater stieg die Treppe empor. Er war nüchtern und streifte umständlich seine Schuhe an der grünen Türvorlage ab.

Roland schlich hinunter. Neue Mieter wohnten im Erdgeschoss. Christians Mutter war im Irrenhaus. Im Hof berührte Roland das rostige Rohr der Dachtraufrinne. Ein schwarzes Kätzchen strich ihm um die Beine und schnurrte und raunzte. Roland bückte sich und streichelte es. Dann sah er hoch und schaute dem Knaben zu, der, beide Beine überm schwarzen Regenablauf gespreizt, mit einem hölzernen Schläger das Plastikbällchen in die

Dämmerung jagte; und geschickt fing er das Bällchen auf mit dem Brettchen, wobei sein Unterarm zuckte und das Bällchen hochflog und niederfiel, so dass es helldurchdringend, schnalzend knallte im Hof. Laut zählte der Knabe die Schläge. Der Ausdruck seines Gesichtes war gespannt und verhärtet.
Vor einer Tür hielten Knaben Kriegsrat. Dichtgedrängt standen sie beieinander. Ein gellender Pfiff schüttelte die Knabentraube. Nach allen Richtungen kugelten die Beeren, und binnen Sekunden war der Hof leer. Nur der spielende Knabe blieb. Sein Unterarm zuckte, und das Kätzchen sah dem weissen Bällchen nach: auf und ab der schmale Kopf, die Öhrchen spitzgestellt.
Zwei Mädchen drangen kichernd in den Hof ein. Sie stiessen sich die Ellenbogen zwischen magere Rippen, bogen und verrenkten die schlacksigen Leiber vor Lachen und flüchteten, als sie Roland sahen, kreischend in einen Hausgang. Sie schlugen die Türe zu und pressten ihre fahlen Gesichter an das Glas hinter den rostigen Eisenstäben. Weiss und fleischig zerflossen die Münder an der glatten Scheibe. Die Nasen waren plattgedrückt. Vier grosse Augen blickten feindselig auf Roland. Warmer Hauch beschlug die trübe Glasfläche und liess die Gesichter schmelzen; aber zwei rote Zungen leckten den grauen Nebel weg.
Das Tocken wurde unregelmässig. Wild, mit hetzenden Sprüngen, hin und her, verfolgte der Knabe das Bällchen, zählte laut. stolperte, fiel hin. Das Bällchen bibberte auf dem Asphalt. Der Knabe wälzte sich, streckte die mageren Beine in die Luft und schrie krächzend mit der Stimme seiner anfälligen Jahre: „Weltrekord! Dreihundertneunundsechzigmal!"
Das Kätzchen flitzte dem Bällchen nach, und der Knabe keuchte, und die Mädchen schrien: „Wisu! Wisu! Pfeif den andern! Der Steinmann ist hier! Sag's ihnen", und ein gellender Pfiff, schräg und chromatisch emporschleifend, widerhallte im Hof, und zurück purzelten die Beeren, und Roland wurde eingekreist. Die Knaben gurrten wild und bedrohlich. Einsam stand Roland inmitten des lebenden Kreises. Der Knaben Füsse stampften, kratzten und scharrten auf dem Boden; und jetzt fürchtete sich Roland sehr, weil er einige Knaben, die als willige Gäste in Ru-

bens Haus erschienen, wiedererkannte. Aber jetzt waren ihre Gesichter hart und eckig und nicht mehr buhlgefällig wie während der dreiunddreissig Tage. Verzerrte Münder, schief und rot und rachegeifernd. Entblösste Zähne glitzerten. Die zwei Mädchen hüpften jubelnd rund um den Kreis herum. Das Treiben sah aus wie ein harmloses Spiel. Roland begann sich um die eigene Achse zu drehen, schneller, wirbelnd. Lebender Ring, Schulter an Schulter, Seite an Seite. Abgeschabte Hosenlätze, wunde Knie, narbige und beschorfte. Kopfvoran stürzte Roland in die keuchende Fleischmauer, die er zu sprengen versuchte; aber Fusstritte machten den Durchbruch unmöglich, und Roland musste sich stumm in die Mitte zurückziehen. Hassende Augen glänzten in der schmutzigen Dämmerung. Ein Flüstern pflanzte sich kreisrund fort. Zischende Laute und heiseres Lachen. Schaumiger Speichel traf Roland. Er verbarg das Gesicht im gewinkelten Arm. Die Verwegensten traten näher und bespritzten das Opfer mit heissem Harn. Und endlich packten Hände zu. Klammernde, kneifende Griffe an den Armen, an den Schenkeln, fast liebkosend zuerst, dann kräftiger und schmerzhaft und gewalttätig. Harte Fäuste trafen Roland. Er blieb stumm und duckte sich; aber sogleich zappelten die Knabenleiber auf ihm. Jetzt kniete Roland verkrümmt vor der roten Tür. Wie Hagel prasselten die Fäuste gegen den Rücken.
„Zurück", schrie der baumlange Kerl, und wieder: „Zurück!" Schweratmend drängten sich die Knaben zurück, flohen nach hinten, bildeten abermals einen Kreis, der jetzt zitterte und bebte, gieriger Knabenkreis, Knaben, die ihre Hände in den Hosentaschen verbargen und dem Anführer zuschauten, der, stumm, drohend, langsam sich über Roland bückte und ihn hochriss. Roland taumelte und sah dem Anführer ins Gesicht. Grünwollenes, schweissnasses Haar beklebte die Stirne. Überm fleischigen Mund starrte die schräge Nase.

Damals im glitzernden Schnee vor dem Gittertor war es Fritz gewesen, der Hüne Fritz, der diesen Kerl, den Anführer, besiegte. Ruben und Roland hatten zugesehen. Aber jetzt stand der Kerl alleine da, jetzt würde er siegen, jetzt grinste er und schlenkerte die langen Arme. Die Mädchen umschlangen sich ängstlich, und wie ein Wildstier schnaubte der Kerl, wobei sich seine Nüstern blähten. „Gib ihm, gib ihm", drang es heiser aus den Lippen der Knaben. Ihre Bäuche waren hohl, die Oberkörper quälfreudig vorgebeugt, die Hälse versteift und die lüsternen Münder halb geöffnet. „Gib ihm! Gib ihm! Gib ihm!" Erzener Ruf der halbgebrochenen Stimmen. Roland sah einen dunklen Knäuel schwarzer Haare hinter dem geöffneten Hosenschlitz des Anführers, der zu tänzeln begann. Er schlenkerte die Pranken hin und her, federte vor und zurück, schnalzte mit der Zunge, hob die Oberlippe und saugte sie mit pfeifendem Atem an, so dass sie an den Nasenlöchern klebte und die langen Zähne, die in das Fleisch der Unterlippe drangen, freilegten. Die Muskeln in den hautengen Bluejeans schwollen an. Weiss drangen die Knöchel aus der Faust. Er zog den Nacken zwischen die Schultern und tänzelte immer schneller.

„Gib ihm!"

Der Anführer hüpfte, liess sich federnd in die Knie nieder, so dass der Hosenschlitz auseinanderklaffte, und wieder hoch sprang der Kerl, und wieder nieder sackte er, und auf und ab und auf und ab im Takt des Chors.

Rolands Körper spannte sich. Er blickte hoch und entdeckte, dass Ruben hinter den Knaben stand. Roland erschrak, und diesen Augenblick nutzte der Anführer aus, indem er vorerst die Faust gegen Rolands Kiefer sausen liess. Das Opfer taumelte in die Fleischmauer und wurde wieder weggeschleudert. Roland hörte das metallene Lachen und wimmerte sogleich: „Ich habe ja gar nichts getan!" Gelächter donnerte in den schmutzigen Hof. Krachend stürzte die hohe Harassenbeige zusammen. Riesig und mit gespreizten Beinen, die Arme kreisend wie Windmühlenräder, griff der Kerl abermals an. Roland holte Schwung mit dem Bein und drang mit dem Schuh zwischen die Beine des Kerls, der aber unempfindlich schien und die Schenkel zusammenklemmte, so dass Roland hilflos auf dem linken Fuss tanzend sich im Gleichgewicht halten musste, bis er hintüberfallend mit dem Hinterkopf gegen den Asphalt schlug. Roland stellte

sich tot. Der Kreis bröckelte und wurde zur klumpigen Traube. Gellender Pfiff: die Beeren kugelten auseinander. Zwei Mädchen huschten in den dunklen Flur. Das magere Kätzchen biss ins zerquetschte Plastikbällchen.
Roland richtete sich auf und begann zu laufen, wie er nie zuvor gelaufen war, und keuchte endlich die hölzerne Treppe hinunter, die zum flaschengrünen Fluss führte. Er lehnte schweratmend am alten Baum. Roland stöhnte auf und begann zu weinen. Den Baum entlang liess er sich hinuntergleiten und hockte auf kühler Erde. Damals, am 7. Juli, war die Erde warm gewesen, und hier hatte sein Herz gepocht, als er eng neben Christian gestanden.
Ein Bad im kühlen Fluss: Roland zauderte; er hatte zwar am Morgen Christians blaue Badehose angezogen. Das Wasser wird kalt sein, dachte er. Aber hier ist kein Mensch. So zog er sich aus und nahm sich vor, bis zur nächsten Treppe, etwa hundert Meter, zu schwimmen.
Mit der Badehose Christians bekleidet stieg er die Treppe hinunter. Die Stufen waren kalt und das Wasser noch kälter. Er tauchte nur die Zehen ins Wasser, zog sie aber schauernd wieder zurück, und im selben Augenblick wurde er mit aller Kraft in den Fluss gestossen. Schreiend versank Roland im kalten, reissenden Wasser, schluckte, spie, schwamm und konnte sich mit Mühe an der eisernen, schlammglitschigen Eisenstange der anderen Treppe, die ins Wasser führte, festhalten.
Schlotternd stieg er an Land, und er blickte hin und her und auf und ab, sah hoch ins Eisengewirr der Brückenverstrebungen und wusste alles, als er seine Kleider im Fluss entdeckte: die Hose schwamm aufgebläht wie eine Wasserleiche vorbei. Der Magen krampfte sich zusammen, zuckte, und Roland musste schreien, bellen, husten, krächzend lachen.
Jetzt sah er Ruben. Er trug Rolands kurzen Regenmantel, den er sich, das rote Futter nach aussen gekehrt, über die Schultern geworfen hatte. Langsam trat er auf sein Opfer zu. Unter der Laterne, die trübes Licht spendete, blieb er stehen. Blutrot umhüllte ihn der Mantel.
Ruben bewegte sich nicht, und Roland bewegte sich nicht. So

standen sie einander gegenüber wie im Korridor, an dessen Wänden Röhren entlangführen, darin es winselt, weint und wütet.
„Leider bist du nicht nackt. Es wäre mir ein Genuss, dich der sittlich deformierten Menschheit auszuliefern, nackt, nackt und bloss. Wie weit würdest du kommen? Male dir die Folgen aus! Dein Schamgefühl ist zwar nicht mehr heftig; davon zeugen die Flecken, die du heute morgen auf Marias Schwelle hinterlassen hast. Ich schaute dir zu. Erstaunt es dich? Ich habe etwas mit Maria vor. Mein Samen soll nicht auf einer Schwelle verderben. Komm näher zu mir, Roland!"
Roland gehorchte. Er sah stumm ins Gesicht; sah die gewölbte, glatte Stirn; sah die gebogene Nase; sah den roten Mund; sah das harte Kinn – ein Gesicht aus Granit.
Ruben lachte kurz und hart auf. „Ich glaube, du weisst gar nicht, wie krank du bist. Soll ich dir die Symptome deiner Krankheit mitteilen? Willst du wissen, was du fühlst? Etwa Herzklopfen? Schläfenpochen? Galligen Geschmack im Mund? Schwindelgefühl? Müdigkeit? Angst? Ja, ja? Angst? Angst? Angst? Leidest du an Schweissausbrüchen? Ängstigt dich dein Auswurf? Peinigt dich Unlust, Appetitlosigkeit und erhöhte Temperatur? Empfindest du Schmerzen unterhalb des Brustbeines? Quält dich Reizhusten? Martert dich Druckempfindlichkeit zwischen dem zweiten und siebenten Brustwirbel? Überfallen dich zuweilen Magenstörungen? Schüttelt und beutelt dich beschleunigte Atmung? Zermürben dich Kopfschmerzen? Ja? Ja? Jawohl! Magendarmkatarrh, Magerkeit, Bleichsucht und Benommenheit vervollständigen das Krankheitsbild. Soll ich aufhören? Soll ich fortfahren?"
Roland versuchte ruhig zu bleiben. Er sagte mit belegter Stimme: „Gib mir den Regenmantel, Ruben, mich friert."
„Aber gewiss doch! Ich stelle nur zwei Bedingungen, diesem Wunsche zu entsprechen. Du hast doch heute dem Priester gebeichtet? Ja? Ich hörte zwar nicht, was du Benoit sagtest; aber ich weiss es. Gib acht! Benoit wohnt zu ebener Erde im Pfarrhaus neben dem Dom. Du kennst sein Zimmer. Du wirst zu ihm gehen. Hörst du? Du wirst zu ihm gehen, ich weiss es. Du kannst nicht so

durch die Stadt. Nein, du wirst zu Benoit gehen, durchs Fenster steigen. Denke an Christian! Das ist die zweite Bedingung."
„Du hast die erste Bedingung nicht genannt."
„Die wirst du sogleich spüren, wie die Knabenfäuste, die dich an meiner Stelle züchtigten. Was? Schwimmen deine Hoffnungen davon wie die Kleider, die ich ins Wasser warf? Die erste Bedingung also? Die erste Bedingung?"
Ruben flüsterte noch einmal: „Die erste Bedingung?" Er machte eine blitzschnelle Bewegung und zischte: „Christians Badehose!" und krallte sich an ihr fest und riss sie herunter, stiess mit dem Schädel an Rolands Narbe unter der linken Brustwarze, und Roland fiel, und Ruben raubte die Badehose und verschwand.
Der rotgefütterte Regenmantel bedeckte Roland. Er stand auf, hüllte sich in den Mantel, stieg die hölzerne Treppe empor. Zu Benoit, dachte Roland, zu Benoit. Er huschte über den Rathausplatz. Überquerte die Strasse. Stand vor dem Dom. Sah das Jüngste Gericht. Ging weiter. Drang in den Dompark ein. Schlich zum Pfarrhaus.
Als Roland unter dem Fenster von Benoits Zimmer stand, zog er sich geräuschlos hoch. Leise, leise, leise.
Im Zimmer stand er ohne Bewegung. Eine Kerzenflamme flakkerte unter dem Bild des heiligen Veit, der mit vierzehn Jahren gefoltert wurde. Roland wusste, dass Benoit Veit verehrte.
Benoit, im Bett, lag auf dem Rücken. Der Arm hing schlaff über den Bettrand. Aus den Fingern fältelte sich ein weisses Taschentuch. Rolands Zähne klapperten jetzt gegeneinander. Der Priester wurde unruhig. Die Lider bebten. Das Taschentuch fiel zu Boden.
„Um Gottes willen –"
„Erschrecken Sie nicht, Herr Vikar! Ich bin das Opfer eines Überfalls! Man misshandelte mich! In den Fluss gestossen hat man mich! Und man hat mir die Kleider geraubt!"
„Wer – man?"
„Ruben."
Benoit hatte das Bett schnell verlassen. Sein Gesicht war mehlweiss über dem schwarzen Pyjama.

„Jetzt ist alles zu Ende, Herr Vikar!"
„Du zitterst, Roland. Geh ins Bett! Rasch!"
Roland tat so, zog unter der Decke seinen Regenmantel aus und warf ihn auf den Boden, wo er aufs weisse Taschentuch zu liegen kam und es bedeckte. Der Priester schlüpfte hastig in den dicken, flauschigen Morgenmantel.
„Zünden Sie das Licht nicht an, Herr Vikar!"
„Leise, Roland, leise! Man könnte uns hören. Bist du verletzt?"
„Nein."
Benoit setzte sich auf den Bettrand.
„Und das Konzert? Und das Konzert? Kissling –– ich muss zu einem Arzt! Ich muss doch spielen! Gottverdammemich, das Konzert! Ich *muss* zu einem Arzt!"
„Sei ruhig, Roland. Ich – ich war Arzt."
„Wie?"
„Ja. Ich war ein Jahr lang Assistenzarzt. Erst als Achtundzwanzigjähriger trat ich ins Priesterseminar ein."
„Arzt und Priester?"
„Ja. Es kommt selten vor. Aber es kommt vor."
Roland sagte über alle Begebenheiten des Tages aus. Nur die Handlung vor Marias Tür verheimlichte er. Benoit stand, als Roland schwieg, auf, ging zur Kommode, wo er eine Zigarette, die er übers Kerzenflämmchen hielt, entzündete, und drehte zögernd das Bildnis des Knaben Veit um.
„Warum drehen Sie das Bild um?"
„Ich weiss nicht. Veit wurde mit vierzehn Jahren gemartert. Seine Reliquien werden im Veitsdom zu Prag aufbewahrt."
„Kennen Sie Prag?"
„Ja", sagte Benoit leise.
„Ist Prag eine schöne Stadt?"
„Prag ist die schönste Stadt, die ich kenne."
„Warum haben Sie das Bild umgedreht?"
„Vielleicht wirst du das später begreifen, Roland, später, später."
Der Priester kam langsam aufs Bett zu. Er legte seine schwarzbehaarte Hand auf Rolands Stirn. „Du wirst es später begreifen", sagte er wieder. Seine Stimme zitterte. Er rauchte gierig und warf

die Zigarette in den Aschenbecher. Dann beugte er sich zu Roland nieder und küsste ihn auf die Lippen. Roland erschrak. „Du wirst alles begreifen“, flüsterte der Priester weinend. Seine Stimme brach. „Du wirst alles begreifen. Später. Später. Später.“
Roland hatte noch nie einen Mann weinen hören. Er fürchtete sich vor Benoit, der wieder so verstört aussah wie nachmittags vor dem Beichtstuhl, als er gesagt hatte: „Auch ich bin nur ein schwacher Mensch.“
Des Priesters Hände bebten, als sie Rolands weissen Hals liebkosten. Langsam zog er die Decke von Rolands Leib weg.
„Das dürfen Sie nicht, nein“, flüsterte Roland, „das dürfen sie nicht! Nein, nein, nein!“ Aber er blieb bewegungslos, als der Priester auf dem Regenmantel kniete und Rolands Schenkel küsste. In diesem Augenblick schrillte nebenan das Telefon. Roland stiess den Priester weg, der sogleich aufstand. Roland deckte sich zu.
„Verzeih, Roland! Verzeih mir! Verzeih!“ Der Priester ging hin und her. Seine Hände verkrampften sich. „Du bist so schön, Roland!“
„Das Telefon – ich meine – vorhin klingelte doch das Telefon!“
„Das Telefon klingelt oft mitten in der Nacht im Pfarrhaus, Roland. Roland, Roland –“
„Lassen Sie mich. Das dürfen Sie nicht tun! Nein!“
„Ich muss dir etwas sagen, Roland, ich –“ Benoit konnte nicht fortfahren, weil sich die Türe öffnete und der Päpstliche Hausprälat Monsignore Ulrich von Hohenthal, bekleidet mit einem schweren samtenen Morgenmantel, leise und hüstelnd eintrat. Seine goldene Brille funkelte. Starr und stumm stand der Vikar vor Hochwürden, der, zum Bett schauend, bemerkte, dass ein Mensch darinliegen musste, der sich die Decke über den Kopf gezogen hatte.
„Mein Sohn, ich bin sehr erstaunt, sehr erstaunt.“
„Ich will Ihnen alles erklären, Herr Dekan. Ich habe hier einen Patienten – Untersuchung – ich will Ihnen alles – wenn Hochwürden mir zuhören wollen – sogleich alles ganz genau erklären –“

„Ein Mensch liegt in Ihrem Bett. Gestatten Sie?"
Der wohlbeleibte geistliche Herr näherte sich dem Bett und entfernte behutsam die Decke vom Kopf des Versteckten. Er schob die goldene Brille auf die Stirn, auf der sich Schweisstropfen zu bilden begannen.
„Ei! Täusche ich mich? Das ist doch ein ehemaliger Chorbub, mein Sohn, einer von den Chorbuben. Wie ist dein Name, mein liebes Kind?"
„Roland Steinmann."
„Roland Steinmann, ja, ich erinnere mich. Richtig. Ich bin erstaunt, sehr erstaunt."
Benoit krächzte: „Ich erkläre Ihnen alles!"
„Das will ich hoffen", sagten Hochwürden sanft, „das will ich doch aber sehr hoffen." Er bückte sich ächzend und nahm den Regenmantel in die weiche Hand. Und dann, den Regenmantel aufs Bett legend, gewahrte der geistliche Herr das weisse Taschentuch auf dem Boden und bückte sich noch einmal ächzend und nahm das Taschentuch zwischen zwei Finger und roch daran. Die goldene Brille rutschte auf den weinroten Nasenrükken.
„Abscheulich! Dieser Geruch, abscheulich!"

•

Der Dekan liess das Taschentuch angewidert fallen. „Ich bin wirklich erstaunt, Jean Benoit! Ich bin höchst erstaunt. Seltsam. Über alle Massen seltsam!"
Der Dekan sah Benoit traurig an. „Und ich habe Sie doch so gewarnt vor den Chorbuben. Wie soll ich Sie nun schützen? Nein, mein Sohn, ich vermag Sie nicht mehr zu beschützen, nicht mehr zu beschützen. Folgen Sie mir!"
Die beiden Priester verliessen das Zimmer. Sogleich stürzte Benoit wieder herein und wollte das Taschentuch holen, das Roland in der Hand hielt. Der Priester riss es an sich und ging wieder hinaus.
Roland warf den Kopf hin und her, und er wollte nicht daran glauben, nein, er wollte nicht daran glauben, das durfte nicht

sein, und er schlug den Kopf hin und her und hin und her auf dem Kissen.
Es war elf Uhr, als der Priester vernichtet und gebeugt eintrat.
„Zieh dich an, Roland. Da hast du Kleider von mir. Ich werde – ich werde wegschauen."
Roland zog sich an. Benoit hüllte sich in einen Wintermantel und schlüpfte in schwarze Halbschuhe. Dann rannte er wie ein gefangenes Tier auf und ab.
„Ich habe Ihnen Ungelegenheiten bereitet, Herr Vikar. Es tut mir leid." Roland sah aus wie ein Clown, als er mit dem klerikalen Gewand bekleidet hilflos vor Benoit stand.
„Nein nein, Roland, nein nein. Ich habe den Dekan beruhigen können. Er wurde angerufen."
„Hat Ruben angerufen?"
Der Priester nickte.
Roland setzte sich schwach auf einen Stuhl. Nach einer Weile sah er Benoit anklagend an, der dem Blick auswich und murmelte:
„Ich begreife dich, Roland. Und du wirst später begreifen."
Der Priester bestellte ein Taxi. Nach einer halben Stunde lag Roland zwischen Frau Kisslings Barchenttüchern, und er wusste nicht, dass Jean Benoit und Ivar Kissling bis morgens um zwei Uhr miteinander sprachen.

IX

„Ivar, du trinkst und rauchst zuviel“, sagte Frau Kissling, klappte die Bibel zu und legte sie aufs Nachttischchen. Ivar Kissling stand schwankend vor seiner Frau, die im Bett lag. Er war betrunken und gehässig.

„Dein Gesicht ist gelb. Du näherst dich einem Malariaanfall.“

„Quatsch“, brummte Kissling und nestelte, sich bückend, den Schuhbändelknoten auf.

„Es ist zwei Uhr!“

„Ich habe mit Benoit gesprochen.“

„Getrunken, willst du wohl sagen! Heute morgen ist Hauptprobe. Roland hätte ausschlafen sollen!“

„Die Hauptprobe, ja. Es wird kein Publikum beischlafen, dafür habe ich gesorgt. Im übrigen hat sich Roland erstaunlich gut ans Orchester gewöhnt.“

„Du sprichst hässlich.“

„So ist es mir auch zumute.“

„Wird Roland es schaffen?“

„Die ganze Sache enerviert mich. Ich hätte Roland nicht berücksichtigen sollen. Aber er spielt so verdammt gut – was willst du! Trotzdem hätte ich einen anderen Pianisten annehmen sollen. Wenn du wüsstest, wie ich für Roland gekämpft habe bei der Jury! Zwei Herren waren gar nicht einverstanden. Sie wurden überstimmt. Voilà. Und jetzt habe ich Roland. Wenn ich alles gewusst hätte – verflucht und verdammt. Roland ist die reinste Lotterie.

Ich hätte mich nicht mit ihm einlassen sollen. Er hat mich während dieser drei Monate glatt zur Verzweiflung gebracht." Er hämmerte sich mit der Faust gegen die höckerige Stirn. „Und dieser verfluchte Schabernack, den er sich heute geleistet hat. Prügeleien, Schweinereien – – Narrenzeug! Ich könnte verrückt werden, wenn ich bedenke, dass mein Konzert in knapp fünfzig Stunden gespielt werden soll!"

„Er war doch dein bester Schüler! Du warst es, der von einem Wunderkind sprach. Ich war zurückhaltender."

„Du siehst nicht klar. Roland ist nicht normal."

„Was sagst du da? Ivar, beherrsche dich!"

„Nicht normal, sage ich", brüllte Kissling und schleuderte die schwarze Samtkrawatte in eine Ecke. Er rieb die Zähne gegeneinander und schob den Unterkiefer vor. Die weisse Mähne war zerzaust. „Der Erfolg ist ihm schon vor dem Konzert in den allzuhübschen Kopf gestiegen. Prügeln sollte man ihn, richtig durchprügeln, ihm die Extravaganzen ausbläuen. Er ist in seiner ganzen ekelhaften Pubertät steckengeblieben!"

„Du hast dich in Zorn getrunken."

„Kann sein. Ich habe mir eine zu grosse Verantwortung aufgeladen. Roland ist nicht normal. Jugendliches Irresein, verstehst du mich?" Kissling setzte sich auf einen Stuhl und zog die Socken aus.

„Du redest bitter."

„Ich klage nur mich allein an! Ich war blind und taub. Aber seit dem Gespräch mit Benoit sehe ich klar und höre ich gut."

„Du hast dich nicht über dieses Gespräch geäussert."

„Ach, lass mal, ja. Es gibt nämlich Schicksale, von denen ich nicht reden mag."

„Benoit war bis vorhin bei dir!"

„Ja. Er blieb lange. Er blieb zu lange. Viel zu lange. Quäle mich nicht mit Fragen, Esther. Es hängt mir sowieso alles zum Hals raus. Das ist die Hölle. Die rabenschwarze Hölle ist das."

„Erleichtere dich, Ivar!"

„Was heisst da erleichtern? Soll ich rülpsen, kotzen oder scheissen?"

„Pfui, Ivar, pfui!"
„Doch! Ich fühle mich dementsprechend." Er öffnete den Hemdkragen. „Roland ist krank – krankhaft. Benoit sprach darüber. Schliesslich war er Arzt, bevor er Priester wurde. Aber Benoit ist erledigt. Vollkommen erledigt."
„Warum?"
„Das begreifst du nicht. Männersache." Kissling zog die Hose aus. „Benoit sprach von Rolands angegriffenen Lungen; aber er vermutet Schlimmeres, etwas viel Schlimmeres. Dieser verdammte Ruben!"
„Ruben? Ich höre immer wieder diesen Namen. Er hat doch Roland genarrt, oder?"
„Ja. Das kann man wohl sagen. Weisst du, was er unternahm? Hör mal zu! Der Saal ist ausverkauft. Rolands Mutter hat angerufen und sich bei ihrem Sohn für die Eintrittskarte bedankt. Roland staunte; denn er hatte ihr keine Karte geschickt. Ruben hat die ganze siebente Reihe aufgekauft und die Eintrittskarten verschickt. Weiss der Teufel, wer noch alles dort sitzen wird."
„Ruben ist ein Spassmacher."
„Gewiss, gewiss." Kissling zog das Hemd aus. „Ein Spassmacher."
„Mit dir kann man überhaupt nicht reden, wenn du getrunken hast. Du bist giftig. Du hättest mir sagen dürfen, was Benoit mit dir besprochen hat."
„Du kannst Benoit nur bedauern, Esther."
„Warum ist er nicht mehr Arzt?"
„Eine verfluchte Sache. Dieser Mann ist zu empfindsam. Als Assistenzarzt, während einer Operation, machte er einen Fehler."
„Das kann vorkommen."
„Lass mich doch ausreden! Der Patient starb. Benoit war schuld. Der verstorbene Patient war ein Knabe gewesen. Ein vierzehnjähriger Knabe. Benoit wurde beinahe verrückt. Später malte er aus dem Gedächtnis ein Bildnis des Knaben. Er malte den Knaben als Heiligen. Er malte ihn als den Märtyrerknaben Sankt Veit. Es ist traurig, Esther, und es kommt schlimmer. Roland

gleicht dem Knaben, der unter Benoits Messer gestorben ist. Ich versuchte, das als Zufall zu bagatellisieren. Aber Benoit hörte mir überhaupt nicht zu, sondern sagte immer wieder: 'Roland gleicht dem Knaben, den ich fahrlässig tötete, er gleicht ihm, er gleicht ihm.' Dann machte mir Benoit ein Geständnis."

„Was für ein Geständnis?"

„Ich rede zuviel. Ach, diese Malaria!" Kissling zog das Nachthemd an.

„Vielleicht, Ivar, ist die Malaria auch für etwas gut. Man kann nie wissen."

„Was sagst du da Blödes? Ich hasse es, wenn du Unsinn schwatzest!"

„Und das Geständnis, Ivar?"

„Gute Nacht."

Kissling löschte das Licht; aber er fand keinen Schlaf. Und am frühen Morgen, als es noch dunkel war, ging er in Rolands Zimmer. Es war leer. Kissling erschrak. Er verliess sein Haus und suchte Roland. Er ahnte, wo der Flüchtige zu finden war. Kissling stieg die steinerne Streppe empor und näherte sich der Villa. In der staubdunklen Morgendämmerung stand Roland. Er sah aus wie gekreuzigt: beide Arme abgewinkelt, die Finger verkrallt im vornehmen Gittertor. Als Kisslings Hand schwer auf Rolands Schulter lag, näherte sich Achilles heulend.

Roland folgte Kissling willig. Ohne zu sprechen gingen sie durch die Dämmerung. Als sie die Wohnung betraten, roch es nach Kaffee. „Wir sind spazierengegangen", sagte Kissling und schaute Roland mit galligen Augen an; und Roland lächelte dankbar.

Nach dem Frühstück ging er in sein Zimmer und bekämpfte die Angst und packte die Angst und schlug die Angst an die Wand. „Dort sollst du hängen! Hänge dort, bis du verreckst. Ich will dich besiegen, Angst! Du hast genug Fratzen geschnitten. Du sollst mich nicht mehr quälen! Nie mehr quälen! Habe ich dich endlich gefangen, du Ungetüm! Du presstest mich nieder, als ich heute morgen im Wald auf feuchtem, weichem Moos lag. Schwer lastetest du auf mir, Angst, schwer wie Stein. Du bist der

Fluch des einsamen Geschlechts. Ich sah, wie der rote Mund eine weisse Träne weinte. Mein Wahnsinn brannte in gelben Augen. Christian winkte mir. Angst, warum, Angst, warum zogst du mich zum Gittertor? Warum? Mein Widersacher legt Angstkorn um Angstkorn vor mich hin. Spöttisch fragt er: 'Ist es jetzt ein Haufe?' Ich verneine. Und der Widersacher legt geduldig Angstkorn um Angstkorn hin. Er fragt mich peinigend: 'Ist es jetzt ein Haufe?' Ich sage nein. Und der Widersacher legt Angstkorn um Angstkorn hin. 'Halt', sage ich, 'jetzt ist es ein Haufe.' Der Widersacher nimmt ein Angstkorn weg und flüstert: 'Ist es jetzt kein Haufe mehr?' Ich weiss keine Antwort. Der Widersacher rollt das Körnchen zwischen Fingern: 'Dieses Körnchen der Angst sei dein.' Und das Korn schmerzt wie ein Stein in der Gallenblase. Verfluchter Besitz. Die Hände sind verkrampft. Die Finger steif. Die Innenflächen der Hände schwitzen. Die Finger gleiten aus auf dem Tastengebiss. Das Gedächtnis streikt. Die Arme sind schwer. Das Konzert wird misslingen."
Kissling trat ein. „Fasse Mut, Roland! Du darfst jetzt nicht verzweifeln. Denke überhaupt nicht an die Leute. Denke an Christian, und nur für ihn spiele! Kein kalter Schweiss in den Handflächen hindert dein Spiel. Kein Zittern der Finger wird dich stören. Fasse Mut!"
„Aber ich krepiere vor Angst. Ich habe Lampenfieber!"
„Das ist nur Einbildung."
„Es waren bittere Wochen, Herr Kissling!"
„Es ist gut, Roland."
„Ich habe mich garstig benommen."
„Auch ich habe mich garstig benommen. Die Malaria."
„Wir wollen wieder gut sein, Herr Kissling."
„Komm jetzt zum Essen. Es gibt Haferschleimsuppe wegen deines Magens. Und ich kriege Brunnenwasser zu trinken. Mmmmm! Auf, zu Lukullus!"
Sie assen schweigend. Nachher setzte sich Roland an den Flügel und spielte einen Boogie-woogie, die Melodie von Rubinstein, intonierte den Gefangenenchor aus Nabucco in Fis-dur, rausch-

te Sindings Waldesrauschen, bis Kissling energisch an die Tür klopfte.
Roland schlug den Deckel zu. Er zählte Noten in der zerfetzten Partitur und verwirrte sich, lief zwischen den zwei Flügeln hin und her.
Später tat er so, als träte er auf. Er verbeugte sich vor dem Sofa, wischte den Mund, legte das Taschentuch auf die lackschwarze kleine Fläche beim Diskant. Immer wieder übte er diesen Auftritt.

Die Hauptprobe war steif und akademisch verlaufen. Kissling hatte auf dem Heimweg gesagt, dass Roland am Konzertabend viel besser spielen müsse! Er sei verkrampft gewesen wie eine höhere Tochter während der Klavierstunde! Das sei gedudelt gewesen und nicht musiziert. Roland wurde traurig und schluckte widerwillig das Schlafmittel, das Jean Benoit empfohlen hatte.
Nach fünf Minuten empfand Roland eine angenehme Müdigkeit, und gleich darauf schlief er vierzehn Stunden ununterbrochen. Seltsam euphorisch gestimmt erwachte er, badete, jubelte und wiegte sich im Glauben, das Konzert sei schon gespielt.
Um vier Uhr gab es reichlich zu essen. Roland weigerte sich, das Konzert vor der Aufführung noch einmal zu spielen. Eigentlich war er enttäuscht, dass Kissling deswegen nicht wütend wurde.
Roland wusch seine Finger mit Alkohol. Er stand in dem Frack, den ihm Kissling hatte anfertigen lassen, lange Zeit vor dem Spiegel und betrachtete sich unmutig. Der ungewohnte Kragen schmerzte. Sobald Roland vom Spiegel wegtrat, befiel ihn Furcht: es stimmte etwas nicht; der Hosenlatz stünde offen; ein Knopf fehle; die Krawatte rutsche; die Manschetten seien schmutzig, die Frackschösse staubig. Er runzelte vor dem Spiegel die Brauen, um genialisch zu wirken, wölbte den Brustkasten, um einen kräftigen Körper vorzutäuschen, zog die Mundwinkel tief nach unten, damit sein Gesicht würdevoller aussähe.
Kleinlaut trat er vor Kissling hin, der sich umständlich rasierte.
„Ich sehe blöd aus, Herr Kissling!"
„Das weiss ich schon längst. Lass mich in Ruhe, ich will mich

nicht schneiden." Es ängstigte Roland, als er bemerkte, dass Kissling an furchtbarem Lampenfieber litt.
Endlich fuhr das Taxi vor. Rolands Magen krampfte sich zusammen. Knie und Hände zitterten.
Im Solistenzimmer rieb er die eiskalten Finger aneinander. Als Kissling mit dem Konzertmeister eintrat, sah Roland Ruben im Foyer stehen, der, Roland entdeckend, die linke Augenbraue hochzog und langsam zur marmornen Treppe ging, wo er sich an einen Pfeiler lehnte. Ausserdem sah Roland jenen jungen Mann, der manchmal vor der Beobachtungsstation vorbeispaziert war. Wer war dieser junge Mann?

Mit spitzen, zwiebelfarbenen Fingern hielt Ruben den Programmzettel. Die Fotografie Rolands hatte er verunstaltet; einen Schnurrbart hingezeichnet; das rechte Auge derart mit Bleistift verändert, dass Roland schielte. Aufmerksam betrachtete er die verunstaltete Fotografie auf dem Programmzettel. In Rubens Gesicht fror das Lächeln ein.
Er belauerte die Leute, umkreiste jenen jungen Mann, der Roland, als er Kartoffeln gebuddelt, angelächelt hatte, näherte sich einer Gruppe eifrig redender Männer und hörte: „– begabter Mensch, möchte ich sagen, ein genialer Mensch, der, als eines meiner begabtesten Schäfchen, meinem Französischunterricht folgte." Der Herr bewegte den Adamsapfel, machte Glotzaugen und liess die kleine Unterlippe hängen. „Jawohl! Pardong, die Leberknödel. Alles zu seinem Besten und zu seinem Gedeihen. Eine versetzte Blume, das sage ich auch zu meiner Frau. Stimmt es, Claudia? Na also. Vortrefflicher Mist. Guter Dünger. Pardong."
Eine Frau trat unsicher näher. Mit abgearbeiteten Fingern drehte sie aufgeregt die rote Eintrittskarte. Das schwarze Jackenkleid war verschossen. Die Glasperlenkette klirrte leise am faltigen Hals.
Ruben verschwand hinter der Säule, als Maria kam. Sie trug ein silbernes Kleid. Eine Spitzenstola bedeckte die entblössten Schultern. Die zur Pagenfrisur geordneten schwarzen Haare

glänzten. Ruben lachte kurz auf, als Leberecht Leibundgut, Maria sehend, erschrak und seine Gattin Claudia Leibundgut geborene Bohnenblust am fetten Arm packte und in den Saal flüchtete.

Maria hatte Ruben nicht wahrgenommen und strebte mit sicheren Schritten dem Eingang zu. Ruben folgte ihr. Sein Genuss war vollkommen, als Maria sich zwischen die Mutter und Leibundgut setzte. Ruben nahm neben der Mutter Platz. Er sah zu, wie die abgearbeiteten Finger aufgeregt mit dem Programmzettel spielten. Ruben beugte sich vor und blickte Maria geniesserisch an. Sie hatte Ruben bemerkt und schloss die Augen. Leibundgut schien zu leiden. Er rückte so weit wie möglich von Maria weg und sprach mit seiner Frau; aber Leibundgut schwitzte entsetzlich. Ununterbrochen fuhr seine dicke, aufgeschwemmte Hand über die nasse Glatze. Vor Aufregung rülpste er ganz laut, was Claudia Leibundgut geborene Bohnenblust masslos erzürnte. Maria öffnete die Augen. Da Ruben sie immer noch anstarrte, sah sie demonstrativ nach links und erkannte ihren ehemaligen Kunden Leberecht Leibundgut. Seine Schweinsäuglein tränten.

Seltsam, dachte die Mutter, wie sich der junge Herr und das Fräulein benehmen; aber sie kommen doch alle wegen Roland. Sie spürte, wie eine Laufmasche das Bein entlangkrippelte. Sicher wurde der Strumpf durch den Zehennagel verletzt, den man hätte schneiden sollen; und jetzt kommt noch eine Wallung. Zu dumm ist das. Das Gesicht ist jetzt sicher ganz rot. Und dieser lästige Drang in der Blase. Ob's hier ein Örtchen gibt? Natürlich. Aber das Fräulein links und der dicke, aufgeschwemmte Mann und die fette Frau, die würden doch gestört. Und der seltsame junge Herr macht ein steinernes Gesicht. Das ist bestimmt kein Hiesiger. Der sieht unheimlich aus. Jetzt steht er sogar auf. Aha. Da kommt jemand. Dieses Gesicht ist doch bekannt! Ist das nicht Herr Dr. Dürr, der sich durch die Reihe quetscht? Gottlob, er hat kein Erkennungszeichen gegeben. Und August war so betrunken damals. Das ist schon lange her. Der Bub war damals ganz anders. So zutraulich. Jetzt ist er gross geworden und fremd.

Schon wieder hat das Fräulein so ängstlich geschaut. Seltsam. Und der junge Herr sieht so fein aus. Auf seinem Blatt ist nicht Rolands Foto. Der Bub sieht doch ganz anders aus. Der da hat einen Schnurrbart. Und was ist das? Der schielt ja! Dieser Saukerl hat freches Zeug gekritzelt. Ha! Dem wird dieses grausame Lächeln schon vergehen, wenn man dem Fräulein sagt, wer man ist. Dann wird er sich schämen. So ein Frechling. Man könnte das Fräulein irgend etwas fragen. Vielleicht, wie spät es sei. Ja. Das ist immer gut.
„Sagen Sie, Fräulein, wie spät ist es?"
„Zehn vor acht."
„Danke."
„Bitte."
„Ja." Die Mutter hüstelte. Dann sagte sie: „Es ist heiss hier."
„Ja, sehr heiss", sagte Maria.
„Vielleicht ist der Saal geheizt."
„Das kann schon sein", sagte Maria.
„Vielleicht hätte man nicht heizen sollen. Roland liebt das nämlich nicht besonders, wenn er spielt. Er stellt zu Hause immer die Heizung ab. Frau Steinmann heisse ich."
„Sie sind seine Mutter?"
„Ja. Roland ist mein Sohn."
Maria biss sich auf die Zunge. Ihr Herz klopfte heftig. Zaudernd fragte die Mutter: „Sagen Sie, Fräulein, zur Toilette gehe ich wohl am besten –"
„Warten Sie, ich komme mit Ihnen."
Die Mutter schaute das Fräulein dankbar an. Beide standen auf, auch Ruben, um die Frauen durchzulassen. „Bitte schön, Madame", sagte Ruben hohnlächelnd zur Mutter, „geben Sie acht, denn die Bestuhlung ist nicht ohne Tücke – oh – täusche ich mich", fragte er, den Bauch vorwölbend und so Maria streifend, „ist das nicht Fräulein Pedroni? Natürlich! Roland wohnte doch im Spätherbst und anfangs Winter bei Ihnen! Sehr erfreut! Sie erinnern sich doch an mich?" Die Mutter umklammerte die Lehne, und in Marias Augen schossen Tränen der Wut. Die Frauen gingen gemeinsam ins Foyer. Leberecht Leibundgut, der die Sze-

ne beobachtet hatte, begriff nichts mehr und schwitzte nur noch.
Ein auffallender Herr, uralt, aber sich gerade und aufrecht haltend, trat langsam durch die Türe. Das zerstörte Gesicht des Greises war bleigrau, und eine grosse Brille verdeckte die Augen. Die schwarzen Gläser waren undurchsichtig. Ruben winkte mit dem Programm. Der Herr ging auf Ruben zu. Sein Schädel war kahlrasiert.
„Guten Abend Herr Stockermann."
Der Greis nickte stumm. Er setzte sich und drehte seinen Ring, der von einem blutroten, glitzernden Rubin gekrönt wurde.
„Und?" fragte Ruben, „wird Kissling der Einladung Folge leisten?"
„Selbstverständlich. Ich kenne Kissling seit dreissig Jahren. Er stellte mir Roland Steinmann vor. Haben Sie übrigens einmal Roland gegenüber meine Person erwähnt?"
„Nein", log Ruben kalt.
Sie erhoben sich, um die zwei zurückkehrenden Frauen durchzulassen. Als das dritte Klingelzeichen schepperte, eilte Vikar Benoit zur siebenten Reihe. Er murmelte eine unverständliche Entschuldigung, und Frank Stockermann stand auf, und Ruben Ambar stand auf, und die Mutter stand auf, und Maria stand auf, und der Jugendanwalt stand auf, und Frau Jugendanwalt stand auf, und Herr Dr. Dürr stand auf, und Herr Sollich stand auf, und Benoit konnte sich endlich setzen. Er war bleich geworden.
Ruben blickte umher. Der Saal und die Galerien waren voll besetzt. Er erkannte jenen jungen Mann wieder, den er im Foyer gesehen hatte. Auch Stockermann blickte zu jenem jungen Mann hinauf. Es wurde dunkel und ruhig. Noch einmal öffnete sich die Tür. Ein Verspäteter huschte zu seinem Platz.
Der Flügel stand neben dem Dirigentenpodest. Das Publikum applaudierte, als Kissling und Roland auftraten. Roland hielt ein Taschentuch vor die Lippen und hustete. Er ging zum Flügel und legte das weisse Tüchlein auf die kleine, lackschwarze Fläche, die rechts neben den Tasten des Diskants glänzte. Wie ein rotes Auge starrte der Blutfleck auf dem Taschentuch in den dunklen Saal.

Roland senkte den Kopf. Kissling hob den Taktstock. Die Fenster, erschüttert vom Posaunenchorus, klirrten leise. Später flimmerten Geigentöne. Sie geronnen zu einem wimmernd dünnen Flageolett, in dem Rolands hingemeisselte Quartensequenz wie ein Granitblock stand. Eine Felsenlandschaft, vom Hirtenknaben erklettert. Die bernsteinfarbenen Augen blickten in den Abgrund. Ein Adler saust hernieder und schlägt seine Krallen in die Schultern des Hirtenknaben. Ein Aufschrei des wollüstigen Hasses, und der Adler trägt seine Beute dem Himmel entgegen, wo der Horst gebaut ist. Aber in den Fängen des Adlers verwandelt sich der Hirtenknabe in einen Zaunkönig und fliegt noch höher als der Adler – entfliegt ihm.
Roland, entrückt, phantasiert in der Kadenz und variiert, einer Eingebung folgend, das Kernthema, so dass die Musiker um ihren Einsatz bangen.
Aber er fand sich wieder, und Kissling, der mächtig geschwitzt hatte, atmete auf.
Die Hirtenweise spielte Roland ganz am Ende.
Seine Hände ruhten nach langer Zeit auf den Knien. Die Zuhörer sassen stumm. Erst als sich Roland erhob, wurde geklatscht. Er nahm das Taschentuch in die Hand und lächelte dankbar. Und jetzt sah er das Blut und erschrak. Er stand auf dem Podium, schlank und schmal, und er versteckte das weisse, blutbefleckte Tüchlein in der Hosentasche; aber noch immer lächelte er, und der Applaus rauschte wie Meeresbrandung.
Immer wieder wurde Roland aufs Podium gerufen, und die Leute jubelten, als Kissling seinen Schüler umarmte und auf die Wangen küsste. Kissling führte Roland ins Solistenzimmer. Dort sagte der Meister: „Es ist dir gelungen! Mein Gott, wie du phantasiertest während der Kadenz!“
„Als ich die Kadenz begann, fiel es mir ein.“
„Das ist heute nicht mehr üblich. Aber es gelang dir!“
Roland hustete wieder. Das Solistenzimmer war mit Menschen gefüllt. Roland war eingeschüchtert, als Maria ihm die Hand gab

und die Mutter ihm die Hand gab. Roland schüttelte viele unbekannte Hände.
Schmeicheleien überfluteten ihn noch im Salon des Theatercafés, wo zahlreiche Gäste auf Stockermanns Rechnung Champagner tranken und Canapés assen. Die Pfropfen knallten, und die Lustigkeit perlte. Roland war berauscht von Stolz und Glück und Schaumwein.
Als er zufällig alleine vor dem geplünderten Büfett stand, sprach ihn Stockermann sehr leise und sehr freundlich an.
„Sie haben, Roland, wenn ich Sie so nennen darf, während der Kadenz nicht nur gespielt, sondern auch Eigenes geschaffen. Sie haben im Augenblick etwas erarbeitet. Es war, als ob man einem Bildhauer zusähe, der aus Lehm einen Studienkopf modelliert. Unter Ihren Händen entstand ein Kunstwerk. Sie haben genial musiziert."
Roland errötete und empfand Furcht vor dem Greis, der ihn um Kopfeslänge überragte. Roland vermied es, in das graue Gesicht zu sehen. Die Augen wurden von schwarzen Gläsern versteckt. Der Schädel vollkommen kahl.
„Danke."
„Ich hoffe, Roland, Sie einmal auf meinem Schloss sehen zu dürfen." In diesem Augenblick erinnerte sich Roland, dass Ruben, einige Minuten bevor der Pakt geschlossen worden war, Stockermann erwähnt hatte. Ohne zu zögern sagte Roland zusammenhanglos: „Sie kennen Ruben Ambar?"
Stockermann machte keine Bewegung, und seine Stimme, nüchtern und sandtrocken, blieb unverändert: „Freilich. Ambar hat für mich gearbeitet."
Roland liess die klare, aber vieldeutige Antwort unbefriedigt. Es fiel ihm auf, dass Stockermann überhaupt nicht lächelte, und selbst wenn er sprach, bewegten sich seine Lippen kaum. Stockermann entfernte sich. Der Greis beherrschte seine Gebärden vollkommen und strömte lähmende Kälte aus. Roland fröstelte.
Ruben, der Funken gesprüht und die Gäste zum Lachen gebracht hatte, sagte um Mitternacht zu Roland: „Der Pakt hat

Früchte getragen.“ Roland, der sich krampfhaft bemüht hatte, nicht an die Blutflecken im Taschentuch zu denken, erschrak, als Ruben weitersprach: „Bedenke, dass du mit deinem Blut unterschrieben hast! Dein Blut meldet sich.“
„Nein!“
„Nur ich kann das Blut stillen. Willst du dich an diese Hoffnung klammern? Du hast erlebt, wie es dir ergeht, wenn du dich von mir entfernen willst.“
„Was hast du mit Christians Badehose gemacht?“
„Ich trage sie selbstverständlich. Sie umschmeichelt meinen Unterleib angenehm. Köstlich, daran zu denken, was alles in dieser blauen Badehose steckte.“
Der Kellner Severin stelzte auf sie zu. Sein rechtes Auge wurde vom hängenden Lid bedeckt. Auf dem Silbertablett, das er darreichte, standen zwei Champagnerkelche. „Wünschen die Herren Champagner? Er ist erfrischend. Nicht zu trocken, nicht zu nass. Demi-sec gewissermassen. Kribbelnd, spritzig, zapplig.“
Ruben und Roland bedienten sich. „Halt“, rief Ruben dem Kellner nach, „halt! Verzeihen Sie einen Augenblick meine Fragen. Sie bedienen nicht ohne Begabung! Ihre Würde ist mit vornehmer Zurückhaltung verbunden. Hätten Sie Lust, auf dem Schloss eines neunundachtzigjährigen Schlossherrn als Butler zu wirken?“
Severins schweres Augenlid zuckte. „Mein Herr“, sagte er, „der Schlossherr müsste mir entsprechen.“
Ruben lachte hart. „Sie sehen ihn dort drüben. Er ist Gastgeber heute abend. Wenn Sie ihm die Rechnung bringen und anschliessend ein reiches Pourboire kriegen, brauchen Sie lediglich mit dem Kopf zu nicken und sind Butler. Ich werde alles vorbereiten.“
Severin liess das Lid hängen und stelzte weg.
„Ich weiss, du arbeitest für Stockermann! Er hat es mir gesagt. Ich erinnere mich, dass du ihn nach der Mitternachtsmesse erwähntest!“
„Und was erwähnte ich? Erinnere dich genau! Ich sagte, dass

Stockermann dich gerne kennenlernen möchte. So ist's geschehen. Denkst du jetzt, Stockermann kaufe Seelen, die ich für ihn einfange?"
Roland blickte schnell weg. Benoit lehnte an der Türe und sah mit dunklen Augen Roland und Ruben an. Roland sagte leise: „Das mit Benoit hast du sehr gut eingefädelt. Aber du telefoniertest dem Dekan zu früh!"
„Es ist nie zu früh."
Ruben schlenderte zu einer Gruppe plaudernder Gäste, und Roland, der zu Benoit wollte, wich, als er seine Mutter beim Priester stehen sah, zurück, musste aber trotzdem hin, weil ihn beide ansahen.
„Roland", sagte die Mutter, „dieser junge Mann hat die Fotografie auf dem Programmzettel verstümmelt! Was sagen Sie dazu, Herr Vikar? Einen Schnurrbart hat er gemalt und das rechte Auge verändert!"
Roland sagte hastig: „Das ist eine Unart von Ruben Ambar. Er tut das immer und denkt sich nichts Böses dabei!"
„So?" Die Mutter sah Roland zweifelnd an und verabschiedete sich dann.
„Warum schützest du Ruben?"
„Ich will hier weg", sagte Roland heiser, „ich will hier weg, ich will hier weg! Kommen Sie, kommen Sie, Herr Vikar!"
Noch einmal schwamm Roland in den hohen Wogen der Schmeicheleien; und er begann zu merken, dass Worte nichts kosten. Nur Kisslings Lob hatte ihn gefreut und emporgetragen; ein Lob ohne Worte: wie er ihn umarmt auf dem Podium; wie er ihn auf die Wangen geküsst. Roland drückte Kissling die Hand zum Abschied und sah ihm in die Augen. Der Meister sagte: „Roland, du bist frei."
Niemand, ausser Ruben, schien das blutbefleckte Taschentuch bemerkt zu haben, dachte Roland, als er die Beletage des Theatercafés mit Benoit verliess. Die neuen Lackschuhe Rolands knallten auf dem Asphalt.
Der Dom ragte ins Dunkel hinauf. Roland sagte zum Priester:

„Ich liebe die Strenge des Gewölbes. Die Gebärden der stützenden Säulen sind makellos. Gotik ist Abkehr von der Antike. Können wir eintreten? Ich möchte einmal die Dunkelheit erleben im Dom."

Der Priester besass den Schlüssel zu einer Seitenpforte. Im Dom war es finster und kalt. Dort, wo sich die Gewölbegurte und Diagonalrippen in den Pfeilern vereinigen, ist das Geheimnis verborgen. Der Druck verwächst mit den Wänden.

Roland erblickte das Ewige Licht. Es starrte wie ein rotes Auge in die Dunkelheit, rot wie ein Blutflecken im schneeweissen Taschentuch auf lackschwarzem Grund.

„Ich habe Blut gehustet. Hat man es bemerkt?"

„Was hast du?"

„Blut gehustet."

„Blut gehustet?"

„Ja."

„Wann?"

„Vor allen Leuten. Ich hustete und wischte mir die Lippen ab. Nach dem Konzert sah ich Blut im Taschentuch. Aber ich habe das Taschentuch nicht mehr in die Hand genommen. Ich will das Blut nicht sehen. Aber Sie müssen mir sagen, was es bedeutet! Sie müssen mir alles sagen, Herr Vikar!"

„Ich werde dir alles sagen."

„Was bedeutet das Blut?"

„Hustest du oft?"

„Ist es schlimm?"

„Hast du das Taschentuch?"

„Ist es schlimm?"

„Gib mir das Taschentuch!"

„Ist es schlimm?"

Roland stampfte mit seinem neuen Lackschuh auf den steinernen Boden. Wie ein Schuss widerhallte es im hohen Gewölbe. Aber Roland fügte sich und gab dem Priester das Taschentuch. Der Priester sagte: „Ich kann dein Gesicht nicht sehen. Die Dun-

kelheit schützt uns. Ich glaube, Roland, es ist schlimm. Deine Lungen sind angegriffen."
„Was soll ich tun?"
„In die Berge – oder aufs Meer."
„Sagen Sie mir die Wahrheit!"
„Ich kann nichts Bestimmtes entdecken. Wir müssen suchen."
„Ich bin eine Frühgeburt."
„Ich weiss."
„Was wissen Sie?"
„Deine Mutter sagte es."
„Wann?"
„Früher."
„Wo?"
„Im Beichtstuhl."
Roland ging zum Altar. Der Priester folgte ihm. „Ich weiss nichts, Roland, aber ich ahne."
„Warum dürfen Sie überhaupt sprechen von einer Beichte? Und das Beichtgeheimnis?"
„Ich habe es gebrochen."
Die Stille im Dom war kalt und steinern. Roland setzte sich auf einen reich geschnitzten Stuhl zur Levitenseite des Altars. Benoit stand gross vor ihm. Beide schweigend und beschienen vom Ewigen Licht, konnten sich nun erkennen.
Der Priester ging vor dem Hauptaltar hin und her. Zur Evangelienseite, dem Ewigen Licht nahe, flammte sein Gesicht rot auf, und es wurde blass und fahl, als er sich Roland wieder näherte. „Du weisst, dass ich Arzt war. Ein Knabe, den ich operierte, starb unter meinen Händen. Ich wurde Priester. Als ich hier meine erste Stelle antrat, begegnete mir der Knabe wieder. Er trug eine violette Albe und sang morgens in der Frühe das Rorate coeli während des Advents. Der Knabe warst du."
Noch schneller ging der Priester hin und her. Weiss sein Gesicht hüben und rot sein Gesicht drüben. Die Glocke schlug zwei. „Du gleichst dem Knaben, Roland. Und drei Jahre sangst du bei mir als Chorbube – unter vielen Chorbuben gewiss; aber ich habe

nur dich gesehen, drei Jahre lang nur dich gesehen. Ich beherrschte mich und vereinsamte. Du bist empfindsam, Roland, empfindsam und klug. Du begreifst mich. Du bist anderen deines Alters im Geiste voraus. Du kennst meine –" Der Priester brach ab. Er verbarg das Gesicht in den Händen und stand, den Rücken Roland zugekehrt, vor dem Ewigen Licht. „Du kennst meine Veranlagung. Ich bin dem Zölibat nicht gewachsen. Nein. Nein. Warum sage ich dir das alles? Nicht wahr, Roland, du begreifst mich? Nein! Gib keine Antwort! Ich weiss, dass ich dich quäle. Laufe davon! Verstopfe dir die Ohren! Ich trauerte um dich, als du nicht mehr Chorbub warst. Und als du mir damals sagtest, vor drei Jahren, du wollest nicht mehr beichten, du glaubtest nicht mehr an Auferstehung und Unbefleckte Empfängnis – da zweifelte auch ich. Ich blieb zurück. Und wenig später kam deine Mutter als Beichtkind zu mir. Sie sprach von ihrer Empfängnis. Von ihrer befleckten Empfängnis. Dein Vater, Roland, war krank, als er dich zeugte. Und es ist anzunehmen, dass auch du krank bist."

Sehr langsam stand Roland auf. Er sagte gepresst: „Ich verstehe Sie nicht. Hängt die Krankheit – die Krankheit mit meiner – mit meiner zu früh eingetretenen Geburt zusammen?"

„Ja."

„Wie heisst diese Krankheit? Wie heisst sie?"

„Es ist eine namenlose Krankheit. Eine Krankheit, die das Geschlecht verflucht."

„Herr Vikar!"

„Nenne mich nicht mehr so. Sage Jean. Sage 'du' zu mir."

„Jean –"

Jean Benoit trat nahe zu Roland, der, in blinder Wut, jäh seinen Frack auszog und ihn zerriss, so dass die Nähte krachten. Roland trat den Frack, keuchte und stampfte. Jean Benoit schüttelte Roland. „Nicht so! Du musst gefasst sein!"

„Ich hasse Ihre Beherrschung, Herr Vikar, Herr Vikar, Herr Vikar!"

„Du musst gefasst sein!"

„Nicht mehr. Ich will nicht! Ich will nicht! Ich mache nicht mehr mit. Nein. Jetzt ist Schluss. Ich habe es mir schon seit Christians Tod vorgenommen. Jetzt tu ich's. Morgen – ja – am Karfreitag, am Karfreitag will ich verrecken. Und am Ostersonntag, wenn Sie – wenn du keine Messe mehr lesen darfst, werde ich mit Christian auferstehen. Ja. Nur so. Ich weiss es. Ich weiss es schon lange. Aber zuerst verfluche ich meinen Vater. Sei verflucht! Sei verflucht! Sei verflucht!"

Der Backenstreich Benoits brachte Roland nicht zur Besinnung.

„Gas", schrie er, „Gas! Gas! Gas!"

„Gas? Sei vernünftig, Roland! Du wirst dir nichts antun, hörst du? Du darfst dein Leben nicht wegwerfen! Mach nichts Dummes mit Gas! Es ist ein furchtbarer Erstickungstod! Die Gewebe atmen nicht mehr. Kopfschmerzen, Schwindelanfall, Ohrensausen, Augenflimmern – nein! Tu's nicht! Übelkeit! Erbrechen! Gliederschmerzen! Wenn du überlebst, kriegst du eine Lungenentzündung. Deine Gehirnsubstanz verändert sich. Du wirst das Opfer von Geistesstörungen. Du wirst zuckerkrank. Du wirst langsam zu Tode siechen. Was muss ich noch sagen? Du hast deine Aufgabe noch nicht erfüllt, Roland!"

„Ich werde nicht überleben. Haben Sie – hast du deine Aufgabe erfüllt? Du bist doch gescheitert! Du musst doch zum Bischof!"

„Ja. Der Bischof wird streng sein. Ich bin ein Apostat. Aber auch meine Aufgabe ist noch nicht erfüllt. Ich muss dich heilen. Und dann will ich fort. Nach Mexiko. Nach Afrika. Nach Indien. Wir sind Entwurzelte. Wir sind Ausgespiene vom kranken Ethos Europas. Ich habe die Tünche der Moral weggekratzt. *Unser* Gott ist eine Erfindung des Teufels. Aber es gibt einen Weg nach oben, den wahren Weg. Er ist jenseits von Gut und Böse. Er führt hinauf, und er führt weg von der Verbotsethik, er lässt die Zivilisation, die unsere Luft verpestet, die Wasser verschmutzt und die Nahrung verdirbt, weit hinter sich, und dieser Weg führt immer noch nach oben, selbst wenn die Zivilisation alle Menschen ver-

nichtet haben wird. Alles wird zerfallen: Religion, Wissenschaft, Kunst. Die Katastrophe steht bevor. Darum muss noch einmal zusammengefasst werden. Zum letzten Mal, eine kurze Zeit, werden Blumen blühen. Du gehörst zu jenen, die noch einmal aufbauen sollen vor dem Zusammenbruch. Ich selber bin bürgerlich erledigt und habe verspielt, weil ich entdeckt wurde mit dir. Die Kirche wird mich selbstverständlich schützen. Ich werde keinen weltlichen Behörden ausgeliefert. Ich werde aber nicht mehr Diener sein. Ich diene nicht mehr einer Religion, die seit zweitausend Jahren in die verkehrte Richtung eilt. Doch ich beginne abermals neu. Die dritte Existenz wird gelingen. Aber du, du darfst nichts gegen dein Leben unternehmen. Und selbst wenn du es tun würdest: es muss misslingen."
„Warum soll ich weiterleben? Warum? Nur das Konzert hat alles hinausgezögert. Einmal träumte mir, ich fiele auf mich zu. Aber der Abstand zwischen mir und mir wurde nicht kleiner. Wenn ich stürbe, fände ich mich. Ach, alles begann mit dem Diebstahl. Ich will nicht mehr! Ich kann nicht mehr! Ich will nichts wissen. Ich will nichts mehr wissen."
„Roland, höre! Du darfst nicht ins Nichts stürzen. Ein Dichter sagte: Du arbeitest an einem Bau. Baue weiter! Sei du, werde und wachse! Steige von Stufe zu Stufe. Auf erreichter Stufe bleibe, ohne zwischenhinein zu fallen, bis du weitersteigst. Von Stufe zu Stufe: von Erfolg zu Erfolg: von Wahrheit zu Wahrheit in die ewige Wahrheit. Aufstieg sei dein Erlebnis – Aufstieg in die Erleuchtung. In die Umarmung durch das Licht: Urdunkel – Vision des Lichtberges – und seine mystische Ersteigung."
Roland ging zur Seitenpforte und blieb stehen, als der Priester rief: „Roland, bleibe bei mir!"

X

Roland, es ist Karfreitag: ein düsterer Tag, wolkig und kalt. Gestern spieltest du Kisslings Konzert. Verlasse jetzt das graue Haus. Entschliesse dich, das Unausweichliche zu tun. Durchwandere deine siebzehn Jahre. Graues Haus: es ist deine erste Erinnerung. Gib Wladimir eine Käserinde. Verschliesse die Tür. Lege den Schlüssel unter den grünen Teppich. Die zweitoberste Stufe wackelt. Hier riecht es nach Kohl und Urin. Tritt durch die rote Tür. Die Regenrinne durchschneidet den Asphalt, und empor saust das rostige Rohr. Die Harassenbeige steht schief, und sie riecht faulig nach Bananen. Zerquetscht, plattgetreten, schwarz geworden liegt das Plastikbällchen auf dem Boden. Das Kätzchen ist gewachsen. Streichle das schwarze Kätzchen. Geh weiter. Verlasse den düsteren Hof. Durchwandere die Stationen, geh den Weg, bevor du Gas einatmen wirst, trotz der Warnung Benoits. Vergiss die Liebesnacht mit dem Priester. Du warst sein Ministrant. Er hat dich mitgenommen ins Zimmer. Später zerbrach er das Kreuz. Es splitterte in den schwarzbehaarten Händen. Das Kruzifix brach entzwei. Sankt Veit, der Märtyrerknabe, Schutzpatron der Veitstänzer, hat nichts gesehen. Sein Gesicht war zur Wand gekehrt, sein von Benoit in Stunden der Qual gemaltes Gesicht war zur Wand gekehrt, und die gelben Augen, die bernsteingelben Augen, sie haben nicht gesehen, wie du dich dem Priester hingegeben hast. Denke nicht daran. Du stehst auf der Strasse. Gehe, wie vor fünfzehn Jahren, alleine in den Kindergarten, wo du, als deine Mutter fremde Böden putzen musste, von Kindergärtnerinnen gehütet wurdest. Jetzt stehst du vor dem Kindergarten. Warum staunst du, dass alles kleiner geworden ist? Du täuschst dich; nur du bist es, der grösser ward. Das Klettergerüst, einst gross, eisernes Labyrinth, steht zierlich da und klein. Und der Busch: Jetzt bist du grösser als der Busch. Früher konntest du verschwinden im Busch, und dort erforschtest du als Fünfjähriger, wie die kleinen Mädchen aussehen, und du erschrakst, als du sahst, wo sie Harn liessen, und ihre Schwänzchen, dachtest du, wurden abgeschnitten. Und das Bassin: früher war's gross wie ein See; und heute ist es so klein, dass du den Inhalt trinken könntest. Hast du genug gesehen? Dann wandere weiter. Dort ist das Spital, wo du neun Wochen lagst, als du fünfjährig warst; dort hast du den Traum geträumt vom kleinen grauen Mann: wie er dich in die Brust stach mit einer Sicherheitsnadel. Damals träumtest du den Traum zum erstenmal. Wo ist die nächste Station? Ach, dein Kreuz schmerzt. Ja, zur Schule. Als siebenjähriges, dickes, pausbäckiges Knäblein, den glänzenden und lederriechenden Schulranzen stolz am Rücken tragend, tratest du durch diese Tür. Grau und düster steht steinern wie ein schlafendes Ungeheuer das Schulhaus vor dir. Vier Jahre lang hast du hier gelernt. Schreiben und Rechnen hat man dir beigebracht. Aber du durftest über Mittag nicht nach Hause wie die andern Kinder, nein, du musstest in die Suppenanstalt, in den Kinderhort, wo du aus Blechnäpfen assest. An der Kletterstange hängend, gönntest du dir als Achtjähriger erstmals das kitzelnde Gefühl in der Bauchhöhle, und dann, später, liessest du dich absichtlich fallen, um, wenn du verletzt wärest, nicht mehr in den Kinderhort zu müssen. So geschah es: du brachst dir zwei Rippen; aber im schmutzigen Hof riefen dir die Kinder immer noch: „Roli, Roli, Suppenanstaltsroli!" nach. Wie du littest; wie du dich schämtest; wie du dich verstecktest im Estrich, wo ein alter Mann dich getröstet. Eile stadtwärts! Neben der Polizeikaserne findest du das Progymnasium. Verweile nicht. Überquere die Brücke! Schau nicht hinunter zum flaschengrünen Fluss. Das Gymnasium: nackte, metallene Leiber flankieren die breite Treppe; nackte, mannbare Jugend. Der Velopark ist wüst und leer wie deine Seele, öd und verlassen. Willst du zu Kissling? Nein. Du solltest doch ins Zimmer eindringen, den Draht ins Schlüsselloch stecken und in der grünen Gitterkasse wühlen. Drei blaue Hunderternoten. Und jetzt? Du weisst, wohin du musst: besteige das blaue Bähnchen. Es rasselt und schlingert und bringt dich zum Dorf. Steige aus und gehe durch den Wald, biege bei der Käserei rechts ab, keuche den staubigen Weg empor. Ein Miststock vor dem Haus. Glauser steht dort und kaut Tabak. Er kennt dich nicht. Wo sind die Knaben? Im Gemeinschaftsraum, du darfst nicht hinein. Also, kehre zurück. Da stehst du auf der Brücke, hier, auf der hohen Brücke, wo dir Christian begegnete am Entlassungstage. Zum grauen Haus? Nein. Und auch Ruben suche nicht. Auf, in die krumme Gasse! Eine Mansarde, darin ein Türchen, das ins Kämmerchen führte, in dem du schliefst unter blutroten Ziegeln, aus denen haardünne Eiszäpfchen in deinen Mund wuchsen. Und der Dom, der Dom steht da und streckt seinen Arm in den Himmel. Keuche keuche eile eile! Die steinerne Treppe, schnell, besteige sie, du drehst dich, schnell, schneller, du, dem vornehmen Gittertor entgegen, rüttle, rüttle, nein, rüttle nicht, entsage, kehre zurück zu Kissling. Zu Kissling? Zu ihm? Wieder zu ihm? Nein. Warum zauderst du vor dem Kasino, wo du gestern Kisslings Klavierkonzert gespielt hast? Morgen erscheinen die Rezensionen in den Zeitungen; und du wirst sie nicht lesen, nein, du wirst am Gashahn drehen, eins zwei drei vier. Du stehst vor der Schwelle. Einen Schnaps darfst du dir noch gönnen. Tritt in die Spelunke ein. Sie ist geschlossen am Karfreitag. Also durch die Hintertür. Rufe der Wirtin: ein Schnaps zwo Schnäpse drei Schnipse vier Schnopse fünf Schnupse. Scharf brennt der Schnaps wie Rubens Fleisch und Blut in der Kehle. Und noch einen Schnaps, und noch einen Schnaps, und noch einen Schnaps: Kartoffelschnaps, Tränenschnaps, nächste Furche. Zwölf Stationen: Graues Haus mit mundroter Tür, Kindergarten, Spital, Schule, Kinderhort, Progymnasium, Gymnasium, Beobachtungsstation, Hurenmansarde, vornehmes Gittertor, Konzertsaal, Tod. Prost. Noch einen solchen. Jetzt bist du betrunken. Jetzt darfst du es wagen. Jetzt ist alles bereit: die Eltern haben das Haus verlassen. Der Vater ist, wie alle Alkoholiker, für drei Tage butterweich geworden und hat deine Mutter in die Karfreitagsliturgie begleitet. Nichts steht dir im Weg. Schmutziger Hof, schiefe Harassenbeige, rote Tür, Kohl und Urin, wackelnde Stufe, grüne Türvorlage, Schlüssel – und Wladimir? Du, bringe ihn hinauf in den Estrich! Rette das Leben des Raben. Rabe reimt auf Knabe und Ruben auf Buben. Jetzt bist du allein, du syphilitische Frühgeburt, betrunken, zitternd, zaudernd. Du schlägst dich mit dem tintenbefleckten Lineal. Bist du verrückt? Das tintenbefleckte Lineal ist ein alter Besitz. Im Progymnasium rieb ein Kamerad an diesem Lineal und zeigte, wie man's macht. Brüllendes Lachen. Auch du lachtest, aber du ahntest nur, was er zeigen wollte. Also gingst du Vierzehnjähriger nach Hause und kopiertest: ein köstliches Gefühl. Anderntags, am Samstag, hättest du beichten sollen. Du gingst nicht hin. Vielmehr schriebst du dampfende Gedichte und komponiertest wilde Musik. Und jetzt schlägst du dich mit dem vorbildlichen, tintenbefleckten Lineal. Der Schnaps und die Schmerzen betäuben dich. Die Qual brennt im Leib wie ein Dolch, den man, zur Erhärtung des Stahls, rotglühend in den Körper eines Gefangenen stösst. Du willst Christian folgen; aber eine Amsel pfeift. Warum schossest du mit Ruben auf Amseln? Sie reissen die Schnäbel weit auf, wenn sie getroffen sind. Braunes Blut quillt aus der riesigen Mundöffnung. Manchmal wippen die Vögel noch mit den Flügeln, auch wenn sie schon tot sind. Oder sie kreischen schwerverwundet. Man presst die Rohrmündung des Luftgewehrs an den Vogelleib und jagt das Kügelchen ins Vögelchen. Die Amsel schüttelt sich. Die aufgeplusterten Federn pressen sich an den Körper. Die Vogelleiche wird schlapp. Der Kopf hängt leblos. Tatest du Schlimmeres während der dreiunddreissig Tage? Gib Rechenschaft! Die Amsel pfeift. Warum wird dir so schlecht? Und deine Mutter? Deine Finger sind kraftlos. Deine Lippen formen den Namen Christian. Die Uhr zeigt drei. Du kniest vor dem Gasofen. Das Gas rauscht und zischt. Es stinkt süss. Du wirst bewusstlos. Deine weisse Stirn schlägt gegen den rotgekachelten Küchenboden.

XI

Am Ostersonntag sagte Benoit der Mutter, dass Roland zu neuem Leben erwacht sei; er habe das Schlimmste überstanden.

Benoit pflegte Roland einen Monat lang und verhinderte damit, dass den Behörden Rolands Selbstmordversuch bekannt wurde. Selbst im grauen Haus blieb die Tat unbemerkt. Roland aber hockte stumm in seinem Zimmer, als er nach einem Monat das Bett verlassen durfte. Er sass tagelang müssig und bleich vor dem Fenster. Auch Kissling gelang es nicht, Roland aufzumuntern oder anzuspornen. Benoit und Kissling hatten Rolands Vater zugeredet, mit dem Trinken Mass zu halten. Der alte Steinmann, eingeschüchtert von Rolands Tat, fing sich, wollte sich bessern und begann wieder zu schreiben; aber er wurde anfangs Juni im Keller des grauen Hauses verhaftet. Ein Polizist hatte den Vater in flagranti ertappt, als er sich mit zwei Schulmädchen ergötzte, deren abgewetzte Pullover auf dem Kellerboden lagen.

Die Mutter wollte es nicht glauben. Stundenlang irrte sie in den Zimmern der Wohnung umher. Endlich entschloss sie sich, Roland aufzuklären. Roland hörte zu und nickte stumpfsinnig. Erschreckt verliess die Mutter das Zimmer und rief Benoit an, der nun in einer möblierten Wohnung lebte. Die Mutter meinte, Benoit pastoriere aus gesundheitlichen Gründen nicht mehr. Benoit meldete sich nicht. Die Mutter hängte ratlos den Hörer auf.

Sie hatte gealtert und ihr Haar war weiss geworden. Ängstlich lauschte sie an der Tür; aber kein Laut drang aus ihres Sohnes Zimmer.
Roland lag auf dem Bett und starrte zur Decke hinauf. So blieb er liegen. Er bewegte sich nicht; und es wurde dunkel.
Mitten in der Nacht hörte Roland ein leises Kratzen unten im Hof. Das Geräusch drang nach oben. Roland drückte auf den Knopf des Nachttischlämpchens. Es wurde hell im Zimmer. Roland umklammerte seinen Hals, um nicht zu schreien.
Ruben stieg durchs Fenster. Seine nackten Füsse klatschten leise auf dem hölzernen Boden. Der zwiebelfarbene lange Zeigefinger gebot Schweigen. „Ich hole dich jetzt, Roland. Es ist soweit. Folge mir. Auch deinen Reisepass nimm mit. Packe dein Köfferchen – aber leise, leise, damit uns niemand hört."
Roland gehorchte. Er fasste den Henkel des schäbigen Köfferchens mit den Zähnen. So nahm er das Köfferchen wie ein gehorsamer Hund, der das Marktkörbchen seines Herrn im Maul trägt. Ruben und Roland stiegen durchs Fenster und kletterten am rostigen Abflussrohr in den dunklen Hof hinunter. Achilles beschnüffelte Roland aufgeregt. Ruben zog seine Schuhe an. Roland lehnte an der schiefen Harassenbeige.
„Folge mir!"
Sie wanderten durch die Nacht.
Ruben sagte: „Dein Vater wurde am Nachmittag verhaftet. Was willst du tun? Stell dir vor: man würde dich bevormunden, folgtest du mir nicht! Das wäre unangenehm, nicht wahr? Beinahe unangenehmer noch als ein Tod durch Gasvergiftung? Wie? Du schweigst? Dein Vater sagte es mir. Alles nimmt seinen Lauf. Auch mit den zwei Mädchen habe ich gesprochen. Es sind willige Mädchen, wie du weisst. Am ersten April haben sie deine Anwesenheit gemeldet. 'Wisu', schrien die Mädchen, 'Wisu! Pfeif den andern! Der Steinmann ist hier! Sag's ihnen!' Und die Knaben kamen und schlugen dich. Und die Mädchen lockten deinen Vater in den Keller, und der Polizist, ein braver Mann, wohlbedacht darauf, die Ordnung zu hüten, befolgte den Telefonanruf einer

kreischenden Frauenstimme. Du weisst, dass ich jede Stimme imitieren kann. Und so nahm alles seinen Lauf. Ich bin dein unentbehrlicher Feind. Die Mauern hinter mir sind geschleift. Meine Mutter brannte durch. Sie reiste zu meinem Erzeuger, der fern von hier ist. Sie nahm das Geld des Jost Ambar mit. Und Jost Ambar, der mich ernährte, der Ärmste, Jost Ambar machte bankerott. Seine Pferdehandlung und die Villa, wo du dreiunddreissig Tage verbrachtest, kamen unter den Hammer. Die Zerstörung ist vollkommen. Nur Achilles, der grosse, schwarze Hund, ist mir geblieben. Und du!"

Und weiter wanderten sie, manche Stunde weit.

Die Frage, wie er überlebt hatte, beantwortete Roland mit zwölf Worten: „Meine Mutter hatte das Fastenopfer vergessen. Sie kam zurück. Sie fand mich."

Später sagte Ruben: „Ich bringe dich zu Stockermann. Die Summe deiner Erfahrung ist noch gering. Aber jetzt trittst du ins Leben ein. Erfahrung entsteht aus Erinnerung. Jetzt wirst du deine Konsequenzen ziehen müssen. Du würdest lieben – du hättest geliebt; aber du wusstest nicht, wen du zu lieben hattest. Also liebtest du dich selbst. Es entging dir, als du Genuss an Christian zu erleben wähntest, dass du dich nur in einem Spicgel betrachtet hast. Du gabst nicht, und du nahmst nicht. Später gabst du dich Benoit, und jetzt bist du ein Eromenos. Stockermann wird der Erastes sein. Verstehst du?"

„Ich verstehe. Es ist mir gleichgültig. Ich bin Auswurf dieser Zeit. Ich unterwerfe mich. Ich kann nicht zurück."

Rolands Köfferchen wog nicht schwer. Das Abenteuer brannte unter den Fussohlen.

Kurz nach vier Uhr dämmerte es. In der Ferne sahen sie einen roten Schein. Sie eilten zur Brandstätte. Wie rote Käfer liefen die Funken übers schwarze, schwelende und stinkende Gebälk. Die Gaffer standen untätig, und Roland hörte zu, wie sie Ruben erzählten, dass der Besitzer des ausgebrannten Hauses, ein Bauer, sein Weib, das während der Geburt gestorben war, tagelang auf Eis gelegt habe. Das totgeborene Kind sei zwischen den

Schenkeln des Weibes verfault. Und der Bauer habe seinem mannbaren Sohne Karl mit der grossen Axt den Schädel gespalten, Feuer gelegt, sich mit Petroleum übergossen und den Feuertod erlitten. Ja, so sei es, sagten die Bauern.
Es war hell geworden. Roland starrte ins schwarze, ausgebrannte Haus. Ruben erregte Aufsehen, als er mit Achilles immer wieder die Ruine umkreiste. Roland bemerkte, dass sich die Bauern zusammenrotteten und flüsterten und Ruben misstrauisch ansahen.
Ruben stand vor den Bauern. Sein hartes Lächeln war grausam, als er zu singen begann:

„Es war ein Bauer gross und stark
der wollte mal
mit seinem Weib
mit seinem toten Weib dideldum.

Zu dem Behuf legt er sich hin
und macht es mal
mit seinem Weib
mit seinem toten Weib dideldum.

So bägerte und bamste er
und gierte wild
nach seinem Weib
nach seinem toten Weib dideldum.

Der Bankert blümerant und tot
lag blutt und bloss
beim Bauersweib
beim toten Bauersweib dideldum.

In seinem Brast legt Feuer er
verbrennet Haus
samt seinem Weib
samt seinem toten Weib dideldum.

Zuguterletzt schlägt er dem Sohn
den Schädel ein
und murkst sich selbst
und murkst sich selbst dideldum.

Die Bauern wagten nicht, Ruben zu schlagen, der mit metallener Stimme, schneidend, immer um einen Viertelton falsch, gesungen, wobei ihn Achilles heulend begleitet hatte.
„Wachst am Boden an“, rief Ruben, und er packte Roland und zog ihn mit sich fort.

XII

Hohe Bahnhofskuppel, viele Reisende, Ausblick zum See. Ruben und Roland überquerten den Bahnhofplatz. Sie standen vor dem Hotel 'Du Pont'. Ruben sagte gelassen: „In zwanzig Tagen ist der 7. Juli. Freust du dich? Wie fühlst du dich überhaupt?"
„Nicht gut. Das Erlebnis heute morgen mit den Bauern hat mich mitgenommen."
„Du bist zu empfindsam. Schau dort den Portier in der Loge! Er lutscht tatsächlich ein Bonbon."
„Lass uns gehen!"
„Wie du willst. Komm, wir nehmen ein Taxi und fahren bis auf Stockermanns Schloss."
Roland nickte und folgte Ruben über die Brücke. Vor dem Taxistand rannte Roland plötzlich über die Strasse, klammerte sich am glänzenden Handgriff der grünen Tram fest, schwang sich aufs Trittbrett, streckte Ruben die Zunge heraus. Ruben stand verblüfft und hielt Rolands schäbiges Köfferchen in der Hand. Als Roland während einiger Sekunden Ruben so stehen sah, bemerkte er, dass der Verführer nicht mehr so herrlich aussah wie früher.
Der Schaffner trat wütend auf Roland zu. Was ihm eigentlich einfalle, auf die fahrende Tram zu springen? Das sei verboten! Wohin er wolle? Endstation? Die Tram fahre zur Zeit noch weiter, bis zur Allmend, wo ein Schützenfest stattfinde. Gut. Die Fahrt koste fünfzig Rappen. Was? Er habe das Geld vergessen?

Da könne jeder kommen!
Eine Dame zahlte lächelnd für Roland.
Wo ein Schützenfest ist, gibt es Betrieb und Arbeit. Ah, die Luft ist rein hier. Frei, Freiheit, Vogelfreiheit. Hier wird man ihn nicht erwischen.
Piff paff die Gewehrschüsse. Tingeltangel, bim bam, Säbelschlucker, die dickste Frau der Welt, Dame ohne Unterleib, mal schiessen der Herr? Drehende Karussells. Die Mähnen flatterten im heissen Wind, rundherum und rundherum, und klappernd geht das Riesenrad im Kreis, huiii, Gespensterbahn, Klappergerippe. Die Himalajabahn raste auf und nieder, auf und nieder. Drehen Drehen Drehen – auf und nieder, auf und nieder, rund herum, rund herum, klipper klapper Zuckerwatte, Türkenhonig, ratatata, Karussell, Hände, Beine, Schenkel, Röcke, heisse Rhythmen, Riesenräder, hin und her die Schaukel, hin und her! Losverkäufer, Bretterbuden, piff paff puff. Luft wie blutgetränkte Watte, Lärm, Geknatter, Fratzen, Schluderschlager. Zuckerwattetürkenhonigleckersüss die Hitze überm Tinteltangelbummbummrummelplatz. Hau den Lukas! Letzte Gelegenheit, meine Damen und Herren! Aufschliessen! Gleich ist Vorstellung, gleich ist Beginn! Sie sehen den Fikar – hähähähähä – den Fakir Ahrimann Luzifer Beelzebub bei der Hypnosearbeit! Kommen Sie, schauen Sie! Staunen Sie! Intimstes wird sich offenbaren, eine Weltklasseschau, Kinder haben keinen Zutritt, nur für Erwachsene mit Nerven aus Stahl! Eintreten, zur Kassa, Eintrittsgeld garantiert zurück, wem's nicht gefällt! Weiter ins Drehen hinein, Hosenbeine, feile Striche, Hände, Schenkel, geile Blicke.
Roland wollte Arbeit suchen auf dem Rummelplatz. Er blieb vor der Achterbahn stehen und schaute ins Eisengestrüpp, und er schloss am Schwanz der Menschenschlange an, wobei er sich vornahm, jenes Fräulein, das im Kassakasten sass und Achterbahnbilletts verkaufte, nach Arbeit zu fragen.
Das Fräulein streckte ihm eine Eintrittskarte entgegen.
„Können Sie jemanden anstellen?"

„Erwachsene zahlen einen Franken, Kinder die Hälfte."
„Ich meine – brauchen Sie einen Arbeiter?"
„Sie sind erwachsen, also bezahlen Sie den Franken, aber etwas dalli!"
„Ich suche Arbeit."
Das Fräulein zog die rasierten Brauen, an deren Stelle zwei dünne, schwarze Striche hingemalt waren, unter die Ponyfransen und sagte: „Ach so? Komm rein in die Kabine, du Süsser!"
Roland schlüpfte in die Kabine und gesellte sich zum Fräulein. Es beachtete ihn nicht und verkaufte Karten. Roland sah Hände. Keine Gesichter sah er, nur Hände sah er, Hände, Hände, Hände: junge Hände, vom Tode angefressene Hände, knotige Hände, rissige Hände, behaarte Hände, schwarze Fingernägel, schlanke Finger, schmale Handgelenke, grobe Daumen, abgeknabberte Fingernägel, warzige Handrücken, verletzte Finger, gierige Finger, bebende Finger, lange Finger, schlaffe Hände, stark zupackende, gepflegte Fingernägel, rote, lackierte Krallen, Pratzen, Pranken, aufgeplusterte Handballen, beschorfte Fingerglieder, pikante Knabenhände, leicht beschmuddelte Hände meistens, aber auch Greisenhände, violette, beinerne, skelettige, knöcherne, fleischige, lüsterne, ekelerregende Hände – ein Knabe ohne Hand.
„So geht's den ganzen Tag. Willst du mich vertreten? So kann ich einen Augenblick ausspannen. Der Alte kommt hin und wieder. Frage ihn nach Arbeit."
Roland verkaufte Karten. Jetzt sah er auch die Gesichter. Aus der Geisterbahn drang Heulen. Die Jungen und Mädchen in Bluejeans lachten wild in den Putschautos. Die Schlager flossen ineinander, vermengten sich zu einem einzigen Lärm, der bunt und zähe vor der Kasse vorbeifloss.
Endlich erschien der Besitzer. Arbeit? Ja, also bei ihm nicht. Aber der junge Herr solle zum Zigarettenkiosk gehen. Dort lasse sich vielleicht was drehen als Chasseur. Oder vielleicht als Schuhputzer? Als Warnerjunge? Als Zeigerjunge? Diese Stellen seien wahrscheinlich schon besetzt. Oder bei der Geisterbahn sei unter

Umständen der Posten als Billetteur frei. Vielleicht Ausrufer bei der Dicken Berta? Kellner? Officebursche?
Roland dankte sehr und ging zum Zigarettenkiosk.
„Als Chausseur wollen Sie arbeiten? Herr Luschka! Kommen Sie, es ist ein Wunder geschehen! Da fragt ein Einheimischer nach Arbeit!"
Herr Luschka kam herbei. „Der da will Arbeit? Der soll doch als Nackttänzer gehen mit *dieser* Figur! Also tatsächlich? Zigaretten verkaufen wollen Sie? Ist ja nicht zu fassen! Kennen Sie die Brangsche?"
„Ich habe nie etwas anderes getan", sagte Roland.
„Nanananana! Nur nicht so stürmisch! Einen Nebenverdienst werden Sie wohl auch gehabt haben, was? Lassen wir das! Sie können gleich beginnen."
Roland besprach die Arbeitsbedingungen mit dem Chef. Herr Luschka erzählte etwa hundert Witze und kriegte beinahe einen Hitzschlag vor Lachen. Am Abend führte er ihn zu einem Zimmervermieter. Roland gab Bracher die Hand.
Unterwürfig hüstelte der Zimmervermieter Bracher und schlurfte im Korridor auf und ab. „Sie kriegen ein sehr schönes Zimmer", sagte er mit brüchiger Stimme und hüstelte. „Ein hervorragendes Zimmer. Grüne Bettwäsche, stellen Sie sich vor! Schauen Sie, hier!"
Das Zimmer war klein wie ein Schrank, stickig und stinkend. „Ein prächtiges Zimmer, junger Mann!" Brachers Hosenträger baumelten lose neben den dünnen Schenkeln. „Geben Sie acht! Rauchen Sie nicht im Bett! Mein Gott, wie sich die jungen Leute anziehen. In Ihrem Alter hätte ich mich nicht in so engen Hosen zeigen dürfen." Er schielte trotz dem Vorwurf unterwürfig schräge zu Roland empor. „Also, schlafen Sie gut. Das Zimmer ist prächtig und das Bett wirklich sehr gut zu diesem Preis. Und geben Sie acht!" Er schlurfte hüstelnd hinaus.
Roland konnte nicht schlafen. Das Bett war hart und schief und bucklig. Roland schwitzte. Er lag nackt im Bett. Die Mücken peinigten ihn. Die Hitze liess ihn nicht schlafen. Frau Bracher schiel-

te und hatte fünf Kinder. Immer wieder schrie ein Kind. Und Bracher schlurfte im Korridor auf und ab.
Roland stand um fünf Uhr mit schmerzenden Knochen auf. Bracher, dessen Füsse in Pantoffeln staken, schlurfte ihm entgegen. Die zerfransten Hosenträger hingen schlaff nach unten. Das Hemd war geöffnet. Ein schwarzer Haarpelz überwucherte die magere Brust. Unterwürfig sagte Bracher: „Ach, es ist ein Kreuz. Wir müssen Zimmer vermieten. Sie bewohnen jetzt wirklich ein sehr schönes Zimmer!" Seine aufgeworfenen Lippen zitterten. Bracher rieb die Hände gegeneinander und stank nach billigem Fusel. „Sie liegen auf unserer besten Bettwäsche. Haben Sie achtgegeben?" Bracher schnüffelte und hüstelte. „Sie rauchen doch nicht im Bett, oder? Das wäre ein Kreuz! Die Asche! Oder ein Zimmerbrand. Oder ein Loch in der grünen Bettwäsche! Geben Sie acht! Man sieht jedes Drecklein und jedes Spritzerchen darauf! Meine Frau ekelt sich sonst. Sie hat nur Mädchen. Fünf Mädchen. Ja, wenn wir Knaben hätten. Aber nur Mädchen. Das ist ja schliesslich nicht meine Schuld, oder? Ach, ist das ein Kreuz." Bracher hüstelte wieder. „Ein sehr feines Hemd tragen Sie!" Er befingerte den Stoff.
„Ich muss jetzt gehen", sagte Roland unsicher.
„Ach ja, Frühdienst. Die Schützen beginnen schon um sechs Uhr zu schiessen. Und sie müssen doch rauchen, ja ja."
Roland wurde vom schlurfenden Bracher bis vor die Haustür begleitet.
Zu Fuss ging er zum Schützenfestareal hinaus. Der strahlend helle und frische Morgen erheiterte sein Gemüt. Er pfiff die schlichte Hirtenweise und empfand nach langer Zeit wieder das Gefühl der Freiheit. Neben dem Kiosk trank er einen Kaffee und ass ein knusperiges Hörnchen. Dann hängte er das Chassierbrett um und begann zu schlendern.
„Cigares! Cigarettes!"
„Horn im Mund bringt frohe Stund!"
Ein Böllerschuss gab das Zeichen zum Schiessbeginn. Es war punkt sechs Uhr.

Roland musste jeden Tag zwölf Stunden arbeiten. Gegen zehn Uhr schob er immer einen Karren zu den Zielscheiben hinauf. Dort arbeiteten die Zeiger, etwa dreihundert rotbemützte Männer. Mit Kellen hatten sie anzuzeigen, wohin der Schütze getroffen. Mit Zettelchen überklebten sie jeden Durchschuss, nachdem die Zielscheibe heruntergezogen wurde, wobei die untere automatisch emporrollte wie eine Schulwandtafel.
Die Männer schätzten Roland; denn schon nach dem dritten Rundgang wusste er jedes Mannes bevorzugte Marke. Er reichte Stumpen oder Toscani oder Brissago oder Kiel oder Tabak oder Zigaretten hin, ohne zu fragen. Die Trinkgelder wurden mit jedem Tag grösser.
Am Abend oder in der Nacht bediente Roland in der grossen Festhalle während des Varietéprogramms. Er war glücklich, zu bemerken, dass die Leute ihn gerne mochten und ihm hohe Trinkgelder gaben.
Sein blasses Gesicht bräunte sich.
Ungern kehrte er, manchmal erst beim Morgengrauen, zu seiner Schlafstätte zurück, die ihm der Witzbold Luschka verschafft hatte. Der unterwürfige Bracher schien überhaupt nie zu schlafen. Er lauerte und luchste stets und schlurfte im heissen, stickigen Korridor auf und ab mit baumelnden Hosenträgern.
„Haben Sie eigentlich keine Badewanne?" fragte Roland eines Abends. Bracher rieb die Hände aneinander und hüstelte. „Baden ist ein Luxus. Wir können uns keine Wohnung mit Badewanne leisten. Verzeihen Sie! Es ist ein Kreuz."
Roland ging in sein heisses Zimmer. Es ekelte ihn vor der grünen Bettwäsche. Wahrscheinlich spionierte Bracher im Zimmer. Finden würde er zwar nichts; denn Roland liess hier keinen Faden liegen. Seinen ganzen Besitz trug er auf dem Leib. Das Geld hatte er in der Gesässtasche seiner Hose versteckt.
Als Roland endlich einschlummerte, weckte ihn sogleich ein kratzendes, schlurfendes Geräusch. Er öffnete das linke Auge und sah Bracher, wie er die Hose hochhielt und den Knopf der Gesässtasche öffnete.

„Lassen Sie das!“
„Ach, es ist ein Kreuz! Ich kann nicht schlafen.“
„Sie wollen mich bestehlen!“
„Aber jeune homme, wo denken Sie hin! Ich schaffe Ordnung. Sie sollten Ihre Hose in die Bügelfalten legen – so!“ Er streichelte die Bluejeans glatt. „Überhaupt liegen Sie nackt im Bett! Das haben wir nicht vereinbart. Ihr Schweiss schadet unserer besten Bettwäsche, das kostet Zuschlag. Sie wohnen viel zu billig hier, viel zu billig!“ Er sog mit ekelhaftem Geräusch Rotz aus der Nase in den Rachen und verliess schlurfend den Verschlag. Roland konnte nicht mehr schlafen im stickig heissen Zimmer. Bracher schlurfte im Korridor auf und ab. Ein Kind begann zu krähen. Die Bracherin beruhigte das Kind. Es schmatzte laut an der Mutterbrust. Das Ehepaar flüsterte, und Roland presste das Ohr an die Wand. Er hörte, wie Bracher sein Weib kurz und gründlich begattete. Nach dem Geschlechtsakt schlurfte Bracher wieder im Korridor auf und ab, und sein schielendes Weib schnarchte laut. Roland fächelte sich Luft zu. Sein Körper war schweissbedeckt. Er schrie wütend: „Schlafen Sie eigentlich nie? Ihr Geschlurf macht mich wahnsinnig!“
„Ach, es ist ein Kreuz“, sagte Bracher die Tür öffnend. „Diese Hitze. Diese Hitze! Habe ich Sie gestört? Meine Frau schläft immer. Glauben Sie mir, die schläft ununterbrochen.“
„Ja. Ich hab’s gehört.“
„Wie meinen Sie das?“
„Eben – sie schnarcht.“
„Tatsächlich. Spielen Sie Schach? Ach, diese Hitze. Das Fleisch fault mir im Arsch.“
Sie spielten bis zum Morgengrauen Schach. Bracher gewann immer. Roland musste für jedes verlorene Spiel einen Franken bezahlen. Bracher nötigte ihn auch, Fusel zu trinken, das Gläschen für fünfzig Rappen. Bracher notierte Rolands Schulden mit einem kurzen, grünen Bleistift in ein abgegriffenes Notizbüchlein.
Roland spielte vom Bett aus, und Bracher hatte sich damit abge-

funden, mit einem Nackten zu spielen, dessen Körper immer unruhiger wurde unter dem grünen Leintuch. Bracher leckte am Bleistiftstummel und malte nach jedem Spiel einen Strich ins Büchlein.
„Junger Mann“, sagte er nach dem vierzehnten Spiel und leckte am Stummel, „Sie schulden mir schon vierzehn Franken!“ Er hüstelte befriedigt.
Müde verliess Roland die Wohnung am frühen Morgen. Unterwürfig begleitete ihn Bracher bis zur Haustür.
Es kam Roland vor, als hätte er noch nie etwas anderes gemacht als Zigaretten verkauft. Festzelt, Café Ritter, Bierhalle, Sägemehl. Es wurde mit jedem Tag heisser. Männer der Feuerwehr kühlten die Zelte mit Wasser ab, das, aus langen Schläuchen spritzend, gegen die Leinwandflächen stob.
Roland sah den Feuerwehrmännern zu. Die Leinwand wurde schwarz und nass, und darüber glitzerten die Wasserperlen in den Regenbogenfarben.
„Du verkaufst Zigaretten“, lallte jemand hinter ihm. Roland drehte sich um. Mit heller Hose bekleidet und buntem Hemd, die Augen unter den zusammengewachsenen Brauen verglast, stand Benoit schwankend vor ihm.
„Was tust du hier, Jean? Bist du betrunken?“
„Der Messwein fehlt mir sehr!“ Benoit lachte. „So trinke ich wohl oder übel ordinären Wein! Ich fünfunddreissigjähriger Esel lerne jetzt die Ecken, Kanten, Abgründe, Mulden, Löcher und Winkel des Lebens kennen. Und das Leben schlägt mich krumm und lahm. Du verkaufst Zigaretten. Und ich – ich bin zum ersten Mal bei einem Schützenfest. Warum verkaufst du Zigaretten?“
„Ich bin Ruben durchgebrannt. Mein Vater –“
„Ich weiss. Dein Vater sitzt in Untersuchungshaft.“
„Und die Mutter?“
„Die Mutter wohnt seit gestern bei Maria.“
„In der Mansarde?“
„In der Mansarde, ja, in der Mansarde. Sie musste die Wohnung aufgeben.“

Sie standen voreinander und schämten sich. Unsicher fragte Benoit: „Willst du mit mir kommen, Roland?“
Roland schüttelte den Kopf. Benoit entfernte sich schwankend. „Jean“, rief ihm Roland nach. Aber Benoit drehte sich nicht um.
Die Langeweile saugte sich wie ein Blutegel an Roland fest. „Cigares! Cigarettes! Cigares! Cigarettes!“
Die Männer soffen. Schwitzende Musiker spielten Schlager. Roland schlenderte ununterbrochen. Ein süsses, fauliges Gefühl kroch in die Lenden. Der Kopf war dumpf und schwer wie nach Haschischgenuss. Cigares, cigarettes – nächste Furche. Sägemehlfurchen. Die Gedanken bröckelten und brachen. Er kannte nichts anderes mehr als Hitze, Sägemehl, Schnaps, Zigaretten. Wie ein Karussell drehte er sich. Und wie eine Schaukel pendelte er hin und her zwischen Festhalle und Bierhalle, zwischen Rummelplatz und Zeigerstand. Tag für Tag, Tag für Tag. Die Hitze flimmerte über der ausgedörrten Allmend. Lärmendes Gewoge in den Zelten. Bierklebrige Tischflächen, Sägemehl, Cigares, Cigarettes, Telefonstangen, Klapperschlangen, beizender Durst im Schlund, wirbelndes Drehen.
Seit gestern fehlte die grüne Bettwäsche. Roland musste auf der nackten Matratze schlafen.
Bracher trat ihm entgegen. Er schlurfte in seinen ausgetretenen Lederpantoffeln, und die edelweissverzierten Hosenträger baumelten. „Sie sind jetzt neunzehn Tage hier und haben noch nichts bezahlt. Das Fest dauert noch drei Tage. Sie könnten ja verduften. Nein, nein, das tun Sie natürlich nicht. Ich meine nur: angenommen – das meine ich. Sie bewohnen ein sehr schönes Zimmer. Wenn Sie weggingen, hätte ich das Nachsehen. Ach, es ist ein Kreuz.“ Bracher befeuchtete seine aufgeworfenen Lippen. Er hüstelte und fuhr fort: „Ich habe die Rechnung aufgestellt. Einzelzimmer, möbliert und Bettwäsche grün, sowie deren Abnützung durch Schweiss und vier Flecken. Gebrauch von Stuhl, Nachttopf, Fenster, Vorhängen, Glühbirne, WC, Fussboden: pro Tag neunzehn Franken neunzig Rappen, mal die Dauer

des Festes macht einundzwanzig mal neunzehnneunzig macht dreihundertsiebenunddreissigachtzig plus vierzehn verlorene Schachspiele macht vierzehn mal ein Franken plus siebenundzwanzig Schnäpse à fünfzig Rappen macht sechzehn fünfzig plus Klosettpaper neunzig Rappen macht zusammen dreihundertsiebenundneunzigdreissig."
Roland riss ihm die Rechnung aus der Hand.
„So billig hätten Sie nirgends wohnen können!" Bracher nahm mit zitternden Fingern drei Hunderternoten entgegen. Seine Lippen waren fahl und bebten. „Sie schulden mir demnach noch siebenundneunzigdreissig." Er schlurfte in die Küche, um eine Quittung und eine neue Rechnung auszustellen.
Heute hat Roland Spätdienst. Er macht sich erst nachmittags auf den Weg. Da ihm noch Zeit bleibt, wagt er sich in die Stadt bis vors Hotel 'Du Pont'.
Morgen ist der 7. Juli.
Roland sieht, wie der Portier etwas schreibt und sich ein Bonbon in den Mund schiebt.
Später steigt Roland, dort, wo er Ruben davongelaufen, in die grüne Tram. Das Hemd des Schaffners ist schwarz verschwitzt. Beim Kiosk hört sich Roland einen Witz von Luschka an, füllt das Chassierbrett auf, hängt es um und geht durchs Sägemehl.
„Cigares! Cigarettes!"
Die grossen Zelte dampfen.
Cigares, Cigarettes.
Nächste Furche.
Die Dame ohne Unterleib. Die Zuckerwatte ist süss wie das Gefühl in der Bauchhöhle. Tingel Tangel. Piff paff puff die Schüsse. Rote, verschwitzte Gesichter.
Roland bringt, wie jeden Tag, dem Fräulein von der Achterbahn Zigaretten, die es nicht zu bezahlen braucht.
„Ach, mein Süsser! Ich verrecke noch in diesem Kasten!" Das Fräulein zieht die nadeldünn geschminkten Brauen unter die Ponyfransen.

„Kommst du heute abend zu mir?“ Roland erschrickt. Das Blut stürzt in seinen Schoss. Er sagt unsicher: „Heute abend?“
„Ja. Ich warte auf dich, Kleiner. Was magst du am liebsten?“
„Ich weiss nicht.“
„Du bist so schüchtern. Hast du noch nie?“
„Nein.“
„Willst du?“
„Ich weiss nicht. Vielleicht. Doch. Ja.“
„Heute abend?“
„Ich kann Sie nicht mitnehmen.“
„So komm doch zu mir! Bist du gut entwickelt? Ach, ich freue mich. Die Männer sagen, ich sei gut. Du hast lange Beine. Das gefällt mir. Reize ich dich?“
Roland nickt und läuft weg.
Heute abend heute abend Cigares Cigarettes 7. Juli morgen grüne Gitterkasse nächste Furche tintenbeflecktes Lineal Beichtstuhl zirpende Mücke Glasharfenton graues Männchen mit Sicherheitsnadel heute abend die Nacht vom sechsten zum siebenten Juli mit Christian heute abend das Fräulein heute abend Cigares Cigarettes Sägemehl Hitze heute abend –
Heute abend?
„Cigares! Cigarettes!“
Sägemehl. Hitze. Süsse Schlager. Festzelt. Bierhalle. Roland geht hin und her. Die Füsse brennen im Sägemehl. Die Hitze im Zelt stinkt dick und faulig. Er verkauft zwischen den Nummern während des Varietéprogrammes Zigaretten.
„Cigares! Cigarettes!“
Ein Knabe kauft Zigaretten. „Jetzt wirft er ein brennendes Messer“, sagt der Knabe und deutet auf die Bühne.
„Das tut er jeden Abend“, sagt Roland. Er betrachtet den Knaben und fragt: „Bist du zum ersten Male hier?“
„Ja.“
„Du rauchst?“
„Manchmal.“
„Du brauchst mir die Zigaretten nicht zu bezahlen.“

„Danke."
Der Knabe lächelt. Seine Zähne glänzen weiss zwischen den feuchten, roten Lippen. Er sagt schüchtern: „Ich sitze an diesem Tisch."
Roland fragt unsicher: „Ganz alleine?"
„Ja."
„Also. Ich setze mich zu dir. Meine Füsse tun mir weh vom Herumlaufen."
Roland setzt sich zum Knaben.
„Ich heisse Hans."
„Ich heisse Roland."
Die Hitze treibt den Schweiss aus den Poren. Roland sitzt schlaff auf der Bank. Er will sich nicht mehr rühren. Endlich aber steht er auf, hängt das Chassierbrett um und verlässt Hans, der, gebannt, zur Bühne schaut. Müde gibt Roland sein Chassierbrett ab. Herr Luschka erzählt einen Witz.
Roland geht zur Achterbahn. Er will zum Fräulein. Da berührt ihn eine Hand an der Hüfte.
„Das Programm ist langweilig", sagt Hans. Er weicht nicht von Roland und folgt ihm zum Rummelplatz.
„Ich kenne das Kassafräulein der Achterbahn. Es wartet auf mich."
„Muss ich jetzt gehen?"
Roland sieht den Knaben, der wieder lächelt, prüfend an.
„Weisst du, das Programm ist blöd. Und du hast mir doch Zigaretten geschenkt."
„Ich schenke auch dem Fräulein Zigaretten. Und auch dem Koch. Dafür gibt er mir Hähnchen oder Bündnerfleisch."
„Was soll ich dir dafür geben?"
„Ich bin nicht eigennützig."
„Gibt dir das Fräulein etwas für die Zigaretten?"
„Vielleicht gehe ich jetzt nicht zum Fräulein."
„Aber es wartet auf dich."
„Soll es warten."
„Wo wohnst du?"

„Wie? Ach, ich kenne nicht einmal den Namen der Strasse. Ich gehe einfach hin. Bracher heisst der Vermieter."
„Bracher? Der mit den fünf Mädchen? Seine Frau schielt."
„Ja. Wieso kennst du ihn?"
„Ich wohne nur zwei Häuser weiter."
„Dann haben wir denselben Weg, Hans."
„Aber es ist noch nicht spät!"
„Ich bin müde."
„Das Fräulein wartet aber!"
„Das Fräulein soll mich lecken."
„Wo?"
Sie lachen. Roland besteigt mit Hans die Geisterbahn. Ein Klappergespenst mit phosphoreszierenden Knochen schwenkt ein grünes Tuch. Huiiiii! Hans lacht laut. Die Karre saust auf den Schienen. Spinnweben streichen übers Haar.
„Das war erregend", sagt Hans. Er schaut auf die Uhr. „Genau um Mitternacht muss ich zu Hause sein, sonst schimpft mein Vater."
„Genau um Mitternacht?"
„Genau um Mitternacht."
Sie machen sich langsam auf den Weg. Vor der Haustür sagt Roland: „Ich begleite dich noch. Du wohnst doch nur zwei Häuser weiter?"
„Nein – ich meine: Du musst mich nicht begleiten, sicher nicht! Das ist gar nicht nötig, Roland."
„Also denn –"
„Das war ein lustiger Abend! Wir haben noch fünf Minuten Zeit, bis es zwölf schlägt."
„Dein Vater nimmt es aber wirklich sehr genau."
„O ja! Aber fünf Minuten dauern lang. Wenn du willst, zeige ich dir etwas."
„Ja?"
„Aber nicht hier! Komm", sagt Hans leise und öffnet die Tür, steigt die Kellertreppe hinunter, wartet, kehrt sich lächelnd um. Roland flüstert: „Was fällt dir ein?"

„Komm nur! Ich zeige dir etwas – etwas Schönes!“ Roland kann kaum atmen. Er steigt dem Knaben nach.
„Hier ist es aber finster“, sagt Roland.
„Wir können Licht machen“, sagt Hans.
„Also gut, machen wir Licht“, sagt Roland.
„Hier ist der Schalter“, sagt Hans.
„Ich kann dich nicht sehen“, sagt Roland.
„Hier“, sagt Hans.
Roland tastet sich zu Hans. Er befühlt seinen Körper. Der Knabe betätigt den Lichtschalter.
Roland erschrickt.
Es schlägt Mitternacht.
Siebenter Juli.
In diesem Augenblick befiehlt die harte Stimme: „Mal hersehen!“
Der grelle Blitz blendet Roland.
Ruben senkt den Fotoapparat und grinst.
„Mitternacht. Du hast deine Aufgabe gut gelöst, Hans. Du kannst dich wieder zurechtmachen!“
Schlurfende Schritte im Hausgang. Tapsen auf der Treppe. Bracher hüstelt. Die Hosenträger baumeln. Die Hemdbrust geöffnet: Haarpelz.
„Der siebente Juli ist angebrochen“, sagt Ruben. „Ein langer siebenter Juli steht dir bevor. Ich hoffe, du wirst nun einwilligen, Stockermann aufzusuchen.“
Roland holt aus und schlägt die Faust an des Knaben Kinn. Der Hinterkopf knallt gegen die schlechtverputzte Wand.
„Sie schulden mir noch siebenundneunzigdreissig!“
Hans wimmert leise. Er hockt am Boden. Bracher wiederholt grinsend: „Siebenundneunzigdreissig!“
„Los!“ befielt Ruben. „Stockermann wartet oben!“ Er zieht Roland die Treppe empor. „Übrigens“, sagt Ruben knapp, „deine Mutter wohnt jetzt bei Maria.“
„Siebenundneunzigdreissig!“ kreischt Bracher.
Vor der Tür steht ein Rolls-Royce. „Erlauben Sie, Roland“, sagt

Stockermann im Fond des Wagens sitzend zum Fenster hinaus, „dass ich Ihnen meinen Butler Severin vorstelle!“
Severin stelzt auf Roland zu. Sein Lid bedeckt das Auge. Severin lächelt schief und öffnet den Wagenschlag.

XIII

Roland erwacht. Zuerst meint er, auf der nackten Matratze in Brachers Zimmer zu liegen. Aber er besinnt sich. Sein Magen krampft sich zusammen. Siebenter Juli.
Roland steht auf. Er geht zum Fenster und schaut hinaus. Hellblau, eine weite Fläche, verliert sich der See im weissen Dunst. Roland zieht die Bluejeans an. Er öffnet die Tür. Severin steht steif davor und lächelt schief.
„Haben Sie gut geschlafen während der ersten Nacht auf dem Schloss?"
Roland gibt keine Antwort. Wenn er sich nicht vor Severin fürchtete, würde er ihn gewaltsam beiseite schieben. Severin sagt: „Das Bad ist gerichtet."
Roland wäscht sich. Später verlässt er die Marmorwanne, schlingt ein grünes Tuch um den Leib und geht ins Zimmer zurück. Auf einem Gestell findet er weisse Wäsche, ein weisses Hemd und einen stahlblauen Anzug. Er zieht die vortrefflich sitzenden Kleider an. Die neuen grauen Wildlederschuhe drücken nicht. Roland verlässt das Zimmer. Draussen wartet Severin. „Wollen Sie mir bitte folgen!" Er führt Roland auf die Veranda, wo Stockermann sitzt. Roland grüsst und beginnt zu essen.
„Schmeckt es Ihnen, Roland?"
„Nein. Ich hätte die Kleider nicht annehmen sollen. Ich stehe in Ihrer Schuld. Ich will fort. Und wenn Ruben von der erpresseri-

schen Fotografie, die er um Mitternacht im Keller aufnahm, Gebrauch machen sollte, werde ich mich ohne zu zögern den Behörden ausliefern. Man steckt mich wieder in eine Beobachtungsstation und, wenn der Selbstmordversuch bekannt wird, in eine Irrenanstalt. Es ist alles eingefädelt, ich weiss. Mein Vater sitzt. Ich muss bevormundet werden. Sie wollen mich verführen und missbrauchen. Sie dürfen es ungestraft tun."

Stockermann entgegnet kühl: „Ich weiss nicht, wovon Sie sprechen. Ihre Rede war ungeschickt. Habe ich etwas verlangt von Ihnen?"

„Nein. Aber Sie werden es tun. Ich durchschaue Sie. Den Luxus, allen Reichtum hier, die Pferde, die Segeljacht, das Schloss: das alles lassen Sie mir unaufdringlich angedeihen, damit, wenn ich dem Luxus verfallen sein werde, ich Ihre Forderungen nicht mehr abschlagen könnte, weil ich den amtlichen Weg und die drohende Bevormundung durch irgendeinen biederen Bürger nicht mehr vorzöge. Aber ich gehe nicht, nein, ich bleibe hier. Ich will keinen Kohl fressen aus Blechnäpfen. Ich will keine Kartoffeln auflesen. Ich will keinem despotischen amtlichen Vormund ausgeliefert sein, der mich in eine Lehrstelle steckt. Nein! Der See riecht zum Wahnsinnigwerden gut. Ach, dieser Dunst über dem Wasser. Diese frische Luft."

„Diese Rede gefällt mir besser."

„Aber Sie sind dreiundsiebzig Jahre älter als ich."

„Ihre Rolle wäre passiv, Roland."

„Ich will nicht Ihr Spielzeug sein. Ich war das Spielzeug Rubens. Wo ist er überhaupt?"

„Er ist nicht hier."

„Soll ich's glauben? Er weiss, wie man sich versteckt."

„Er hat seinen Hund Achilles hiergelassen."

„Und mein Köfferchen. Geben Sie mir Geld und lassen Sie mich ziehen."

„Denken Sie, dass ich auf so etwas eingehe? Ihre Forderungen sind zwar klar formuliert, aber ich kann ihnen nicht entsprechen. Wohin wollten Sie?"

„Zur See. Als Schiffsjunge an Bord eines Dampfers. Schon am 7. Juli vorigen Jahres habe ich die Flucht ergriffen."
„Zur See wollen Sie? Das könnte ich zulassen, sofern Sie eines meiner Schiffe benutzen würden."
„Sie besitzen Meerschiffe?"
„Ich bin Reeder."
Roland blickt über den See. Nach einer Weile sagt er: „Gut. Ich bleibe hier. Aber ich will jemanden holen. Fritz. Er teilte mit mir das Zimmer in der Beobachtungsstation."
„Und diesen Fritz wollen Sie holen?"
„Vielleicht könnten Sie ihn als Pferdeknecht anstellen. Fritz liebt Tiere. Darf ich ihn holen? Er ist taubstumm. Aber sein Geist, obwohl Fritz ein Riese ist, wuchs nicht. Er kennt nur Lust und Unlust. Die Eltern werden ihn entbehren können. Er hatte ein Kind getötet aus Versehen. Sein Schwesterchen war's."
Stockermann klingelt. Severin kommt. Sein Lid hängt übers Auge. Stockermann sagt knapp: „Fahren Sie Roland in die Hauptstadt, wo er einen gewissen Fritz holen will, der ein Riese sein soll. Die Reise wird fünf Stunden dauern: zwei hin, eine dort, zwei zurück."
Severin spricht während der Fahrt kein Wort. In der Stadt, nach zwei Stunden, erkundigt er sich, wo der Wagen zu parken sei.
„Zum Rathaus", sagt Roland und befeuchtet seine heissen Ohrenläppchen mit Speichel. Der Butler zieht die Handbremse. Roland steigt aus. Er will in die krumme Gasse, wo Fritz bei den Eltern wohnt. Er schaut über den Platz. Aus dem finstern Gewölbe des Antiquariats tritt das graue Männchen. Es erkennt Roland sogleich und krächzt: „Junger Mann, hier kaufen Sie schöne Bücher!"
„In dieses Geschäft will ich schnell", sagt Roland und lässt Severin stehen.
Der Antiquar zupft am fuchsroten Bart und richtet seine Augen zwinkernd auf Roland. „Junger Mann, treten Sie ein! Sie haben mir Bücher verkauft. Habe bezahlt Franken zehn runde, harte Stücker. Zu teuer, zu teuer!"

„Soll ich Ihnen die Bücher wieder abkaufen?"
Der Antiquar presst die Augen zusammen, knackt mit den dürren Fingern, macht einen Buckel und legt die ausgemergelte Wange an die schiefe rechte Schulter. „Ah! Sie wollen kaufen!"
Der Antiquar fingert in den überfüllten Regalen und findet die Bücher. Das Männchen spitzt die Lippen und bläst sieben Monate alten Staub weg. „Vortreffliche Bücher! Herrliche Bücher!"
Der Antiquar streichelt und befingert und liebkost sie und bläst noch einmal Staub weg und krächzt: „Über alle Massen vortreffliche Bücher! Ich kann sie Ihnen überlassen für dreissig Franken! Ein Geschenk, junger Mann!"
„Ihre Meinung über die Bücher war sehr gering. Warum sind sie plötzlich so wertvoll? Letzten Herbst wollten Sie mir für fünf Bücher nur acht Franken bezahlen und gaben mir schliesslich zehn. Wie?"
Der Antiquar hüstelt aufgeregt: „Bei mir die Bücher gewinnen an Wert! Je länger in dem Laden meinigem, um so teurer kosten sie. Schlechte Zeiten! Sie nehmen die Bücher für dreissig harte, runde, blanke, teure gute Franken. Wir sind quitt."
Der Antiquar reisst ihm die Noten aus der Hand. „Sie sind ein guter Mensch! Dafür will ich Ihnen zeigen meine Schätze!" Er kichert und winkt Roland mit dem Zeigefinger. Roland folgt dem Fuchs ins hintere Gewölbe. Dort erkennt er Kovacewskjs Bücher. Zweitausend Bücher, die Kovacewskj ihm zu lesen gegeben. Roland lässt sich nicht anmerken, dass er die Bücher kennt, um Fuchs nicht misstrauisch zu stimmen.
Der Antiquar beginnt: „Sie sehen alles hier!" Der Antiquar tänzelt stolz umher und bläst die Backen auf. Die Barthaare sträuben sich. Er fährt fort: „Sie sehen kostbare Schätze, junger Mann, die ich aus Prag gerettet habe! Sie sehen ein Bildnis des Märtyrers Sankt Veit, der mit vierzehn Jahren gemartert wurde. Ein trauriger Mann hat es mir verkauft! Ich habe teuer bezahlen müssen. Aber der Herr kennt Prag, und ich habe beide Augen zugedrückt. Sehen Sie das leidende Gesicht! Hier Sie sehen einen Totenschädel. Sie sehen Gerippe. Perlenketten, Truhen, Spinnräder, Me-

teoriten, hier Sie sehen die Bibliothek eines Mystikers, zweitausend Bücher, junger Mann, zweitausend Bücher! Hier Sie sehen eine Beinschraube, hier Sie sehen Foltergewichte, hier Sie sehen eine Folterleiter zum Zerren der Glieder, dort Sie sehen den Spanischen Bock, eine Spanische Kappe, dort in der Ecke Sie sehen einen Dänischen Mantel, eine Englische Jungfrau und eine Gespickte Hose: alles erstklassige, teure Folterinstrumente, bestes Mittelalter! Und das Prunkstück: ein fürchterlicher Schwitzkasten!"
Das Gewölbe ist dumpf und fensterlos. Hier riecht es moderig. Der Antiquar tänzelt auf und ab. Er zwinkert mit den Äuglein und keucht triumphierend.
Roland sieht eine rote gläserne Kugel neben dem Bild Benoits. Roland deutet stumm hin. Er ist besessen vom Wunsch, diese grosse karminrote Kugel, in deren Inneren ein weisses Klümpchen schwimmt, zu besitzen.
„Was wollen Sie? Sankt Veit kann ich Ihnen geben. Aber nicht die Kugel, junger Mann!"
„Aber ich darf sie in die Hand nehmen." Der Antiquar gewährt ihm die Bitte. „Aber nur für eine Sekunde!"
Roland nimmt die gläserne Kugel in die Hand. Kühl und schwer ist die Kugel. „Was bedeutet das weisse Klümpchen in diesem Blutmeer, in diesem kühlen, karminroten Kugelsarg?"
Der Antiquar tänzelt aufgeregt. „Junger Mann, Sie fragen zu viel! Ich darf Ihnen nicht sagen, was das weisse Klümpchen bedeutet!"
„Ich will die Kugel kaufen."
„Sofort Sie legen die Kugel zurück!"
„Ich denke nicht daran."
„Ich rufe einen Schutzmann! Sie ermorden mich!"
„Wegen dieser wertlosen Kugel?"
„Die Kugel bedeutet mir alles! Es ist ein Kunstwerk von einem Alchimisten!"
„Ich will die Kugel!"

„Die ist meine Kugel", kreischt der Antiquar. Er reisst sich am Bart. „Ise sich eine Million wert!"
„Ich kaufe auch das Bild des Märtyrers Vitus!"
„So? Sie wollen kaufen?" Der Antiquar ist plötzlich verändert. Er flüstert: „Nehmen Sie diese verfluchte Kugel! Nehmen Sie diese Unglückskugel, die Kugel gehört Ihnen! Nehmen Sie auch das Bild. Ich will es Ihnen schenken, junger Mann! Aber das Geheimnis der Kugel verrate ich nicht."
Roland nimmt Benoits Bild. Er schaut in die Augen des heiligen Knaben, Augen, die nicht gesehen haben, was Roland und der Priester während einer langen Nacht getan – gelbe Augen, honiggelbe Augen. Roland verlässt mit Kugel, Bild und Büchern das Gewölbe. „Verstecken Sie die Kugel!" Der Antiquar presst wieder den Kopf an die Schulter und zwinkert mit den Augen. Roland wickelt die Kugel in altes Zeitungspapier. Er verabschiedet sich vom Antiquar und verspricht, wiederzukommen.
„Leben Sie wohl, junger Mann, und hüten Sie die Kugel gut!"
Roland versteckt die Kugel im Auto. Dann sagt er: „Jetzt gehe ich Fritz holen." Severin folgt Roland im Abstand von drei, vier Meter auffällig wie ein Geheimpolizist.
Vor dem Jüngsten Gericht bleibt Roland stehen. Gequälte und verzückte Menschenleiber aus Stein. In der krummen Gasse duckt er sich. Das Pflaster ist heiss. In der Spelunke spielt jemand Handorgel. Schnaps, Kartoffelschnaps, Tränenschnaps, nächste Furche. Roland geht mit gesenktem Kopf schnell durch die krumme Gasse. Die Mutter könnte mich sehen, denkt er. MARIA PEDRONI, FRÜCHTE UND GEMÜSE. Vor dem Laden, auf Harassen gebeigt, liegen Obst und Gemüse geordnet. Roland zögert. Er will hineingehen, um Maria nach der Mutter zu fragen. Vielleicht gäbe Maria Geld und hülfe, Severin zu überlisten. Aber Severins Schritte klopfen drohend hinter Roland. Er geht weiter und biegt in ein noch engeres, dunkles Gässlein ein. „Jetzt hole ich Fritz", flüstert Roland. Severin lässt das Lid hängen und zündet sich eine Zigarette an.
Roland steigt die Treppe hinauf. Er blickt auf die ausgetretenen

Sandsteinstufen. Violett schimmern die feuchten Mauern. Vor der Tür hockt eine alte Hexe. Nase und Kinn berühren sich beinahe. Roland quetscht sich an der Hexe vorbei und klingelt. Die Tür öffnet sich. Eine Frau mit grossen Augen steht vor Roland. Sie zupft am rotkarierten Schal und verzieht das gequälte, weisse, schweissnasse Gesicht. In den Mundwinkeln klebt eingetrocknetes Blut. Mit mühsamer Stimme sagt sie: „Ja? Was wünschen der Herr? Der Herr müssen wissen: wir sind sehr arm und kaufen nichts." Sie streicht mit den durchsichtigen Fingern übers rotkarierte Wolltuch und zieht es fröstelnd enger um den gekrümmten Rücken.

„Ich möchte Fritz besuchen", sagt Roland.

„Fritz arbeitet bei einem Schreiner. Aber wenn es dem Herrn nichts ausmacht, kann er eintreten."

Roland steht im finsteren Korridor.

„Ach, wir haben hier keine Sonne. Die Sonne scheint nie zu uns. Das Haus ist finster und feucht. Was wollen der Herr von Fritz? Hat Fritz etwas angestellt? Ist der Herr von der Fürsorge?" Die Mutter hustet lange und keuchend. Sie wischt das schaumige, hellrote Blut weg. Roland hält den Atem an. „Hat Fritz etwas angestellt? Nein? Ach, er isst so viel. Wir können ihn kaum ernähren." Sie hustet wieder würgend und krümmt sich vor Schmerz. Ihre durchsichtigen Finger umkrallen das rotblaukarierte Tuch. Sie lässt Roland in die Küche eintreten. Roland spürt Brechreiz, als ihm der Gestank entgegenschlägt. Auf dem Boden, vor dem Herd, sitzt aufgequollen ein Kretin.

Die Wohnungstür wird aufgerissen. In einem schmutzigen Übergewand, weiss mit Gips befleckt, nähert sich der Vater. Er ist gewaltig und gross. Was es Gottesverrecktes gäbe? Er schlage Roland die Fresse ein. Er sei gewiss von der Fürsorge! „Oder? Sind Sie nicht von der Fürsorge? Ich schlage jeden tot, der von der Fürsorge kommt! Und du? Du lässt einen jungen Gigerl ein, he? Kaum ist man aus dem Haus, will das Weibervolk wieder vögeln!" Er hebt den gipsverspritzten Schuh und wuchtet ihn gegen den Unterleib seiner Frau. Sie torkelt gegen den Küchenherd

und fällt neben dem Kretin nieder. Sein Kopf ist gross wie ein Medizinball. Die Zunge hängt bis zum Kinn. Die Augen sind verklebt. Die Mutter liebkost den Krüppel, der vor Wonne grunzt und Harn lässt. Der Vater schreit Unverständliches in seiner Wut, langt mit dicken Fingern in den Teller, packt Spaghetti und schleudert sie der Mutter an den Kopf. Schnaubend steht er vor Roland. Die grünen Augen sind blutunterlaufen.
„Raus mit der Sprache!"
Roland sagt schnell, indem er glaubt, er besänftige den Kerl damit: „Ich bringe Geld!"
„Also doch von der Fürsorge!"
„Nein. Ich hole Fritz."
Roland weiss, dass er es ungeschickt anstellt. Der Kerl beginnt zu schwanken. Tief im Leib gurgelt's, stösst auf und bricht rülpsend aus dem Mund: „Fritz?"
Die Mutter entfernt das Spaghettigestrüpp vom Gesicht. Sie stösst die langen Fäden in den Mund des Kretins, der schlürft und schmatzt.
„Ich bin als Sekretär bei einem Gutsbesitzer tätig. Er hat im Stall einen kräftigen Jungen nötig. Herr Glauser von der Beobachtungsstation empfahl Fritz. Der Gutsbesitzer lässt Ihnen tausend Franken aushändigen."
„Tausend?" Der grosse Kerl glotzt, nimmt eine Weinflasche zur Hand und säuft. Sein Weib hustet und steht auf. Sie presst ihren Wollschal mit beiden Händen an die Brust.
„Folgen Sie mir", sagt Roland, „unten wartet der Chef, der Ihnen das Geld geben wird." Die Mutter klagt: „Oh oh oh, und wer hilft mir jetzt?"
„Ruhe", schreit der Vater und verlässt die trübe Wohnung. Roland folgt ihm eilig. Severin wirft die Zigarette fort und lächelt schief. Er stelzt auf den Vater zu und verhandelt mit ihm.
Später sagt der Vater: „Warten Sie hier! Fritz arbeitet dort im Sarglager. Ich hole ihn." Nach einigen Minuten steht der Riese Fritz vor Severin und Roland. Der Vater geht feige weg, als hätte er Angst, das Geld zurückgeben zu müssen. Roland und Fritz fol-

gen Severin zum Rathausplatz. Sie steigen ins Auto. Roland dreht sich um und sieht durchs Hinterfenster. Vor dem Eingang des Antiquariats steht Ruben und spricht mit Fuchs.
Ruben sah dem Wagen nach. Dann fragte er den furchtsamen Antiquar: „Was tat der Junge vor einer halben Stunde bei Ihnen?" Der Antiquar machte einen Buckel. Er schielte von unten herauf in das harte, zwiebelfarbene Gesicht. Ruben zog ihn heftig am Bart. Der Antiquar kreischte: „Lassen Sie meinen schönen Bart, sonst rufe ich einen Schutzmann!"
Ruben zog noch heftiger am fuchsroten, schütteren Ziegenbart. „Also! Was tat er bei Ihnen?"
„Lassen Sie mich los! Aua! Aua! Der junge Mann kaufte Bücher! Bittschön!" Ruben liess den Bart los. Der Antiquar verschwand greinend im Gewölbe.
Rubens nackte, dunkelbraune Füsse staken in Espadrillas. Sein grünes Hemd war unter den Achseln schwarz verschwitzt. Die Hitze lastete überm Asphalt. Langsam ging Ruben ins krumme Gässchen. Er schlich die Hausmauer entlang. Vor Marias Laden hielt er an. Er stahl eine Banane und stieg leise die Kellertreppe hinunter. Im Keller war es finster und feucht. Er ging sicher durch die Finsternis. Dann öffnete er die Tür, und er stand lauschend im Treppenhaus. Er stieg empor und schlich in Marias Wohnung. Wieder lauschte er. Im Laden sprach Maria. Ruben lächelte. Jetzt stand er in Marias Zimmer. Er öffnete den breiten Kleiderschrank und verschwand darin. Dumpf drangen die Stimmen zu ihm.
Auch Maria hielt eine Banane in der Hand. Auf einem Stuhl, gealtert und geknickt, sass Rolands Mutter. Ihre Haare waren weiss geworden. Maria lehnte am Ladentisch. Die Mutter sagte: „Wenn ich doch nur wüsste, wo er wäre! Alles bekäme einen Sinn." Maria schälte die Banane. Sie kaute langsam. Nach einer Weile warf sie die Bananenschale in den Abfalleimer.
„Er wird zurückkommen, Frau Steinmann. Glauben Sie mir!"
„Ach, Sie sind so gut, Maria. Sie sagen es zum tausendsten Mal. Ich will nicht klagen. Wir Mütter müssen uns fügen. Die Söhne

werden uns fremd. Sie gehören nicht mehr uns. Ja ja, ich weiss es genau: Vor einem Jahr, heute vor einem Jahr hat das Unglück angefangen. Am siebten Juli kam Roland nicht zum Mittagessen. Und ich habe doch Zervelatsalat gemacht mit Tomaten daran und Zwiebeln und harten Eiern, was er so gerne hat. Aber er ist nicht gekommen. Nein. Zwei Tage später kamen zwei Polizisten. Dann musste Roland zum Jugendanwalt. Ich habe mich grämen müssen. Und er musste in dieses Heim, wo er schlechte Gewohnheiten lernte. Die Beobachtungsstation hat ihm nicht gut getan. Aber er hat nie etwas erzählt."
„Roland ist scheu und schweigsam. Er hat nie erzählt von sich in der Mansarde – selten."
„Sie haben ihn aufgenommen nach Christians Tod. Ich bin Ihnen dankbar. Ich trage Ihnen nichts nach, Maria. Früher hätte ich es nicht begriffen. Aber ich verstehe Sie. Ja, Roland spricht wenig. Er verheimlicht alles. Auch unser Unglück verheimlichte er früher. Er verheimlichte die Wahrheit wie ich, die ich versucht habe, ihn nicht alles wissen zu lassen, damit er einen Funken Respekt vor dem Vater hätte bewahren können. Ich habe nie schlecht von meinem Mann gesprochen vor Roland. Ich habe meinen Mann immer in Schutz genommen. Und jetzt musste das geschehen. Mein Mann hat das nicht von sich aus getan! Die zwei Mädchen sind verdorben! August tut das nicht. Auf jeden Fall nicht mit Schulmädchen. Ich weiss gar nicht – ich weiss gar nicht –"
„Es ist nicht Ihre Schuld, Frau Steinmann!"
„Was meinen Sie damit? Ach, Maria! Unsere Familie ist angefault. Es ist wie eine Krankheit. Wie ein Fluch lastet das Unglück. Als ob wir verflucht worden wären. Wir konnten dem Schmutz nicht entrinnen. Womit haben wir das Elend verdient? Ich will nicht klagen. Wir hatten immer zu essen, und wir hatten immer ein Dach überm Kopf. Aber nie konnten wir uns erholen. Wenn es einmal bergauf ging, begann mein Mann wieder zu trinken. Er wollte einen Roman schreiben, worin alles steht. Und er schrieb tatsächlich Tausende von Seiten. Aber er hat den Roman nie

abgeschlossen. Seit dreissig Jahren arbeitet er daran. Kurz bevor man ihn verhaftete, hat er noch geschrieben, vor einem Monat, als Roland wieder gesund war. Ach, wenn Roland doch wüsste, dass ihn sein Vater liebt. August kann es halt nicht so zeigen. Er ist mürrisch und verbittert. Und der Alkohol. Dieser Alkohol! Er hat meinem Mann nie gut getan. Er machte Schulden. Ein Schuldenloch, das immer tiefer wurde. Und ein neues Loch graben, um das alte aufzufüllen, das ist doch nichts! Man kommt nirgends hin. Und dann verlor August seinen Redakteurposten. Mein Gott, wenn ich daran denke. Wir verloren alles. Roland musste in eine Kinderkrippe. Er ass fremdes Brot. Es hätte nie geschehen dürfen. Schon als Zweijähriger musste Roland fremdes Brot essen. Was wollte ich? Damals waren schlimme Zeiten. Ich diente bei reichen Leuten. Mein Stolz brach. Am frühen Morgen übergab ich Roland den Kindergärtnerinnen. Am Abend holte ich mein Kind wieder ab."

„Was soll ich sagen, Frau Steinmann, was soll ich sagen?"

„Seien Sie nicht einfältig, Maria! Sie sind gut. Sie haben Roland geholfen." Die Mutter reckte den Rücken. Sie sagte mit erhobener Stimme: „Wir haben nie gebettelt! Nie!" Ihr Kopf zitterte: „Aber eben, wir mussten immer aufpassen. Der Kindergarten war unentgeltlich. Da beobachten die massgebenden Behörden scharf. Ich musste immer vertuschen und kuschen. Wer hätte das früher gedacht? Auch ich war eine leidenschaftliche Frau, Maria, und ich war schön – ich – ich habe Fotos. Ich kann sie Ihnen zeigen. Ich will Ihnen etwas sagen, Maria! Auch ich – zwar nicht um Geld – das heisst – missverstehen Sie mich nicht – auch ich habe mit vielen Männern – also ich brannte durch. Verstehen Sie? Meine Familie hat mich verstossen. Ich wollte nicht betteln. Warum erzähle ich das? Ich will nicht, dass Sie sich schämen, Maria. Verstehen Sie? Später lernte ich August kennen. Er malte und schrieb Gedichte. Wir heirateten, und unsere Ehe blieb lange kinderlos. Und mit Roland begann unser Unglück. Es ist furchtbar, was ich sage. Aber es ist so. Und ich weiss auch, warum. Ich kann es Ihnen jetzt nicht erklären." Die Mutter griff sich an die

Stirn. Sie sagte leise: „Und Roland hasst uns. Ja, er hasst uns. Jetzt möchte ich ihm alles erklären. Aber jetzt ist es zu spät. Ich bin schuld. Ich hätte ihn nicht in den Kindergarten und in den Hort geben sollen. Die Kinder riefen ihm nach: 'Roli, Roli, Suppenanstaltsroli!' Wie grausam doch Kinder sind. Ich bin schuld. Ich hätte ihn zu den Wölfli und später zu den Pfadfindern schicken sollen, nicht zu den Chorbuben. Aber wenn Sie seine Stimme gehört hätten, seine Stimme –" Die Mutter lehnte sich zurück und schien zu lauschen. „Aber das war ungesund für ihn. Mein Mann sagte immer: 'Der Weihrauch verdirbt ihn. Die Pfaffen verdrehen seinen Kopf. Er ist verdreht!' Jetzt weiss ich, dass August recht hatte. Roland legte als Knabe farbige Lumpen an und zelebrierte Messen vor unserer Kommode. Er sang die Responsorien und Proprien stundenlang. Er war ganz verhext, wenn er seine Messen las. Zu jener Zeit zog ein Mann namens Kovacewskj ins Haus, wo er den Estrich bewohnte. Roland fasste Vertrauen zu jenem Mann. Und dieser Kovacewskj gab Roland seltsame Bücher zu lesen. Es müssen Hunderte und Aberhunderte von Büchern gewesen sein. Ich hätte prüfen sollen, was Roland las. Aber wir waren gleichgültig. Wir waren verblendet. Nur weil Roland nicht mit anderen Knaben herumtollte, spielte und Streiche machte, war ich beruhigt. Und er war ein vortrefflicher Schüler. Heute wäre mir lieber, er hätte weniger Erfolg gehabt in der Schule. Kovacewskj kaufte Roland ein Klavier zum zehnten Geburtstag. Vier Jahre später kriegte der Bub ein Stipendium von der Schuldirektion."

„Psssst! Still!" Maria hob den Zeigefinger und lauschte. „Haben Sie nichts gehört? Da hat sich doch etwas gerührt im Wohnzimmer! Ich gehe nachschauen." Sie lief ins Wohnzimmer, fand es aber leer. Zurückkehrend meinte Maria: „Man kann von draussen in den Keller gelangen und von dort hinauf in den Wohnungskorridor, ohne den Laden betreten zu müssen." Maria lächelte: „Ich höre ein Gespenst", sagte sie und lauschte wieder. Dann fuhr sie fort: „Diese Hitze! Drei Wochen Hitze und kein Regen. Alles verdorrt. Die Hitze ist katastrophal. Bäche und

Flüsse versiegen. Die Frucht verbrennt. Der Boden ist steinhart. Wenn es doch endlich regnen würde! Endlich Regen!"
„Ja. Die Mansarde ist unerträglich heiss. Die Balken speichern die Hitze auf. Die Ziegel sind feurig heiss. Man kann sich kaum bewegen in der Mansarde. In Ihrem Laden ist es ein wenig kühler. Schon heute vor einem Jahr war es heiss. Während der Nacht badeten Roland und Christian zusammen. Warum begreife ich erst jetzt, dass Roland Christian liebte? Alles war verkehrt. Ich freute mich, dass Roland mit keinem Mädchen ging. Auch diesen Fehler beging ich. Aber ich begreife jetzt. Am Karfreitag wollte sich Roland wegen Christian ein Leid tun. Er hat Christians Tod immer noch nicht überwunden. Am Boden lag er, schlaff und wie tot. Nie werde ich's vergessen, wie er auf dem Küchenboden lag. Ich vergass das Fastenopfer. Warum? Warum? Es hat mich getroffen. Meine Gesundheit ist nicht mehr die beste. Die Beine schwellen an. Und diese Schmerzen im Leib. Und wenn ich Roland nie mehr sähe? Wenn ich stürbe? Ich darf nicht daran denken. Ich will jetzt aufhören. Wir sprechen ja immer vom gleichen, drehen und wenden tausendmal Gesprochenes wie einen verdorbenen Teig, kneten und walzen ihn wieder aus, bis der Teig hauchdünn geworden ist und durchsichtig und löcherig. Wir Frauen müssen duldsam sein. Wie wollten wir uns auflehnen gegen das Schicksal? Wir können nicht entfliehen. Aber wir haben doch Anrecht auf jene, die wir geboren haben. Ein kleines Zeichen nur. Heute war mir, als sei Roland ganz in meiner Nähe gewesen."
Die Ladenglocke bimmelte. Die Schwindsüchtige betrat den Laden. Ihre Haare klebten an der schweissfeuchten Stirn. Sie presste den rotkarierten Wollschal an die Brust und keuchte: „Fräulein Pedroni! Heute kann ich die Rechnung bezahlen! Väterchen hat Geld gekriegt! Ein junger, vornehmer Herr hat Fritz geholt! Ein junger Herr Sekretär! Er trug einen wunderbaren, blauen Anzug. Seine Haare waren wie Gold. Ach, ist das ein Glück! Ich will zweihundert Gramm Schinken, eine Flasche Chianti, zwei Pakete Spaghetti, ein Kilo Tomaten und eine Gurke."

Die Mutter war aufgestanden. Sie sagte: „Ich gehe jetzt hinauf, Maria." Sie verliess langsam den Laden.
Als Maria allein war, beschloss sie, den Laden abzusperren. Sie räumte die Harassen, worauf Früchte und Gemüse lagen, hinein. Dann verschloss sie alle Türen und ging ins Wohnzimmer.
Sie steht vor dem breiten Kleiderschrank und fächelt sich Luft zu. Mit beiden Händen betastet sie nun das kühle Holz. Sie glaubt, einen fremden Geruch zu riechen. Die Schranktür ist nicht verschlossen. Sie dreht den Schlüssel.
Schlaff beginnt sie sich auszuziehen, um ein Bad zu nehmen. Nackt geht sie ins Badezimmer, dreht an den Wasserhähnen, kehrt ins Zimmer zurück und will ein Frottiertuch holen. Sie dreht den trompetengoldenen Schlüssel nach rechts und öffnet die zwei Flügel des breiten Schrankes.
Ruben stürzt sich auf Maria und reisst sie zu Boden. Er umklammert ihren weissen Hals.
Maria ist gelähmt. Sie sieht die nackten Schultern und zwei grosse, schwarze Augen. Sie kann kaum atmen. Sie will schreien. Es gelingt ihr nicht. Der Körper lastet schwer auf ihr. Sie spannt die Muskeln. Die weissen, spitzen Zähne nähern sich ihrem Mund. Jetzt beissen die Zähne. Ihre Schenkel werden auseinandergezwungen. Rubens Glied dringt wie ein Meissel ein.

XIV

Severin öffnete die Autotür. Fritz und Roland stiegen aus. Stokkermann sass am Ufer und blickte über den See. Als die zwei Jungen hinter ihm standen, setzte er die Brille auf, um mit den schwarzen Gläsern die Augen zu verdecken. Sein zerstörtes Gesicht blieb, wie immer, ohne Bewegung. Roland sagte: „Hier ist Fritz."

„Severin", befahl Stockermann, „bringen Sie den Riesen in den Pferdestall!" Fritz lallte und strahlte, als ihn Severin zu den Pferden führte.

„Was tragen Sie unter dem Arm, Roland? Ist es ein Totenkopf?"

„Nein. Es ist eine gläserne Kugel. Niemand darf sie sehen. Ich sollte einen sicheren Ort finden für sie."

„Ich kann behilflich sein. Vielleicht eignet sich das Verlies für die Kugel."

„Gibt es hier ein Verlies?"

„Das Schloss ist alt. Seine Tiefe birgt ein achteckiges Verlies. In alle acht steinernen Mauern sind mannhohe Nischen gehauen worden. Jetzt stehen Kerzen darin. Früher mögen es Menschen oder Statuen gewesen sein."

Roland folgte dem Greis ins Verlies, das unter dem halbzerfallenen Turm tief unten in der Erde verborgen war. Stockermann betrat mit Roland den kühlen achteckigen Raum. Der Schlossherr entzündete die Kerzen in den hohen Nischen. Roland fröstelte. Die Ruhe war vollkommen. In der Mitte des Gewölbes stand ein steinerner Sarg.

„Ich lasse Sie jetzt allein, Roland."

Die Steine waren kalt und hart. Roland befühlte sie. Er legte die gläserne Kugel auf den steinernen Sarg. Die Kerzenflammen spiegelten sich in der Kugel. Sie glänzte und strahlte karminrot. Das Klümpchen in der Mitte war weiss wie Schnee.

Roland legte sich auf den steinernen Sarg. Er beschwerte seinen Bauch mit der gläsernen Kugel. So lag er da und wartete. Nach langer Zeit entschied er sich.

Er stieg empor und trat ins Freie. Warmer Wind blies heftig. Wolken standen überm Berg.

„Ein Gewitter droht, Roland. Sie blieben lange im Verlies."

„Ich liess die Steine auf mich wirken. Ich habe nachgedacht. Und ich habe entdeckt, dass ich alles im Stich liess, auch mich selbst. Ich habe mich entschieden. Ich werde aufbrechen und die Gegenwart überwinden. Es soll kein Selbstmordversuch sein. Wen der Tod nicht will, den speit er aus. Ich bin ein Ausgespiener. Aber in mir wächst eine wunderbare Ruhe, die wie eine Rose duftet. Ich will heute die Vergangenheit heraufbeschwören. Ich liefere mich der Vergangenheit aus. Ich werde die Gegenwart besiegen. Ich mache mich auf den Weg, Christian aufzusuchen. Ich will ihn besuchen im Zimmer 16 des Hotels 'Du Pont', wo ich mit Christian heute vor einem Jahr eine Nacht verbrachte. Sie werden mich ziehen lassen. Ich weiss zwar nicht, wer Sie sind. Immerhin, Sie kennen Kissling seit dreissig Jahren, Sie besitzen Meerschiffe, Sie bewohnen ein Schloss, Sie verbergen Ihre Augen, Sie haben Ruben beschäftigt, Sie möchten sich an Knabenfleisch ergötzen. Das ist alles, was ich über Sie weiss. Ich habe Ihnen Fritz gebracht. Er ist taubstumm. Er wird nicht reden. Er wird sich ausziehen vor Ihnen. Er wird Sie erfreuen. Er wird gefällig sein und nicht geizen mit der Fülle seines gewaltigen Körpers. Er wird Ihr Sklave sein. Aber ich kann es nicht. Sie dürfen mich nicht erpressen. Lassen Sie mich ziehen. Ich werde jetzt den

stahlblauen Anzug ausziehen und mich mit der roten Badehose bekleiden, mit den Bluejeans, mit dem bunten Hemd. Ich lasse mein Köfferchen und den Regenmantel hier. Auch die gläserne Kugel lasse ich hier. Ihr unermessliches Vermögen erlaubt es Ihnen, gegen das Gesetz zu verstossen. Ich bin Ihnen ausgeliefert, weil ich bevormundet werden sollte. Bei Ihnen würde mich niemand suchen. Sie haben Bracher gewiss Geld gegeben. Auch er wird schweigen, ich weiss es. Ich gehe weg."
Stockermanns zerstörtes Gesicht blieb unbeweglich. Er sagte: „Tun Sie, was Sie nicht lassen können. Es wird nur ein Aufschub sein."
Roland ging, und er zog den stahlblauen Anzug aus. Er schlüpfte in seine rote Badehose, zog die Bluejeans an und das bunte Hemd. Severin lächelte schief und zwinkerte mit dem schlaffen Lid. Roland verliess das Schloss.
Er ging der Stadt entgegen. In der Ferne donnerte es. Die Sicht war glasig. Der See wurde mattgrün. Auf den kleinen Wellen spielten trübweisse Krönchen. Kein Vogel pfiff. Als Roland über das Quai ging, schüttelte der Wind die Baumkronen. Staub wirbelte hoch. Die Strassenlampen schwankten hin und her. Ein schwerer, warmer Regentropfen fiel auf Rolands Stirn. Er begann zu laufen.
Schwer atmend stand er in der Halle vor dem mürrischen Portier. Ein Blitz erhellte den Raum. Es donnerte. Regen rauschte nieder. Wieder liess ein hoher Donnerschlag die Glasfenster zittern. Nach einem Augenblick wurde der Donner dunkel und dumpf, tiefer und gewaltiger.
Der Portier betrachtete Roland misstrauisch. Roland sagte, dass er das Zimmer 16 beziehen wolle. Der Portier gab keine Antwort, lutschte ein Bonbon und kratzte sich umständlich, die rechte Hand um den Kopf führend, hinter dem linken Ohr.
Endlich sagte er: „Lassen Sie mich überlegen." Er zwinkerte mit den rotgeränderten, übermüdeten Augen. Geifer rann, als er krachend das Bonbon zerbiss, über das fliehende Kinn. Die schwarze Büffelzunge schnellte aus dem Munde und leckte den Spei-

chel weg. „Sie sollte ich doch kennen! Wann war das nur? Richtig! Vor einem Jahr – letzten Sommer – besuchten Sie doch dieses Hotel!"
„Ja."
Der Portier rümpfte die Nase. Er stellte sich hinter dem Korpus auf die Zehenspitzen. Wie ein Raubvogel stiess er den Kopf nach vorn. Er riss die rotgeränderten Augen auf. Wieder floss Speichel übers fliehende Kinn. „Ich erinnere mich immer! Moment! Der andere Junge: Bluejeans, anthrazitschwarzer Pullover, weisse Stoffschuhe!" Der Portier schob ein giftgrünes Eukalyptusbonbon in den kleinen Mund. Roland hielt sich an der Holzkante der Theke fest. Vielleicht war alles umsonst. Das Eukalyptusbonbon klirrte leise an die schadhaften Zähne des Hüters der Schwelle. Donner rollte.
Der kleine Teufel schlürfte laut und schluckte den Saft. „Haben Sie überhaupt Geld?"
„Ja."
„Und einen Pass?"
„Ja."
„Zeigen!"
Roland öffnete die Gesässtasche. Er nahm den roten Pass hervor, an dessen erster Seite, mit einer Sicherheitsnadel, drei blaue Hunderternoten befestigt waren. Er reichte dem Portier Pass und Geld. Der Portier studierte den Pass und machte ein Gesicht, als ob er weinen müsse. Die rotgeränderten Lider flatterten. Sein Schweiss roch leimig und seifig. Das durchsichtig schimmernde, hellgrüne Eukalyptusbonbon rutschte aus dem kleinen Mund. Es klirrte auf die Glasplatte, unter der ein Stadtplan, schon ziemlich vergilbt, zu sehen war. Der Portier klaubte das an der Glasplatte klebende Eukalyptusbonbon weg und steckte es in den Mund.
Roland musste plötzlich husten. Er spuckte Blut ins Taschentuch. Es fiel ihm ein, dass Benoit noch ein Taschentuch besass, ein blutbeflecktes Taschentuch. Der Regen rauschte.
„Vor einem Jahr also waren Sie hier. Ich erinnere mich, wie ge-

sagt, sehr gut! Jawohl! Die Schlösser haben Türen, wollte sagen: Türen haben Schlösser, wollte präzisieren Löchelschlüsser, Lüsselschlöcher, Schlüssellöcher, hehehe!"
Roland riss das Taschentuch entzwei. Sein Gesicht war von Hass und Furcht entstellt. Die Frage aber brachte er seltsam ruhig und gefährlich vor: „Was wollen Sie damit sagen?"
„Ich will damit sagen, dass ihr mir gefährlich geschienen habt! Ich durchschaue die Leute! Falsche Angaben auf dem Meldezettel, Anruf bei der Polizei, Bestätigung, dass zwei Gymnasiasten vermisst werden, Blick durchs Schlüsselloch: Und was sehe ich? He? Was sehe ich, was?" Er schob ein Himbeerbonbon in den Mund. Dann drückte er die übermüdeten Lider, deren Wimpern käsiger, grützliger Zieger verklebte, geniesserisch zusammen. „*Was* sehe ich? Ich habe doch gesehen, wie der andere auf dem Bett stand! *Wie* er auf dem Bett stand!"
Roland sagte leise: „So war das."
„Mein gutes Recht! Unter *einer* Decke stecktet ihr am Morgen. Zum Glück haben wir so gute Polizisten!"
Roland knetete das zerrissene, blutbefleckte Taschentuch in den schwitzenden Händen. Er sagte: „Es war finster."
„Nein! O Nein! Da schien der Mond! Mir können Sie nichts vormachen. Sie standen am Fenster. Der Knabe stand auf dem Bett! Ausgeschämt! Ausgeschämt! Und dann rief mich die Pflicht. Leider, hehehehe! Aber alles war lichtbegossen!"
„Dieser Knabe ist gestorben."
Der Portier zerbiss das Bonbon. Seine Nasenflügel bebten. Er fiel in sich zusammen. Er schob Roland Anmeldeblock, Pass und Geld zu. Er kratzte sich wieder hinterm linken Ohr. Roland trug seine Personalien ein und fürchtete sich vor dem Portier, der plötzlich so leicht umzustimmen gewesen war.
„Geben Sie der Polizei Bescheid?"
„Es könnte mir einfallen", sagte der Portier und schob sich ein Anisbonbon in den kleinen Mund.
Roland hielt den Schlüssel, der an einer roten Kugel hing, zaghaft in der Hand.

Er betrat das Zimmer. Das Bett war leer und weiss. Roland ging langsam auf die Veranda und sah den See und sah tausend Lichter darin. Er stellte sich vor, zu hören, was Christian hinter ihm tat. Rolands Finger umklammerten das kühle Eisengeländer. Der frische Wind liess ihn frösteln. Die Nacht war finster. Ein neues Gewitter zog herauf. In Rolands roter Badehose knisterten keine Noten. Es wurde ihm elend vor Trauer. Er sagte deutlich: „Christian! Wir wollen es oft tun. Alles ist erlaubt, wenn man sich liebt, alles." Roland drehte sich langsam um.
Christian stand nackt auf dem Bett, andächtig, eine schlanke und weisse Gestalt. Roland sog geblendet den Anblick mit tiefem, zitterndem Atem ein. Er gab sich dem Unausweichlichen preis.

XV

Der kleine graue Mann stach Roland mit einer Sicherheitsnadel in die Brust. Langsam zog er die Nadel heraus und stiess sie ins Gehirn. Die Nadel begann sich zu drehen, wurde rotglühend. Sie zerstörte die Gehirnbläschen. Die Grosshirnkugeln barsten. Die Nerven versagten. In der Pia mater vermehrten sich die kleinen Tierchen. Die weiche Hirnhaut wurde weicher.
Im schmerzenden Magen lastete die rote Kugel, aus der Strahlen und Stacheln wuchsen, die in das Sonnengeflecht drangen. Der kleine graue Mann stampfte auf dem Körper. Die Knochen splitterten.
Laut schmatzend begann der kleine graue Mann Roland aufzufressen. Er trennte Rolands Kopf vom Rumpf, riss die Zähne aus dem Mund, schnitt Haare ab, säbelte Ohren und Nase weg und frass alles: Adamsapfel, Zunge, Halszäpfchen, Augen. Er nagte den Kopf kahl, schlürfte die Gehirnmasse und warf den beinernen Schädel beiseite.
Er drang fressend in den Rumpf ein und verschwand unter der Haut. Roland wurde inwendig aufgefressen. Der kleine graue Mann verschlang Bauchfell, Leberlappen, Gallenblase, Dünndarm, Blinddarm, Wurmfortsatz, Dickdarm, Magen, Nieren, Milz, Nebennieren, Lendenmuskel, Harnblase, Samenstränge, Lungen, Fleisch, Geschlecht – bis nur mehr Haut und Skelett übrigblieben.

Aus der Halsöffnung stieg das Männchen. In den Klauen hielt es das dampfende Herz.
Des Peinigers Bauch schwoll an, wurde dicker und dicker, und als er Rolands Herz verzehrte, begannen ihm Brüste zu wachsen gross und schwer wie Eisenbahnpuffer.
Das Wesen thronte nackt auf dem Stuhl. Unter dem gewaltig Männlichen klaffte das Weibliche und spaltete sich. Wehen schüttelten das epizöne Wesen. Brüllen drang aus dem Hahnenschnabel. Aus den schlaffen Ohren kräuselte grüner Rauch, und die Nasenlöcher spien Feuer. Das Wesen spreizte die Beine. Wie ein riesiger Kartoffelsack schwabbelte der trächtige Bauch. Dikke, dampfende Breimilch quoll aus den Pufferbrüsten.
Aus den zuckenden Wurflefzen, die auseinanderklafften, kroch Roland, von stinkendem und pechschwarzem Fruchtwasser umspült. Kaum war Roland geboren, riss er die pechige Nachgeburt aus dem Leibe des Hermaphrodits: eine feuerrote Badehose.
Das androgyne Wesen schrumpfte ein, wurde kleiner und zum grauen Männchen, das wie ein Kobold aus dem Fenster flüchtete. Rolands Totenkopf lag auf dem Tisch; die schlaffe Haut ohne Knochen auf dem Bett.
Roland hielt die Nachgeburt, seine rote Badehose, in der Hand. Auf dem Tisch lag der Zimmerschlüssel, an der roten Kugel befestigt; und auf dem Bett lagen Rolands Kleider: Bluejeans und buntes Hemd.
Er liess die Badehose fallen, setzte sich auf den Boden und konnte sich der vergangenen Nacht nicht erinnern. Roland wusste nur, dass er, von der Veranda ins Hotelzimmer kommend, sich ausgezogen und aufs Bett geworfen hatte. Der Rest war vergessen; doch vom kleinen grauen Mann aufgefressen und wiedergeboren worden zu sein: daran erinnerte er sich.
Als Roland ohne Bewegung auf dem Boden sass, kostete er den bitteren Geschmack, gleich Rubens Fleisch und Blut, im Mund aus. Er befahl sich, aufzustehen. Befriedigt genoss Roland die

Macht seines Befehls: Der andere Roland gehorchte und leistete keinen Widerstand.
Er zog sich an. Die Konturen des Zimmers veränderten sich. Bekleidet stand er auf der Veranda. Der See war blau, und die Musik war grün. Viele Vögel kreisten lautlos in der Luft über blauem Wasser, gelber Erde, roten Dächern.
Nach und nach presste sich der Schmerzensring, der den Kopf umkreiste, zusammen. Roland stöhnte leise. Seine Augen wurden gross und wurden glasig. Und langsam betrat er das Zimmer. Er legte sich aufs Bett und wollte um Hilfe rufen, war aber wie gelähmt, und er musste lauschen, weil er vermeinte, den Vater husten zu hören. Roland sah das schwarze Telefon auf dem Nachttischchen deutlich. Er gab es endlich auf, zu versuchen, den Hörer abzuheben; denn der andere, der andere Roland, der andere gehorchte nicht mehr. Die Hand wollte den Hörer nicht berühren. Roland konnte noch denken: 'Ich könnte, wenn ich wollte, aber ich will nicht.' Aber mit grosser Anstrengung gelang es ihm, den Hörer zu berühren. Abzuheben, um irgend etwas zu bestellen jedoch, gelang ihm nicht; irgend etwas zu bestellen: Kartoffelschnaps. Nein. Er musste hören, wie der Vater hustete. Er schloss die Augen, um besser zu sehen. Eine Wurst baumelte über dem Mund. Die linke Hand berührte den Hörer, die rechte Hand hielt die Kugel, daran der Schlüssel hing. Überm Kopf baumelte die Wurst, und der Vater hustete. Roland warf den Kopf hin und her.
Die Wurst, sie gaukelt, zwirbelt, bäumt sich auf vorm Mund. Nein, mit den Lippen kann ich sie nicht berühren. Warum hustet der Vater? Ich höre doch genau, dass er hustet hustet hustet. Ich sollte jetzt den Hörer abheben, um Schnaps zu bestellen, nicht wahr, Christian? Aber nein, sonst höre ich den Vater nicht mehr husten. Und den Schlüssel darf ich nicht loslassen. Etwas fesselt mich ans Bett, und ein Pfahl, ja, ein Pfahl durchdringt mich, ein hölzerner Pfahl nagelt mich ans Bett. Die linke Hand muss den Hörer halten, die rechte Hand muss den Schlüssel und die Kugel halten, Kugel und Schlüssel, kein Schlüsselloch, keine grüne Git-

terkasse, aber ein grüner Vorhang, der sich beiseite schiebt, und Ruben tritt aus dem Beichtstuhl, nein, nein, Kugel halten, Hörer berühren, Hörer schwarz, nicht abheben, um ihn ans Ohr zu führen, um durch die Muschel zu sprechen, in der eine Membrane untergebracht ist im schäbigen Köfferchen Schokolade und zwei Hemden, und Fritz schlägt Perduzzi, der sich reibt dabei, schnell, schneller, um zu sprechen, um Schnaps zu befehlen, Schnaps, Kartoffelschnaps, Tränenschnaps, damit sich die Schwingungen fortpflanzen, nein, sonst höre ich den Vater nicht mehr husten, und die rechte Hand, sie muss den Schlüssel und die Kugel halten, weil ich die Wurst essen sollte, die Wurst essen muss, die ich mit den Lippen nicht haschen kann, weil die Linke den Hörer halten muss, weil husten husten husten, befehlen Schnaps Schnaps Schnaps würde ich den Vater nicht husten hören, aber doch nicht doch aber die Wurst essen aber doch nicht schreien aber doch nicht die Wurst aber doch nicht schreien, weil sonst die Wurst essen nicht abnehmen Summton husten abwürgen nicht abheben darf mit der Linken, sonst zerklirrt die Kugel und der Schlüssel wie ein tintenbeflecktes Lineal und die Wurst nicht essen, denn der Pfahl im Fleisch durchstösst die Brust ins Bett und Wurst und Hörer Dolch und Schlüssel Kugel Eier Schmerz im Hirn und husten Wurst und Hörer Zwiebeln Tränen Christian, das Ohr wird taub, das rechte Ohr, der Hörer nicht und nicht der Schlüssel, nicht die Kugel, weil Glauser grünen Tabaksaft spritzt auch Perduzzi, wenn er hängt, und der Bauer, der seinem Sohn den Schädel mit dem Beil spaltet, brennt das Haus, Cigares cigarettes, nächste Furche, graues Haus mit roter Tür, Kohl und Urin, grüner Fluss, alter Baum, zwei Badehosen, Klettergerüst, Sägemehl, Achterbahn, grüne Gitterkasse, Glotzaugen, pardong, Malaria, blutrote Ziegel und haardünne Eiszäpfchen, nein Wurst vor dem Mund, die baumelt, hin und her der Kopf die Wurst, die ich verschlingen will, Lineal, tintenbefleckt, Taschentuch, das riecht, rotgefütterter Regenmantel, Dolch und Hörer Telefonhörer in der Linken und husten höre ich den Vater, Pfahl im Fleisch und Wurst die hängt und Pfahl,

nicht Pfahl, Sicherheitsnadel, Glasharfenton, blutige Watte, siebter Juli, achter Juli, fort vom Bett, nein, da ich doch nicht aber aber doch nicht die Wurst essen, Vater husten hören, und die Linke muss den Hörer halten, und die Rechte den Schlüssel, und der Pfahl im Fleisch, und die Wurst baumelt, nein nein nein, du darfst sie nicht essen, Christian, nicht essen, zwei Brustwarzen und Samen auf dem hölzernen Boden, fünffach geschichtete Teppiche, dreiunddreissig Tage des stählernen Hasses und der Ausschweifung, video meliora proboque: Deteriora sequor, Pfahl, Spiegeldecke, gib ihm! gib ihm! gib ihm! und das Bällchen klipper klapper, bumm bumm bumm die Schüsse, Cigares, cigarettes, es ist ein Kreuz, grüne Bettwäsche, Spritzen, Reiben, Wollen, Sägen, schmutziger Korridor, darin Röhren, Sausen und Brausen, Zahnbürste, Fingerübungen, nein, nicht die Wurst, aber des Pfahls im harten Fleisch, Beichtstuhl, Jüngstes Gericht, Dom, Priester, der Märtyrer Vitus, Kommunion, Schlag in den Magen, haardünne Eiszäpfchen zwischen blutroten Ziegeln, Frucht und Gemüse, zum Himmel sausende Pappeln, Türme, Glieder, Kartoffelschnaps, Mansarde, Nasenbluten, Achterbahn, schneeschmutziges Pergament, Pakt, grüner Hautanzug, Eisengeländer, Frühgeburt, tintenbefleckte Lineal, als Schiffsjunge an Bord eines Dampfers, zwei Narben unter der linken Brustwarze, fünffach geschichtete Teppiche, Dieb und Bastard, Narr, Joker, Schlange, Verwesung, Hirtenbub mit Flöte, Adler und Zaunkönig, Kadenz, Pferde, zwei Fremdlinge und eine Wurst, und ein Schlüssel, und ein Telefonhörer, der nicht abgehoben werden darf, nein, Geschlecht Tod Kreis Kugel Pyramide Sonne Meer Berg Sünde, du, Sünden der Väter, Mütter, Väter, husten, husten, Tierchen, husten, nein, nein, nein! Nicht husten hören hören husten, weg, weg! Nein, du darfst sie nicht essen, weil du den Vater husten hörst und Pfahl im Fleisch und Hörer und Kugel und Schlüssel, ich ersticke ich ersticke sticke ticke icke cke cke cke cke –
Roland ringt nach Atem, und er läuft und er läuft, läuft und läuft dem weissen Lavabo entgegen und sieht seinen Kopf im Spiegel.

Er umklammert den Hals. Er sieht Christians Kopf im Spiegel, nicht den eigenen. Er schneidet eine Fratze. Christian ahmt sie nach. Roland sieht, wie Christian bemerkt, dass Roland zitternd in der Ecke kauert und Fratzen schneidet. Licht, eisblau und fadendünn rieselt aus den Nasenlöchern, haftet am Spiegel, der sich beschlägt und trübe wird.
Immer noch schaut Roland in den Spiegel; aber er sieht sich nicht. Der Spiegel widerspiegelt ihn nicht mehr. Und Roland sucht sich. Er sucht sich, und er findet sich nicht.
Er verliess das Zimmer. Der Portier versteckte sich hinter dem Korpus, als er das Gesicht sah: die Augen vergrössert, glasig und gelb, die Lippen blutig zerbissen und die Haare in der zerkratzten Stirn.
Roland irrte durch die Gassen, überquerte Brücken, lehnte an Geländern. Manchmal hustete er und sah an den Laternen Leichen aufgeknüpft. Die Häuser waren durchgesägt, und Sägemehl bedeckte die Strassen.
Fremde Schritte dröhnten hinter Roland. Er kehrte sich um und sah nichts. Er floh. Die Schritte verfolgten ihn. Er drehte sich, um die eigene Achse wirbelnd. Roland floh; und die Schritte verfolgten ihn. Er presste sich an die gläserne Mauer, um sich seitwärts fortzubewegen. Gegenüber taten die Schritte dasselbe. Er floh, verfolgt von den Schritten, und die Strasse endete nicht. Die Häuser wuchsen violett und feucht, schief in die Höhe, krümmten sich zusammen und schwankten.
Roland warf sich zu Boden. Der Unsichtbare legte sich auf ihn. Roland spürte, wie er eindrang.
Er schrie, und er wurde emporgerissen; aber der Polizist erschrak heftig. Roland schüttelte sich benommen und versuchte zu lächeln. Doch der Polizist öffnete seinen Mund und schrie um Hilfe.
Roland lief weg. Die Schritte verfolgten ihn nicht mehr. Der Unbekannte war in ihm.
Im Bahnhof suchte er nach Pass und Geld. Beides fand er in der Gesässtasche. Als er zum Billettschalter treten wollte, bemerkte

er, dass ihn die Menschen furchtsam oder misstrauisch beobachteten. Schnell ging er in die Toilette und wusch und kämmte sich.

Dann lief er abermals zum Billettschalter, und er sagte:

„Marseille."

XVI

Roland blieb nur wenige Stunden in Marseille. Er atmete den Fischgeruch ein und vermeinte, das Meer schon früher gesehen zu haben. Unruhig streifte er umher und bestieg den Zug, der ihn nach Arles brachte, wo er übernachtete. Das Bett war breit und weich.

Am andern Tage sah er sich Arles an und fuhr später nach Nîmes. Er reiste nach Avignon und Montélimar weiter. Das Postauto fuhr höher und höher und um Haarnadelkurven, gefährlich nahe an Abgründen vorbei. Aus Rolands Nase floss Blut. Er hörte dumpfes Brausen in den Ohren.

Er stieg aus und suchte Obdach. In einem kleinen Haus kehrte er ein. Der Wirt und die Wirtin nahmen ihn freundlich auf, und sie gaben dem Gast zu essen und zu trinken und richteten ihm ein Bett.

Roland legte sich hin; und ihm träumte: Es trommelte Ruben auf seiner Trommel, und Ruben trommelte, bekleidet mit dem grünen Hautanzug, und Ruben, beschienen vom Monde, freute sich sehr seines Lebens. Da nahm Roland eine Axt, um Rubens Schädel zu spalten; aber Stockermann trat hinzu, und seine Augen waren verborgen hinter schwarzen Gläsern, und die Gläser spiegelten den fahlen Mondglanz. Roland drang auf die Feinde ein. Und er schwang die Axt, und die Axt fuhr in die Erde und spaltete sie, und Roland fiel hinein in den Erdspalt.

Roland erwachte.
Der Wirt und die Wirtin erklärten ihm am frühen Morgen den Weg in die Berge, wo Schafe gehütet wurden. Roland nahm Abschied und wanderte dem Berg entgegen. Noch war die Sonne nicht aufgegangen. Grauer Himmel über Zacken. Davor lagen bucklige Hügel: Rücken uralter Tiere. Kaltes Licht auf den Gipfeln. Als die Wärme spürbar wurde, begann Roland zu klettern. Später hing er an Wurzelwerk. Unten rauschte Wasser. Mühsam zog er sich empor. Nicht husten jetzt! Jede Erschütterung bedeutet Gefahr. Dünne Wurzeln, verwaschene, saure Erde. Er hing an der Wurzel. Das Herz klopfte im sandtrockenen Mund. Seine Füsse fanden Halt. Auf allen vieren kletterte Roland empor. Oben schaute er heftig atmend, das Schwindelgefühl bekämpfend, in die Tiefe.
Noch immer stieg er, als die Sonne schon im Mittag stand. Die Hitze zitterte über den blanken Steinen. Der Gipfel, den er besteigen wollte, schien nahe; aber je weiter Roland ging, um so weiter floh der Gipfel. Die Kleider klebten am Leib.
Roland befand sich über der Waldgrenze, kletterte, fiel hin und weinte und stand wieder auf und stieg weiter. Auf dem Gipfel schrie er: „Christian!"
Das Echo widerhallte dreifach.
Eine steinerne, zerklüftete Musik umgab ihn. Die Wände schleuderten Schatten. Es wurde dunkel. Roland verstieg sich. Er konnte den Boden nicht mehr sehen. Die finsteren Wände rückten näher. Stumm qualmte der Nebel in die Höhe.
Dicht ist die Finsternis, kein Licht ist da. Nicht ist ihm zu sehen vergönnt, was hinten liegt. Und weiter drang er: Dicht ist die Finsternis, kein Licht ist da. Nicht ist ihm zu sehen vergönnt, was hinten liegt.
Er lauschte seinem Blut: Tod im Traum; hingemordet und aufgefressen vom kleinen grauen Mann.
Und weiter drang er: Dicht ist die Finsternis, kein Licht ist da. Nicht ist ihm zu sehen vergönnt, was hinter ihm liegt. Und weiter drang er: Dicht ist die Finsternis, kein Licht ist da. Nicht ist ihm

zu sehen vergönnt, was hinten liegt. Und weiter drang er: Dicht ist die Finsternis. Nicht ist ihm zu sehen vergönnt, was vor ihm liegt. Und weiter drang er: Nicht ist ihm zu sehen vergönnt, was hinten und was vorne. Und weiter drang er: Nicht ist ihm zu sehen vergönnt, was hinten lag. Und weiter drang er: Nicht ist ihm zu sehen vergönnt, was oben liegt und was unten liegt. Und weiter drang er: Nichts ist ihm zu sehen vergönnt.

Und weiter drang er, und es wurde hell, und der Nordwind blies.

Roland setzte sich auf die Erde und nahm einen Stein in den Mund. Er schmeckte fade.

Später lief er über grasbewachsenen Boden. Er verfolgte seinen eigenen Schatten. Dann rief er: „Hoho!" Dabei verschluckte er beinahe den kleinen Stein.

Er lief und lief und weinte vor Wut. Es wurde heiss. Roland befand sich in einem Talkessel. Er schaute zu den Gipfeln hinauf und wusste nicht mehr, auf welchem er gewesen. Er spuckte den Stein aus und begann Gras zu kauen. Er entdeckte ein Bächlein, kauerte sich nieder und trank.

Er folgte dem Bächlein. Dann zog er die Schuhe aus und durchwatete das Wasser. Am anderen Ufer legte er sich aufs Gras und schloss die Augen. Er setzte sich auf und wiegte den Oberkörper hin und her. Sein Gesicht war traurig.

Utnapischtim sprach zu ihm, zu Gilgamesch: „Warum sind abgezehrt deine Wangen, gebeugt deine Gestalt, ist unfroh dein Gemüt, verlebt deine Züge, ist Harm in deinen Gedanken, gleicht einem Wanderer dein Antlitz, das von Nässe und Sonnenglut versengt?" Gilgamesch sprach zu ihm, zu Utnapischtim: „Warum sollen meine Wangen nicht abgezehrt sein, nicht gebeugt meine Gestalt, nicht unfroh mein Gemüt, nicht verlebt meine Züge, nicht Harm in meinen Gedanken, nicht gleichen einem Wanderer mein Antlitz, das von Nässe und Sonnenglut versengt? Mein Freund, den ich liebte, den ich über die Massen geliebt, der mit mir durch alle Beschwernisse zog, Engidu, mein Freund, den ich über die Massen geliebt, der mit mir durch alle

Beschwernisse zog, es hat ihn ereilt die Bestimmung des Menschen. Um ihn weinte ich sechs Tage und sieben Nächte lang und gab nicht zu, dass man ihn begrübe, bis dass der Wurm sein Gesicht befiel. Mir graute vor meines Freundes grausiger Verwesung. Ich erschrak vor dem Tode, dass ich lief in die Steppe und über Berge. Engidus, meines Freundes Sache lastet auf mir, dass ich lief den weiten Weg. Mein Freund, den ich liebte, ist zu Erde geworden. Engidu, mein Freund, den ich liebte, ist zu Erde geworden. Werd ich nicht wie auch er mich betten und nicht aufstehen in der Dauer der Ewigkeit?"
Utnapischtim sprach zu ihm, zu Gilgamesch:
„Der grimme Tod ist unausweichlich.
Irgendwann errichten wir ein Haus.
Irgendwann siegeln wir ein Vermächtnis.
Irgendwann teilen die Brüder.
Irgendwann herrscht Hass.
Irgendwann führt das Hochwasser uns davon."
Roland erhob sich. Er hielt die geöffnete Hand hinters Ohr und lauschte. Dann begann er zu laufen. Er lief gegen Osten zur Talsenke. Unten wogte ein Meer pelziger Rücken.
Wie ein Leuchtturm ragte der Hirtenknabe aus dem Meer. Ein schwarzes Piratensegel der Mantel, der sich bauschte und blähte. Die Krempe des Hutes wippte auf und nieder. Braune Fäuste fassten einen Stab.
Roland trat näher. Zwei schwarze Hunde stürzten ihm heulend entgegen. Unruhe entstand in der Schafherde, und ein blökender Choral erscholl. Der grelle Pfiff befahl die Hunde zurück.
Der Hirtenknabe lächelte. Der Mantel floss faltig an seiner Gestalt nieder. Die Hutkrempe wippte auf und ab. Roland rief: „Salut!"
„Salut!"
Roland sagte, dass er sich verirrt habe und hungere, und was er nicht auszudrücken vermochte, unterstrich er mit lebhaften Gebärden.
Der Hirtenknabe zog seinen Mantel aus und lud Roland ein, sich

daraufzusetzen. Aus einer Tasche von Tierhaut nahm der Schafhirt Brot und Käse. Roland kaute langsam. Er konnte sich nicht erinnern, dass ihm jemals etwas besser geschmeckt hätte. Mit vollem Mund fragte er nach dem Namen des Hirten.
„Eustache."
Die Hunde umkreisten mit tollen Sprüngen übermütig die Herde, jagten Lämmer zurück und bissen sie in die Hinterbeine.
Ob Eustache alleine auf den Bergen?
Nein. Der Bruder und auch der Vater befänden sich weiter unten. Die Herde sei geteilt.
Roland übersah die Herde und wusste nicht, wovon er sprechen sollte. Beinahe wäre er aufgestanden, hätte sich bedankt und verabschiedet. Aber als Roland sah, dass Eustache aus der Ledertasche eine Flöte nahm, legte er sich auf den Rücken und wartete. Er schloss die Augen. Eustache blies auf der Flöte die schlichte Melodie, Kisslings Melodie des Konzertes. Roland lauschte.
Eustache fragte nach dem langen Schweigen mit bronzener Stimme: „Warum weinst du?" Roland antwortete nicht, und Eustache betrachtete ihn stumm. Noch immer kniete er wie während des Flötenspiels.
Später lauschte Eustache, als Roland ihm vom Konzert erzählte und ihm erklärte, wie man Musik aufschreibe. Einmal sei ein alter Mann über Berge gewandert und habe die Flötentöne gehört und aufgeschrieben. Eustache fragte, warum man Musik aufschreibe. Roland, der vor ihm kniete, begann zu lachen, als er die Frage verstand. Und beide lachten.
„Ich fürchte", sagte Roland traurig, „dass ich weiterziehen muss."
„Willst du nicht bei mir bleiben?"
„Doch. Es wäre mir eine Freude."
„Also: Bleibe bei mir."
Sie sassen beisammen und sprachen nicht mehr. Roland kaute an einem Grashalm und schaute in den Himmel. Die Schafe käuten wieder, wurden aber plötzlich unruhig. Eustache stand auf,

lauschte, warf sich nieder und presste das Ohr auf die Erde. Er war bleich geworden und flüsterte: „Hörst du nichts?“
Roland lauschte auch, und es war ihm, als vernähme er fernes dumpfes Donnern, das schnell näher drang.
„Mein Gott! Die Widder!“ Eustaches Gesicht wurde grau. Die Hunde heulten ängstlich. Der Boden dröhnte. Roland sah die Widder. Eine lebende Lawine näherte sich. Das Blöken und Brüllen schwoll an.
Eustache fluchte. „Sie haben sich verlaufen und sind wild geworden. Verdammt! Die Widder werden in die Herde einbrechen!“
Stampfend näherten sich etwa zwanzig Widder. Flanke an Flanke drängten sich die Schafe zusammen. Die Widder, nahe, bäumten sich auf. Wie Schiffe drangen sie in das wogende Meer. Krachend schlugen die Wellen hinter den Angreifern zusammen. Die Widder gingen in die Höhe und fielen auf die Muttertiere ein.
Beide sahen gebannt zu. Die Widder stiessen zu und stampften und röchelten gierig.
„Wir können nichts machen“, sagte Eustache nach einer Stunde zerknirscht. „Mein Vater wird sich furchtbar ärgern.“
„Wird er dich schlagen?“
„Mein Vater schlägt niemals.“
Erde war in die Höhe gespritzt, und das Weideland ward wüst und braun.
Die Widder waren nicht mehr von den Schafen zu trennen. Jetzt fühlten sie sich Herren der Herde und machten hochmütige Gesichter und kratzten sich mit den Hornspitzen bedächtig die Flanken.
Die Aufregung hatte Eustaches Gesicht gerötet; Roland schämte sich, Zeuge solcher Brunst und wilden Begattens gewesen zu sein; aber Eustache überspielte seine Verlegenheit mit bestimmten Anweisungen, die er in barschem Ton gab: „Morgen in der Frühe müssen wir hinuntertreiben. Es wird viel Mühe und Arbeit geben. Mein Bruder muss die Widder dem Hirten, der sie hütet,

zurückbringen. Diese Unordnung ist nicht gut." Eustache sah zu den Widdern hinüber und sagte: „Jetzt müssen wir die Schafe höher treiben bis zur Grotte. Dort ist Weideland. Die Tiere werden vor Morgengrauen den Abstieg beginnen wollen. Heute können wir nicht zurück."
Er warf sich den Mantel über die Schultern und setzte den Hut auf. Er gellte einen Hirtenruf und stieg den Tieren voran. Auch die Widder folgten. Ein besonders grosser Widder mit mächtigen Hörnern liess die Unterlippe hängen wie Herr Dr. Dürr. Die Hunde jagten keifend. Roland folgte der Herde. Hin und wieder drehte sich Eustache um und hob den Stock. Der Mantel flatterte. Roland kam sich wie ein Schaf vor. Er gehörte zur Herde, und es dünkte ihn, es sei immer so gewesen: Schaf unter Schafen. Das helle Gebimmel der Glöckchen schläferte ein. Die Gegend wurde schroffer und abweisend. Rolands Füsse aber hatten sich dem Berge angepasst: gleichmässiger Trott, sicheres Auftreten, federnd und ausgeglichen.
Als die Schafe sich ordneten, wachte Roland wie aus einem Traume auf. Er sah die Grotte und davor die Schafe, bewacht von den Widdern, deren Hinterleiber manchmal noch zuckten. Die Dämmerung kroch aus den Schluchten herauf. Eustache breitete vor der Grotte seinen Hirtenmantel aus. Dann holte er ein Gefäss. Er wollte die kleine, schwarze Ziege melken.
„Lass mich", bat Roland. Er molk die Ziege, nächste Furche, Bremsen, Mücken, Tabaksaft. Die Milch spritzte schäumend in den Holznapf. Eustache staunte. Dann sagte er zögernd: „Wollen wir an den Zitzen saugen? Es ist sehr angenehm." Er schob Roland beiseite, legte sich unter die Ziege und sog an einer Zitze. Roland sah zu. Er wand sich vor Lachen.
„Jetzt kommst du dran!"
Roland legte sich gehorsam unter die Ziege; aber als er das Euter über sich baumeln sah, wurde ihm übel. Er kroch, ohne gesogen zu haben, mit weissem Gesicht hervor. Eustache lachte ihn aus und entzündete geschickt das Holzhäufchen. Roland half ihm und brannte sich an einem glühenden Zweig. Ohne zu zögern

nahm Eustache den Finger in den Mund, wie die Ziegenzitze. Seine Zunge fuhr schnell und schmerzlindernd über die verbrannte Stelle. Roland zog den Finger sachte aus Eustaches Mund und fragte, warum er eigentlich immer kniee. Es gefalle ihm, sagte Eustache, das Sitzen sei ihm zuwider. So kniete auch Roland und fand Gefallen dabei.
Als Roland nach Eustaches Alter fragte, wusste dieser nicht genau Auskunft zu geben. Vierzehn oder fünfzehn. „Ich bin immer auf den Bergen gewesen. Nie ging ich zur Schule wie mein Bruder. Mein Vater unterrichtete mich. Er lehrte mich alles: wie man Schafe heilt; wie man den Wettersegen spricht; wie man Kräuter dörrt; wie man Schafe sucht; wie man den Teufel beschwört."
„Schildere mir den Teufel, Eustache!"
„Der Teufel ist schwarz. Schwarz seine Augen wie Kohlen und schwarz wie die Nacht seine Haare. Er liebt grüne Anzüge. Die Zähne sind weiss und spitzig. Seine Stimme ist hart, und seine Kraft ist gewaltig."
Während dieser Worte wärmte Eustache seine Hände überm Feuer. Dann legte er sich auf den Rücken und fragte: „Willst du mein Herz pochen hören?" Roland nickte. Eustache öffnete sein Hemd, und Roland beugte sich über ihn. Er presste sein Ohr an die heisse Haut und hörte das Herz dunkel und schnell schlagen. Eustache sagte leise: „Wollen wir nicht lieber in die Grotte? Die Nacht wird kühl."
Sie standen auf. Eustache schleifte den schweren Mantel in die Grotte. „Wir wollen uns unter den Mantel legen."
„Willst du auch wieder Flöte blasen, weisst du: diese Melodie, die mir so gefällt?"
„Ja."
Der Mantel lag auf ihnen. Eustache blies die Hirtenweise. Beim Eingang flackerte das Feuer. Roland schmiegte sich an Eustache. So schlief er ein. Als er wach wurde, glimmte nur noch ein Aschenhaufen. Eustache lag auf dem Rücken und atmete gleichmässig. Roland flüsterte: „Schläfst du?"
„Ja."

„Ich auch."
Bald schliefen sie ein. Roland war durchfroren, als ihn Eustache mit den Worten weckte: „Wir müssen zurück!"
Sie trieben die Herde zusammen. Später durfte Roland den Hirtenmantel anziehen. Auch Hut und Stab überreichte ihm Eustache, wobei er sagte: „Du darfst anführen. Ich vertraue dir."
Glücklich schritt Roland voraus, tat sichere Schritte und erlebte, wie es Tag wurde. Das rauschende Schafmeer wogte hinter ihm. Manchmal drehte sich Roland um und winkte mit dem Stab. Bei jener Stelle, wo die Widder in die Herde eingedrungen, begannen die Tiere unruhig zu werden. Eustache trieb die Herde schreiend vor sich her, und Roland rief den Lockgesang, den er Eustache abgelauscht. Die Herde, wieder ruhig, folgte Roland dem Bächlein entlang, bis Eustache sagte, hier müsse man weiden lassen.
Eigentlich wollten sie baden und sprachen auch davon; aber keiner wagte sich auszuziehen. „Es ist doch nichts dabei", sagte Eustache, „ich bade jeden Tag. Aber ich habe keine Badehose wie du."
„Wir könnten die Augen schliessen und uns ausziehen", schlug Roland vor, „und wenn wir nackt sind, zählen wir bis drei, und dann öffnen wir die Augen. Wollen wir?"
Sie zogen sich aus und standen mit geschlossenen Augen voreinander. Gemeinsam zählten sie: „Un – deux – trois!"
Sie öffneten die Augen. Die Sonne blendete. Sie rührten sich nicht und massen einander stumm. Eustache, kräftiger gebaut als Christian, aber ebenso schlank, sagte: „Jetzt sind wir wie Tiere. Wir wollen kämpfen!" Sie fassten sich an und kugelten sich über den Boden. Eustache stiess Roland ins Wasser. Er schrie auf, wie damals am ersten April im grünen Fluss. Das Wasser war kalt, und Roland hustete. „Mein Gott", schrie Eustache, „du hustest ja wie ein lungenkrankes Schaf!"
Sie krochen auf den blankgescheuerten Steinen herum. Später, als sie in der Sonne lagen, sagte Eustache: „Du bist weiss. Ich habe

noch nie einen so weissen Leib gesehen." Eustaches Körper war dunkelbraun.
„Willst du auf jenen Stein steigen und auf der Flöte blasen?" „Du bist seltsam", sagte Eustache und gehorchte. Er kletterte auf den hitzezitternden Block. Dort blies er wie ein Faun. Roland sog dieses Bild ein.
Wolken verdunkelten den Himmel. Eustache rief: „Warum bist du so traurig?"
Roland stand auf und begann sich anzuziehen. „Non!" schrie Eustache und eilte herbei, „non, non, non et non! Ich will nicht alleine nackt sein. Du verdirbst alles!" Roland liess das Hemd fallen. Eustache stand bebend vor Wut neben ihm. „Warum willst du dich anziehen?"
„Du sagtest, mein Körper sei weiss. Ich will dir nicht unangenehm sein. Und ich bin zwei Jahre älter als du."
Eustache sah Roland verständnislos an. „Zwei Jahre? Was sind zwei Jahre? Zweimal Schafe hüten! Wenn du bei mir bleibst, wirst du auch braun!"
Sie zogen sich an und konnten nicht mehr froh werden. „Es wird ein Gewitter geben", sagte Eustache.
Sie beeilten sich. Die Tiere schrien unruhig. Das Gewitter überfiel sie nach einer Stunde. Roland fürchtete sich vor dem lauten Donner zwischen den Bergen. Der Regen prasselte und klatschte schräg in Rolands Gesicht. Die blökenden Schafe rutschten über den aufgeweichten Boden. Der Bach schwoll braun an. Die Widder schleuderten brüllend die Köpfe hoch. Feucht glitzerten die mächtigen, geschwungenen Hörner. Endlich liess die Kraft des Unwetters nach. Eustache sagte keuchend: „Noch eine Stunde!"
Ein Punkt wurde grösser. Mit langen Schritten näherte sich der alte Hirte. Das Unglück wurde in zwei Sätzen mitgeteilt. Erst danach wandte sich der Hirt Roland zu. Hass und Misstrauen drohten in den wasserklaren Augen. Roland duckte sich. Woher er sei? Gut. Diese Nacht dürfe er bleiben. Aber am Morgen müsse er gehen. Die Sitten erlaubten nicht, dass er bliebe! Roland sah zu Bo-

den. Er rechtfertigte sich, nur ein Wanderer zu sein, der sich verirrt. Er sei unbescholten und seine Absicht lauter. Der Hirt winkte ab. Er wolle nachdenken. Die Widder müssten zurückgebracht werden. Es dauere vier Tage. Eustache müsse sich des Vaters Herde annehmen. Der ältere Sohn werde binnen einer Woche vorbeikommen. Diese Woche sei Roland gegönnt. Er möge Eustache helfen. Das Gras hier unten müsse geschont werden. Es brauche Wochen, bis die Ordnung wieder hergestellt sei und der Rhythmus brauchbar.

Diese Worte fielen knapp. Der Hirt liess Roland stehen. Es galt zu helfen. Ein Bein musste geschient werden, und auf eine Wunde waren Kräuter zu legen.

Später trieb der Hirt die Widder in die Einfriedung. Einen Widder musste man gefügig machen, damit er seine Tiere von den Schafen fortführe. Mit erhobenem Knüppel trat der Hirt dem stärksten und grössten Widder entgegen. Der Bock senkte drohend den Kopf. Seine Zunge schnalzte und trillerte. Der Widder wurde wütend ob der flackernden Fackeln, die an den Pfosten befestigt waren. Das erregte Tier schlug mit dem linken Huf hart den Boden, kratzte Erde auf und senkte den Kopf noch tiefer. Endlich ging der Widder rückwärts, um Wucht zu gewinnen. Gewaltiger Schrei: der Widder stampfte dem Hirten entgegen. Krachend sauste der Stock gegen den Kopf des Widders. Das Tier zuckte zusammen und wankte. Seine Flanken zitterten. Der Schlag war wuchtig gewesen. Der Widder fiel betäubt in die Knie.

Der Hirt wollte jetzt gleich gehen! Der Mond scheine, und der Hochdruck nach dem Gewitter mache die Tiere gefügig. Der Hirt liess den Widder aus hohler Hand Salz lecken, und willig stand er auf und folgte dem Hirten. Die anderen Widder gehorchten. Sie verliessen die Einfriedung.

Lange Zeit hörten Roland und Eustache das Stampfen. Sie gingen in den Stall und legten sich aufs Heu.

Schon vor Tagesanbruch trieben sie die Herde hinauf. Viele neue Tiere mussten gehütet werden, und es galt noch drei Esel zu be-

treuen. Roland begann die Ordnung der Hirten zu begreifen. Er wusste, dass er sich nach einer Woche von Eustache zu trennen haben werde. Aber er wollte nicht daran denken. Er wollte diese Woche geniessen und unbeschwert sein.
Jeden Tag schien die Sonne. Roland lernte das Eselreiten, was viel Gelächter absetzte.
Oder Eustache hörte zu, wie Roland sein Leben erzählte. Nichts verschwieg Roland. Eustache wollte alles wissen, und er staunte, fragte, begriff.
Auch Eustache erzählte von den Sommern in den Bergen. Er berichtete von seiner Einsamkeit und von seinen ungestillten Wünschen. Seine Mutter war abgestürzt in der Todesschlucht, als Eustache noch ein kleiner Knabe gewesen.
Sie gefielen einander und badeten und spielten und hüteten und sangen. Roland war rot geworden am ganzen Körper; aber am dritten Tage wurde er braun und erlernte ohne Mühe das Flöteblasen. Er spielte die Hirtenweise auf Eustaches Flöte.
Sie sassen stundenlang auf dem Stein und schauten zu den Gipfeln hinauf. Eustache kannte die Lüge nicht. Seine Liebe war ohne Umschweife, klar und rein wie die Luft hier oben.
Der Tag, an dem es galt, die Schafe zusammenzutreiben, näherte sich. Das Glück wurde schmal wie das durchsichtige Bächlein. Eustache schlachtete während der letzten Nacht ein Lamm, das er dem Gott des Berges opferte. Roland trank heisses Blut, das aus geöffneter Halsschlagader spritzte. Das Opfertier zuckte.
Während der Dämmerung assen sie das Fleisch und stopften sich bis zur Benommenheit voll. Ihre Hände tropften fettig, und ihre Sinne wurden dumpf. Sie hatten das Opferlamm aufgegessen. Schwer lag das Fleisch im Magen. Die Sünde sollte mit Lüge vernebelt werden. Niemand durfte wissen, dass Eustache ein Lamm geschlachtet hatte. Und die Schuld schweisste sie zusammen.
„Un – deux – trois!"
So stiegen sie aufeinander, Reiter und Pferd. Rolands Schenkel pressten den Leib Eustaches. Er stöhnte unter ihm. Sie ver-

tauschten die Rollen. Auch Eustache presste die Schenkel zusammen und rief: „Hélas, Gilgamesch!“
Roland keuchte unter der Last. Auf allen vieren kroch er und trug den Wilden. Dann brach er zusammen, und Eustache lag auf ihm.
Sie schliefen unruhig. Oft erwachten sie und flüsterten sich heisse Worte in die Ohren.
Im Morgengrauen streute Eustache die Asche in den Wind, und er beschwor Feuer, Wasser, Erde, Luft.
Der Abstieg war beschwerlich und mühsam. Noch einmal sagten sie: „Un – deux – trois“, und noch einmal badeten sie im Bächlein. Sie lagen stumm auf den rundgescheuerten Steinen, die dumpf grollten und murmelten unter ihnen. Hier nahmen sie Abschied. Auf dem Steinhaufen blies Eustache zum letzten Mal auf der Flöte die Bergmelodie. Dann umarmten und küssten sie sich und schritten talwärts.
Der Vater überschaute die Herde. Eustache kam der Anklage voraus und log: „Ein Lamm wurde krank. Es hustete heftig. Seine Lungen waren angegriffen. Ich musste es töten. Wir haben das Fleisch mit Galle überträufelt und verbrannt. Das Lamm haben wir begraben und Steine aufgehäuft.“
Eustache reichte dem Vater das Fell. Der Vater nahm das Fell und schleuderte es zu Boden. Eustache wandte sich mit gesenktem Kopf ab und ging langsam in den Stall. Er schaute nicht zurück.
Der Hirt verschränkte die Arme und musterte Roland verächtlich. Er sagte barsch: „Ich habe es gewusst.“ Dann ging er in den Stall und blieb lange bei Eustache. Gebückt und mit grauem, müdem Gesicht kam der Vater zurück. Er wollte Roland den Weg zeigen und begleitete ihn bis zur Todesschlucht. Der Vater blieb stehen und sagte: „Das ist der Weg. Tiens! Das ist von Eustache. Nimm es und geh und komm nicht wieder.“
Roland sah dem Hirten nach. Er spürte das Harte im Lammfell und wickelte es aus. Es war Eustaches Flöte.
Bis tief in die Nacht blies Roland auf der Flöte. Seine Lippen

schwollen schmerzend auf. Fiebernd vor Trauer erwartete er den Morgen in der finsteren Schlucht.

XVII

Der Frachtdampfer *Hermes* umschiffte das Cap de Finisterre. Roland schaute, im Bug stehend, nach Norden.

Kapitän Theo Jacobs, der Roland in Marseille an Bord genommen hatte, trat heran. Roland hatte ihn im Marseiller Hafen angesprochen und gefragt, ob er Kapitän sei, was der Mann bejahte. Schüchtern stand Roland vor ihm und presste das Lammfell an sich. Der Kapitän zwinkerte mit den Augen und forschte, was Roland wolle. Er sei gewiss durchgebrannt, ja ja, das kenne er! Roland hatte genickt und gestanden, er wolle als Schiffsjunge an Bord eines Dampfers gehen. Das schien den Kapitän ungemein zu belustigen, und er lud Roland ein, der heisshungrig eine Bouillabaisse ass. Der Kapitän erkundigte sich, was im Fell verborgen sei. Roland sagte es. Wiederum lachte der Kapitän, und Roland, verzweifelt, begann zu merken, dass der Kapitän gar nicht erwog, ihn anzuheuern, sondern nur seinen Spass haben wollte. Roland legte ihm klar, dass er die geringsten Arbeiten verrichten wollte, wenn der Kapitän ihn doch um Gottes willen nach Hamburg an Bord nähme, denn er müsse übers Meer fahren, er sei besessen vom Wunsch! Doch der Kapitän, ernst geworden, liess sich anfänglich nicht erweichen. Er brauche keinen Schiffsjungen. Die Mannschaft sei angeheuert, und faule Passagiere nehme er unter keinen Umständen an Bord, es sei denn –

Roland horchte auf –, dass er auch tüchtig zugreifen wolle. Roland gab das Versprechen, und der Kapitän wiegte zweifelnd den Kopf hin und her und stopfte sich eine kurze Pfeife. Aber Heuer kriege Roland keine! Und die Arbeit sei hart!

Die Arbeit war hart. Roland musste die Planken fegen, Farben anrühren, Geräte reinigen und polieren, dem Koch helfen, die Mannschaft wecken, musste hier sein und musste dort sein von früh bis spät, im Heck, im Bug, achtern, mittschiffs und steuerbords: überall brauchte man ihn, und harte Kommandorufe hallten über Deck: Steinmann! Steinmann! Steinmann!

Aber Roland gewöhnte sich an die Männer, die ihm abends zuhörten, wenn er auf Eustaches Flöte blies. Roland lernte den schaukelnden Gang und hatte seine Bluejeans mit steifleinenem Zeug vertauscht. Nachts fiel er müde in der Kajüte des Leichtmatrosen Klas auf die schmale Koje. Klas war enttäuscht gewesen, dass Roland nicht seekrank geworden.

Roland liebte die ruhigen Gebärden der Wellen, die spiegelnde Sonne im Meer, und er hörte dem Knarren im Gebälk zu, als sei es Musik. Oft lehnte er an der Reling und schaute übers Wasser; oder er lag während warmer Nächte auf Deck und blickte zu den Sternen empor. Manchmal musste er weinen vor Glück, wenn er die Flagge knattern hörte, und der Mond bleich überm glitzernden Wasser stand.

Als die *Hermes* durch die Strasse von Gibraltar dampfte, dünkte es Roland, als schwömme er durch ein Tor, das den Weg ins grosse Abenteuer freigäbe.

„Es wird ein Wetterchen geben“, sagte der Kapitän, jetzt im Bug neben Roland stehend. Das Cap de Finisterre lag südöstlich hinter ihnen. „Der Golf von Biskaya bringt immer hübsche Überraschungen. Hoffentlich wirst du nicht seekrank bis Hamburg!“

Roland schüttelte lachend den Kopf. Der Kapitän stand noch eine Weile neben ihm. Eine steife Brise war aufgekommen. „Na, eine Mütze voll Wind wird dir nichts schaden.“

Später musste Roland in die Kombüse, um dem Koch zu helfen. Er hielt sich gern bei ihm auf.

Jetzt ging die See hoch. Das Schiff schlingerte. Roland klammerte sich an einem Tau fest. Der Bug sackte in grauschwarze Tiefe. Dabei ging das Heck stöhnend hoch. Wie Widder in die Schafherde fielen Winde ohne Ordnung aufs Schiff ein und schüttelten es. Als eine grosse Woge, weissgekrönt vom Schaum, gegen das Schiff rollte, duckte sich Roland, und er sah, wie die Welle drohend innehielt und dann krachend über Deck stob. Roland jauchzte vor Freude, und sein Brüllen ersoff im Heulen des Sturms. Er fühlte wilde Kraft und stellte sich mit weitausgebreiteten Armen dem Wind entgegen, der ihm kalte Spritzer ins Gesicht schleuderte und den Atem nahm.
Keuchend floh Roland in die Kajüte. Seine Augen waren entzündet. „Ein Sturm", rief er, „ein Sturm!"
„Ach was", knurrte Klas und dehnte gähnend seinen mächtigen, tätowierten Brustkasten. Er stützte sich in der Koje liegend auf seinen Ellenbogen, so dass der Bizeps anschwoll. Klas schaute zu Roland, der vorm Bullauge sass und seine Knie mit den Armen umschlang. Aber das Schiff schlingerte so heftig, dass Roland sich überkugelte.
Auf der Koje liegend, liess er sich einlullen. Ihm träumte, ein Polyp zöge ihn mit langen Armen unter Wasser. Grosse, helle Blasen wurden milchig und trübweiss, schwebten hoch und zerplatzten laut knallend auf der Meeresoberfläche. Wie ein Fisch schwamm er, und es währte nich lange, bis er merkte, dass er sich inmitten der roten, gläsernen Kugel befand, die ihn einhüllte, riesig, als umschlösse ihn die Erdkugel. Allmählich verengte sich die Kugel, und Roland wurde zusammengezwängt, so dass er, ausser Atem, seine Beine eng an den Leib gewinkelt anziehen musste wie ein Embryo. Das Blut stürzte in den Unterleib, als die Kugel, aussen rot und innen milchig weiss, wie eine Luftblase durchs Wasser nach oben sauste und an der Meeresoberfläche mit lautem Knall zerplatzte.
Roland wurde aus der Koje geworfen. Klas brummte Unverständliches. Benommen wankte Roland in der Kajüte und begriff, dass es Morgen war und an der Zeit, die Arbeit aufzuneh-

men. Noch immer schlingerte das Schiff. Roland stülpte den Südwester auf und ging an Deck. Es war feucht und kalt, und steif wehte die Brise. Roland schauerte.
Er liebte die Stunde des Morgengrauens. Das Alleinsein auf dem Meer, das er anbetete, war wie unerträgliches Anhalten des Atems. Die Sekunden verfächerten sich, und die Gegenwart lag ausgebreitet und tief wie der Ozean vor ihm. Er summte die Melodie des Wassers und der Ferne. Die Erwartung war gross. Jenseits des Meeres wartete die Hoffnung. Sie drang, als er mit weitgeöffnetem Munde die kühle Luft gierig trank, in seinen erstarkten Körper ein. Er wusste, dass die Musik rot wurde wie eine Rose, deren Duft er schon riechen konnte. Die Blätter waren zart und grün, die Dornen noch weich wie Brustwarzen, und aus der Knospe brach jung die Blume. Sein Plan war gefasst: In Hamburg wollte er die Musik des Berges und die Musik des Meeres aufschreiben.
Er machte sich an die Arbeit; bimmelte mit der Glocke zur Wachtablösung; braute Kaffee; scheuerte die Planken; bediente den Kapitän; besserte Netze aus; rollte Taue zusammen; immer wieder, jeden Tag, sang, träumte, schuftete, und Hamburg, Hamburg rückte immer näher.
Schon passierte man den Kanal, schwamm durch die Strasse von Dover, und die Wellen waren hier nervös und zappelig und schmutzgrau.
Die Nordsee aber spiegelte glatt.
Jetzt arbeitete Roland wild. Grosses Reinemachen begann, und ihm kam vor, als werde nirgends so geputzt wie im Gefängnis und auf einem Schiff.
Die *Hermes* kreuzte vor den Friesischen Inseln, und der Blick nach Norden war frei. Irgendwo, weit oben, in einer Ferne, wo nur die Gedanken hinzureichen vermochten, lag Island.
Als der Frachtdampfer in die Elbemündung einlief, sah Roland die *Bunte Kuh*, die Kurs auf Helgoland und ins Himmelreich der Roten Grütze nahm. Beim Willkomm-Höft dippte man die Flagge. Roland, wieder in seinen Bluejeans, schrie: „Hummel –

Hummel!“ Und die Jungen auf einem plumpen Pott riefen zurück: „Mors – Mors!“
Roland deutete hinüber und sagte zu Klas: „Das gefällt mir! Sieht aus wie ein pittoreskes Schiffer- oder Fischernest. Schau nur die übereinanderliegenden Terrassen!“
„Kenne ich längstens. Das ist Blankenese am Süllberg. Da hat es viele prächtige Parkanlagen. Dort wohnen die Reichen. Das ist nichts für dich.“ Aber Roland nahm sich vor, nach Blankenese zu gehen.
Die *Hermes* drang, nicht mehr mit eigener Kraft, sondern geschleppt, ins Mastengewirr des Hafens ein. Steil und metallisch wuchsen haushoch die Schiffswände empor. Die Schwimmkräne sahen aus wie eiserne Saurier, bedrohlich und wild. Aus dem schwarzen Wasser ragten schwimmende Docks. Neben einem Schuppen ging die *Hermes* vor Anker. Hier roch es nach Kohlen.
„Du hast gut gearbeitet“, sagte der Kapitän. „Willst du mitkommen nach Ceylon?“
„Nein.“
„Na also. Hier hast du eine Anerkennung. Kannst es gewiss gebrauchen. Ihr Künstler seid weltfremd und pflaumenweich!“
„Jede Pflaume hat einen harten Kern. Die Kunst ist grausam, Herr Kapitän!“
An Land öffnete Roland den weissen Umschlag. Er zählte die Noten. Drei Noten. Drei Hunderternoten.
Er ging wie ein Matrose. Seine Schritte waren schlenkernd. Den Brustkorb wölbte er, die Hinterbacken zog er ein, und in den Hüften wiegte er. Beide Daumen staken im Gurt der Bluejeans, und die Finger berührten wie zufällig das unterm blauen Stoff abgezeichnete Glied. Er stand auf der schwimmenden St. Pauli-Landungsbrücke und wartete auf eine Barkasse, mit der er nach Blankenese fahren wollte.

XVIII

Pressluftbohrer knatterten. Der Boden zitterte. Ein neuer Bahnhof, von hinten nach vorne wachsend, frass den alten Bahnhof auf. Rostige Schienen, eine trübe Wasserlache, darin ein schmutzstarrender Gummistiefel. An der Säule lehnte der junge Mann, den Roland, vom Kartoffelacker aus, gesehen hatte.
Roland schlenderte bis zum Abfallkübel neben dem Expressbuffett. Er schaute zum Wartesaal hinüber. Faulend lag eine Bananenschale auf dem grauschwarzen Boden. Hupend rasselte ein orangefarbener Traktor vorbei. Die Bananenschale wurde vom rechten Vorderrad plattgedrückt und nach hinten gewirbelt. Roland trat zu dem Mann, der den fahrbaren Kiosk bediente. Er rauchte eine Maisblattzigarette, die in einer Spitze stak. Mit tiefer Stimme fragte er: „Und der Herr?"
Roland kaufte Schokolade. Er lehnte sich an die Säule und begann zu essen. Der junge Mann war verschwunden. Er konnte sich nicht entschliessen, das graue Haus aufzusuchen; und zu Kissling, dem er seine Kompositionen von Hamburg aus geschickt hatte, wollte er nicht. Wenn Kissling die Musiken verurteilen würde – nein, nein! Roland schob wieder ein Stück Schokolade in den Mund. Er kaute langsam, und er versuchte, die an der Elbe komponierte Musik wieder zu hören.
Manchmal war die Elbe grün gewesen, grau oder schwarz. Oder blau wie die Hoffnung, blaue Schattierungen, blau wie Wollust.

Roland hatte die Musik aufgeschrieben, grüne Musik. Farben auf dem violetten Schirm der Unendlichkeit. Farben im Wasser, aus dem die Musik emporgestiegen. Wenn er die Augen schloss, drang die Musik in ihn ein. Farben hatte er gesehen, Farben. Stäbchen und Kreise zerstoben symmetrisch, teilten und fächerten sich: gitterkassengrün, türenrot, tabaksaftbraun, asphaltgrau, banknotenblau, flussgrün, tränenschnapsklar, malariagelb, anthrazitaugenschwarz, glaskugelkarmin. Farben hatte er gesehen, Musik gehört und Noten geschrieben. Er schrieb die Musik, die sich gestaut hatte und hervorbrach wie Wasser. Die Melodie des Sommers schrieb er für vier Streicher. In einigen Tagen hatte er das Streichquartett vollendet. Dann vertonte er einen Dialog Engidus und Gilgameschs, und er liess sie singen: eine Knaben- und eine Männerstimme. Gebrochenes und Ungebrochenes. Quälende Wiederholungen des Verblichenen, Verscharrten, Verwesenden. Tränen Tränen Tränen.

Er hatte Egil kennengelernt in Blankenese, Egil den Norweger. In einem Fischerhaus war Roland gewesen. Fischerhaus an steiler Treppe. Unten die Elbe; dunkel und langgezogen das Hupen der Ozeandampfer während lichter, kurzer Nächte. In einem Fischerhaus wohnte Roland, in einem weissen Fischerhaus, das bedeckt war mit einem steilen, schwarzen Strohdach. Durch den Hirschpark war Roland gegangen; lag unter alten Bäumen; hatte Blumen gesehen, bunte Blumen, duftende; hatte den Himmel gesehen und die Elbe; hatte die Ferne gerochen. Auf grünen Wiesen lag er mit Egil, der schweigend die Noten betrachtete. Er verehrte Roland, der am Anfang glücklich gewesen; aber als die Musiken vollendet waren, hatte die Traurigkeit ihren dunklen Mantel um Roland gehüllt.
Härener Mantel.
Roland hatte Kissling die Musiken geschickt, bevor er nach Prag reiste: „Eine düstere Musik“, schrieb er dem Meister, „anklagend ist die Musik. Ich habe mein Möglichstes gegeben. Ich habe geopfert. Jetzt bin ich blank wie ein Stein, auf dem, der Sonne

dargeboten, Butter und Honig gelegen, die aufgeleckt worden vom Sonnengott. Ich verletzte die Regeln nicht, Meister, und ich gestaltete, wie Sie es mich lehrten. An einsamem Orte schrieb ich: am Wasser. Ich sah Farben und hörte Musik. Ich wollte die Götter versöhnen. Eine lange Zeit, eine lange Zeit, eine lange Zeit singen die Freunde miteinander. Sie singen, singen, singen."
Aber tief in einer Nacht war Roland aufgestanden und hatte sich mit einer Rasierklinge in die Pulsader geschnitten. Mit bleichem Gesicht und zitternden, furchtbar jungen und knabenhaften Lippen war er vor Egil gestanden, der Roland gepflegt und das Blut gestillt hatte. Mit verbundenem Handgelenk eilte Roland in die Nacht. Wen der Tod nicht will, den speit er aus. Beharrlich folgte ihm Egil, damit sich Roland kein Leid täte. Roland lief über die glitzernde Reeperbahn. Die Schlepper, mit Phantasieuniformen angetan unter Türen stehend, packten ihn nicht am Arm. Und Egil hatte ihn gefunden in einer Bar, wo sich Transvestiten auszogen. Roland hatte verstört zugeschaut, wie das Mädchen, violett beschienen, sich ausziehend zum Jüngling geworden war. „Komm mit", hatte Egil gesagt, und Roland war ihm gefolgt. Später, während kalter Morgendämmerung, sassen sie im Ruderboot auf der Elbe. Grauer Nebel lag überm Wasser. Lungenblutschäumendes Morgengrauen. Roland heulte über das Wasser wie ein Hund. Heulte irrsinnig und langgezogen. Eine unmenschliche Stimme, die keine Worte nach Norden schickte. Frierend kniete Egil vor Roland im Boot. Er flehte, die bösen Geister möchten aus Roland weichen. Eine lange Zeit dauerte der Kampf mit dem Dämon.
Entkräftet lag Roland später im Bett. Er hatte gehustet.
Am Nachmittag versuchte er zu lächeln. „Ich will nach Prag", sagte er zwischen zwei Hustenanfällen, „nach Prag! Praha matka mest – Prag, Mutter der Städte. Ich habe das Meer gesehen, ich habe den Berg gesehen, jetzt will ich die Stadt sehen. Ich will im Sankt Veits Dom knien. Ein Priester erzählte mir von Prag."
Egil bereitete die Reise vor.
Dieb

Narr
Hirt
Schiffsjunge an Bord eines Dampfers.
Egil weinte, als Roland nach Nürnberg verreiste. Er war frei. Die Musik hatte er Kissling geschickt.
Hamburg:
Blutrotes Vergessen
Hermes: Gott der Diebe und der Landstreicher
Geflügelter Hut
Ein Speer
Gelber Harnstrahl spritzt an eine weisse Wand.
Lebewohl sagen: Leb wohl Berg, leb wohl Meer. Die Sterne funkeln. Abschied nehmen, weinen, lockende Töne auf Eustaches Flöte.
Ein Lammfell, eine Flöte, Bluejeans, lange Haare: So stand er auf der Strasse und zeigte mit dem Daumen über die rechte Schulter. Der Hunger pochte im Magen. Ein ägyptisches Ehepaar, Mohammed und Fatima, sie stoppten, lachten, nahmen ihn mit. In Sulzbach-Rosenberg stiegen sie im Weissen Ross ab.
In Pilsen tranken sie Bier.
Und in Prag hielten sie auf dem Wenzelsplatz. Roland war Gast der Ägypter. Sie bezahlten ihm das Hotelzimmer.
In Prag fiel Roland nicht auf. Er fand sich bestätigt, und er lernte Gleichaltrige kennen, die ihn aufnahmen. Ihre Haare waren lang, ihre Kleider waren alt, und ihre Augen glänzten.
Irgendwo spielte Roland auf einem Klavier. Er improvisierte. Er stellte strenge Linien dar.
Die Narbe an der Pulsader begann zu schmerzen, er hustete.
Dann spielte er Bach, das Duetto in e-moll. Gebannt lauschten die Zuhörer. Eine junge Frau wirkte wie entrückt, sass stundenlang reglos, während Roland Fugen aus dem Wohltemperierten Klavier vortrug.
Oder Roland streifte durch Gassen. Er stand auf der Karlsbrücke neben steinernen Säulenheiligen. Die Holzschwellen in der Moldau schützten die Pfeiler vor dem Wasser.

Eines Morgens um fünf Uhr stieg er zum Hradschin empor. Als er oben war, öffnete ein Soldat das Portal. Alleine stand Roland im Hof. Wie zwei Arme zum Gebet erhoben, Urkraft, als ob der Himmel zu stützen sei, reckten sich die beiden Türme des Veitsdomes empor. Eine feste Burg hoch über Prag, das im Dunst schimmert. Der Hradschin ein stummes steinernes Gedicht.

Roland steht im Dom. Durch die Fenster fällt Licht, farbig wie eine Träne, getroffen von Sonnenstrahlen. Er friert. Das Unerbittliche ist Stein. Hier fasst er den Entschluss, Christian exhumieren zu lassen. Sein junger Leib soll nicht neben verfaulenden Leichen liegen. Christian muss im steinernen Grab ruhen. Im Verlies, im achteckigen Verlies, im steinernen Sarg, tief unter der Erde. Die rote, gläserne Kugel wird auf dem Sarg schimmern. Das weisse Klümpchen in der Mitte zufällig geformt wie in Wasser geworfenes flüssiges Blei.
Später irrt er durchs Getto. Im Friedhof, schief und grau, auf schwarzer Erde, stehen Grabsteine, eng nebeneinander schief über Leichen, die siebenfach aufeinandergeschichtet. In die schwarze Erde sind sie eingedrungen, in die schwarze Erde. Kalt wehte der Wind. Einen Stein grub er aus, und einen Stein nahm er weg vom Grabmal des Hohen Rabbis Löw. Roland gelobte, die Steine zurückzubringen, sie auf den Grabstein des Rabbi Löw zu legen, wenn der Wunsch um Wahrheit in Erfüllung gegangen sein würde. Viele Steine liegen schon auf dem Grabstein. Roland hat einen erfüllten Wunsch an sich genommen, einen rötlich gefärbten Stein, kantig. Seine Fingerspitzen sind schwarz geworden.
Die Wünsche wurden deutlich. Atmen wollte er. Menschen finden, die nicht hässlich. Nur ein Bett. Ein schönes Bild an der Wand. Eine Erinnerung. Ein Stein. Ein gläsernes Glöckchen. Eine Kinderzeichnung oder ein altes Buch, von dem man sich nicht trennen will. Ein Hauch von Traurigkeit vor dem Fenster, Nebel, ein Zug, der vorbeifährt. Etwas Grünes. Lodernde Astern. Flammende Geranien.

Nur nicht sterben
Bitte noch einige Jahre
Nur wenig: Drei Jahre. Keine Minute sei vergeudet. Nicht sterben! Nicht diese Woche, nicht nächste Woche. Noch drei Jahre, und dann verglühen in der Weltnacht. Frieden Frieden Frieden. Menschen kennen, die lieben.
In der Frühe durch den taufrischen Wald, dessen Blätter jung und grün. Ein guter Gedanke, gehend gezeugt.
Nicht sterben jetzt! Das Gilgameschepos vertonen. Drei Jahre gereift wie guter Wein. Er will niemanden hassen. Nur ein kleines Zimmer will er, ein Klavier, das dünn wie Seidenpapier klingt. Vielleicht eine Katze. Er liebt Katzen.
Roland zerriss das Schokoladepapier in kleine Fetzen, die er fallen liess. Er trat auf die faule Bananenschale und verliess den Bahnhof.
Der Tag war grau und kühl. Vor dem Gefangenenturm verkaufte der Maronehändler Spanische Nüsse und heisse Kastanien, deren Duft sich mit dem Nebel vermischte. Roland vertrödelte die Zeit und blieb abermals stehen, um den Herbst zu riechen. Ziellos ging er unter den Lauben; doch er begann den Kreis, nachdem er auf der Brücke gestanden und zum flaschengrünen Fluss hinuntergeschaut hatte, enger um das graue Haus mit roter Tür zu ziehen. Endlich stand er im düsteren Hof. Hochaufgestapelt der Harassenturm. Roland streichelte das schwarze Kätzchen. Es schnurrte laut und behaglich. Zwei Mädchen in abgeschabten Pullovern verschwanden im dunklen Flur. Das Glas, an dem die beiden Mädchen ihre Nasen plattgedrückt hatten am ersten April, war gesprungen und trübe. Jemand hatte das rostige Abflussrohr grün gestrichen und die Regenrinne ausgepflastert. Roland öffnete die rote Tür. Er schnupperte. Kohl und Urin. Langsam stieg er empor. Die zweitoberste Stufe wackelte nicht mehr. Die grüne Türvorlage, worunter früher der Schlüssel gelegen, fehlte.
Er las:
Müller

Müller?
Zur Wirtin! Schnaps, Kartoffelschnaps, Tränenschnaps, nächste Furche.
MARIA PEDRONI FRÜCHTE UND GEMÜSE
Krumme Gasse:
„Schnaps Schneps Schnips Schnops Schnups!"
„Ei der Roland!"
„Hallo, Hallo, Frau Wirtin!
Hurra die Filzlaus!
Frau Wirtin kannte auch 'nen Roland,
der war so glücklich fallera,
der kehrt zurück ins Vaterland,
trillullalla, trala!"
„Wie Ihr ausseht, Roland –"
„Was denn! Was denn! Wo bleibt der Wasserklare? Durchsichtig wie Piss nach sieben Liter Bier? Wo? Tränenrein wie das Wasser der Nordsee? Wo? Einen Liter Schnaps, her damit, denn ich berapps!"
Er trank.
„Ihr wisst, dass Eure Mutter –"
„Ach ja. Zuerst Maria, dann ich mit Maria, dann der Besuch meines Vaters und jetzt meine Mutter. Beglückend ist das, beglükkend!"
Er schlug mit der Faust auf das Wachstuch. Die Wirtin wackelte mit dem Kopf und sagte: „Ich meine: Eure Mutter ist krank!"
„Schnauze halten", brüllte Roland. Er schüttete sich Schnaps in ein Wasserglas und trank. Die Wirtin hob den Zeigefinger; aber Roland trank gierig weiter.
Später wankte er hinaus, und Maria, im Laden, liess vor Schreck eine Banane fallen, als sie Roland eintreten sah. Er stand schwankend vor dem Ladentisch und lallte: „Haben Sie auch Käse? Irgendeinen Käse: Emmentalerkäse? Schweisskäse? Fusskäse? Es kann auch Edamerkäse sein, rund wie Ihre Brüste, Fräulein Pedroni. Mein Gott, sind Sie rund geworden, Fräulein Pedroni!"
„Kein Wunder", rief die harte Stimme aus dem Hintergrund,

„Fräulein Pedroni geht in der siebzehnten Woche schwanger. Der siebte Juli ist ein fruchtbarer Tag."
Ruben erschien. Er stand unter der Tür. Die schwarzen Augen blickten starr. Das Gesicht war marmorhart. Der Schädel, zwiebelfarben, war kahl geschoren. Ein schwarzer Schimmer, wo früher Haare gewachsen, bedeckte die Kopfhaut. Spitze Zähne glitzerten hinter zinnoberroten Lippen. Achilles knurrte.
Roland ernüchterte, als die Lähmung durch die Beine hinaufbis in den Bauch wuchs. Er stützte sich auf den Ladentisch. Ruben zog die linke Augenbraue hoch. Er sagte: „Du warst auf dem Berg, du warst auf dem Meer, du warst in der Stadt. Aber ich, ich werde dich in einen Bezirk schicken, den du noch nicht kennst!"
Maria ging ängstlich zur Ladentür und drehte den Schlüssel. Wladimir flatterte in den Laden und krallte sich an Rubens Schulter fest. Der Rabe hielt den Kopf schief, riss den Schnabel auf, krächzte. Er hüpfte auf der Schulter hin und her und spreizte das Gefieder. Ruben fuhr fort: „Mein Fleisch und Blut verdaut man nicht so leicht. Und dein Blut auf der Ziegenhaut ist nicht verblichen. Wenn ich nicht irre, liegt ein Lammfell auf dem Ladentisch. Weisst du, wie man Astrachanpelz gewinnt? Ich will es dir sagen." Aber Ruben sah Maria an, als er sprach: „Man prügelt trächtigen Mutterschafen die Lämmer aus dem Leibe. Das Fell abgetriebener Frühgeburten ist kostbar."
„Nein", flüsterte Maria, „nein!" Sie lehnte bleich an der Ladentür.
Ruben blickte Roland wieder starr an, als er fortfuhr: „Du hast gemeint, frei zu sein, seit dem siebten Juli. Du wolltest Erlösung. Du suchtest. Was hast du gefunden? Wie ist der Ertrag? Zeige dein Handgelenk! Eine Narbe. Zeige deine Brust! Zwei Narben unter der linken, dornigen Warze. Du bist zurückgekommen. Du wurdest erwartet, und du kommst zurück. Deine Mutter, in der Mansarde, stirbt langsam und qualvoll. Geh hinauf, noch ist sie nicht tot. Du fragtest mich einmal, wer ich sei; aber du vermöchtest deiner Mutter nicht zu sagen, wer du bist."

Roland lehnte noch immer am Ladentisch. Die Banane, die Maria hatte fallen lassen, lag auf dem Boden. Wladimir krächzte. Achilles knurrte. Roland ging langsam auf Ruben zu. Sie standen einander gegenüber, drohend standen sie sich gegenüber wie droben im schmutzigen Korridor, an dessen Wand Röhren, worin es stöhnt, wimmert, weint. Ruben zuckte blitzschnell mit der Hand und kratzte mit fünf Krallen über Rolands Wange. Roland keuchte, und Ruben war ruhig. Achilles bellte wau, und Wladimir krächzte krä.
Die fünf Kratzspuren wurden rot auf Rolands Wange. Ruben trat zum Ladentisch, auf dem das Lammfell lag. „Berühre es nicht!" schrie Roland; aber schon hatte Ruben im Fell gewühlt, die Flöte gepackt und entzweigebrochen, so dass es laut knackte.
Die Tränen stürzten in Rolands Augen, sein Magen zog sich zusammen, der Schnaps brach aus dem Munde und spritzte in hohem Bogen gegen den Ladentisch.
Maria weinte lautlos. Roland verliess gebückt den Früchte- und Gemüseladen und stieg die Stufen hinauf zur Mutter. Er trat über die Schwelle.
Sogleich sah er nebem dem Bett das schäbige Köfferchen; und am Nagel hing der rotgefütterte Regenmantel. Auf dem Kissen aber sah er weisses Haar; wächserne Haut; grosse, glänzende Augen tief in den Höhlen.
„Bub!"
Roland sah die Hand deutlicher. Eine weisse Hand ohne rote Risse: eine fremde, wächserne, durchsichtige Hand.
„Mutter."
Ihre weissen Haare klebten an der Stirne. Die Nase war spitz. Die Mutter sagte mühsam: „Endlich bist du da. Ich habe ja gewusst, dass du kommen wirst. Schau mich an."
Roland blickte seine Mutter an. Dann sah er weg und gewahrte den Rosenkranz auf der Bettdecke.
„Ich habe für dich gebetet. Der Schutzengel hat dich behütet. Ich – ich bin wohl sehr schwach." Bei diesen Worten lächelte sie und streichelte Rolands Wange. Die Mutter bemerkte Rubens Kratz-

spuren nicht. „Nun bist du da“, sagte sie, „das ist gut.“ Ihre Stimme verlor alle Kraft. Sie flüsterte: „Ich hoffe, du bist auf dem rechten Weg geblieben. Komm!“ Roland beugte sich nieder, und zitternd streichelte der Zeigefinger seiner Mutter das Kreuz auf Stirne, Mund und Brust. „Im Namen des Vaters und des Sohnes und des Heiligen Geistes, Amen.“
Roland sagte leise: „Weisst du noch, wie du mir Geld gabst fürs Kino? Das waren für mich schöne Nachmittage. Dabei hätte ich die französischen Filme gar nicht sehen dürfen. Und weisst du noch, wie du mir einen Überwurf nähtest, einen braunen Überwurf, als ich im Weihnachtsspiel den Josef spielen durfte? Es schneite. Lustige Flocken wirbelten. Und manchmal, am Freitag, gingen wir in die Herzjesumesse.“ Roland blickte über die roten Dächer.
„Ich weiss, Bub, ich weiss“, sagte die Mutter.

XIX

Am 28. Oktober begrub man die Mutter. Der schlichte Sarg verschwand in der Erde. Der Nebel weinte. Die nackten Bäume waren kahl und feucht. Kalte Erde kollerte auf den Sargdeckel. Der Vater schluchzte wie ein Kind.
Leise begann es zu regnen. Feiner Regen, durch die Kleider dringend, durch die Haut, durch die Knochen, ins Mark. Kies knirschte unter den Schuhen. Graue Friedhofwege. Links und rechts Grabsteine. Schief und grau Kreuze weit hinten, vom weinenden Nebel verhüllt. Sprühender, haardünner Regen. Durchdringend krähten die Raben in das stumpfe Grau des feuchten und kalten Morgens hinein. Krä krä krä schrien die Raben und krallten sich fest an verkrüppelten Gliedern laubloser Bäume.
Roland blieb auf dem Friedhof. Er irrte hin und her, stolperte über Grabhügel, fiel auf Blumen. Er suchte Christians Grab. Er fand es. Er kniete nieder. Er kratzte mit den Händen Erde weg. Wie ein Hund kratzte er. Die Erde spritzte hoch. Kratz! Du! Tiefer! Mit der Stirn schlug er ans Kreuz. Er riss das morsche Kreuz aus und benutzte es als Spaten. Und so grub er. Tiefer! Ans Tageslicht mit dem Freund!
Zwei weissmaskierte Männer packten Roland. Sie schleppten ihn fort. Seine gelben Augen flackerten irrsinnig. Der Nebel schimmerte blau. Stumm und steinern ragte der Turm des Domes hinauf ins Unendliche. Fledermäuse flogen geräuschlos weite Krei-

se. Aus dem Leibermeer des Jüngsten Gerichts stieg blau der Hermaphrodit. Die Erscheinung blendete dermassen, dass Roland die Augen schliessen musste:
O du gerechter Gerichtsherr, wie gerecht und hart sind deine Urteile; mich anklagend und hart verurteilend, erbärmlich, in solchen Dingen, derentwegen wenig Leute anklagen oder sich fürchten, da sie doch klein und gering scheinen. O der furchtbare Anblick des gerechten Gerichtes, das jetzt aus Furcht vor mir steht und plötzlich in Wirklichkeit kommen wird.
Allmählich verblasste das strahlende blaue Licht, und es wurde schummrig weiss und trübe. Mit sanfter Gewalt zogen die maskierten Männer Roland weiter und brachten den Widerstrebenden in den langen Korridor, aus dessen gekachelten Wänden weisses Licht tropfte. Ein Milchglasfenster wurde aufgerissen. Hinter dem Schalter grinste Ruben. Sein Kopf war entfleischt und hautlos: ein nackter, glänzender Totenschädel. Zwei dunkle Augenhöhlen.
Rubens Stimme: „Was suchst du hier?"
„Befreiung."
„Hast du das entsprechende Formular X 35719 ausgefüllt?"
„Nein."
„Also musst du ins achtundzwanzigste Stockwerk. Das ist notwendig; denn das, was man Tod nennt, ist jetzt gekommen. Dein Körper lebt zwar, aber die Seele irrt. Erkenne, wenn hier das ungewisse Erleben der Wirklichkeit dämmert, dass alles Spiegelbild eigenen Bewusstseins ist."
Ruben schlug das Schalterfenster zu.
Roland irrte durch die langen, weissen Gänge: gerade manche, andere verschlungen wie Därme: Labyrinth. Die zwei Männer, nun in weissen Schürzen, packten Roland und führten ihn zum Grossinquisitor. Auf der Tür stand GENETISCHE ABTEILUNG. Der Grossinquisitor wartete mit aufgekrempelten Hemdsärmeln. Er lächelte und sagte: „Ich heisse Grün!" Roland gab keine Antwort. Er musste in die Spermabank hinüber.
„Wir sind hier in der genetischen Abteilung Überleben. Keine

Widerrede bitte! Wir lagern Erbgut atomstrahlensicher. Wollen Sie sich doch bitte freimachen! Hier, ein tintenbeflecktes Lineal. Tun Sie Ihre Pflicht!"

Roland tat, wie ihm befohlen. Der Grossinquisitor schaute zu. Er nahm die Platinschale entgegen und sagte: „Sehr schön. Wir müssen überleben. Nach dem Atomkrieg können wir kein geschädigtes Erbgut brauchen. In Bleikammern – vorzügliche Halbwertdicke – bewahren wir männliches und weibliches Erbgut auf." Der Grossinquisitor reichte die Platinschale einem Wesen. Er sagte: „Zur Auswertung Abteilung Jünglinge. Hier wird konserviert, eugenisiert, genetisiert, spezialisiert."

Das Wesen trat ein und meldete, dass die Zählung 321 028 414 Samenfäden ergeben habe.

„Sehr schön", sagte der Grossinquisitor. „Vor dem Schalter kamen Sie um Befreiung ein. Dieser Wunsch wäre nun erfüllt. Sie können den Stein auf den Grabstein des Hohen Rabbis Löw zurücklegen. Treten Sie jetzt bitte auf dieses Fliessband, denn Sie müssen das Formular X 35719 ausfüllen."

Das Fliessband beförderte Roland durch einen langen, geraden Korridor. Alle Milchglasfenster, in regelmässigen Abständen an den weissen Wänden, sahen gleich aus. Plötzlich stoppte das Fliessband. Das Fenster öffnete sich. Ein weissgepuderter Kopf lag auf dem Platinteller. Roland hörte: „Formular X 35719 liegt vor Ihnen. Bitte sprechen Sie deutlich! Name?"

„Vergessen."

„Vorname?"

„Vergessen."

„Geburtsdatum?"

„Vergessen."

„Eltern?"

„Vergessen."

„Adresse?"

„Vergessen."

Veranlagung?"

„Vergessen."

Der Boden wich unter Roland. Er fiel hinunter in einen Schacht. Die zwei Männer in den weissen Schürzen erwarteten ihn. Sie führten Roland in einen Saal, wo sie ihn an einen Stuhl fesselten. Hinter dem Stuhl stand eine Stahlröhre. Aus ihrer Mündung züngelten rote Schläuche. Die zwei Männer stöpselten die Schläuche fest an dem Stirnband, das sie Roland umgebunden hatten. Neben Roland befand sich ein weisses Metallpult mit Knöpfen. Ein Papierstreifen lag auf dem Pult. Die Tür öffnete sich. Herein trat der Grossinquisitor. Er schritt zum weissen Pult. Der Papierstreifen raschelte. Roland konnte sich nicht bewegen. Er stöhnte. Der Grossinquisitor diktierte den zwei Männern: „Das occipitale Elektroenzephalograph ergibt einen unregelmässigen Aspekt der kleinen Betawellen, Alphawellen von hoher Amplitude, hundert Mikrovolt."
Roland schrie: „Ich suche Befreiung!"
„Suchen Sie Ihren Freund?"
„Ja!"
„Darauf kommen wir zurück."
Die zwei weissen Männer befreiten Roland. Der Grossinquisitor fragte: „Warum folgten Sie vor dem Dom nicht dem strahlendblauen Licht? Sie wissen doch genau, dass dieses schmutzigweisse Licht der schlechtere Weg ist, und Sie folgen ihm trotzdem?"
„Video meliora proboque: Deteriora sequor."
„Notieren Sie! Patient spricht lateinisch, zitiert Ovidsche Metamorphose sieben, zwanzig bis einundzwanzig, Worte Medeas zu Jason."
„Nicht Medea! Gilgamesch!"
„Meinen Sie Engidu? Niemand soll man glücklich heissen, bevor er gestorben und begraben ist."
Roland spuckte den Grossinquisitor an. Schaumroter Speichel. „Man ziehe ihn aus!" Die Männer rissen Roland die Kleider vom Leib. Mit seiner roten Badehose angetan stand er vor den Peinigern. Der Grossinquisitor fragte: „Wo ist Christians blaue Badehose? Antwort!" Roland blieb stumm. „Ins Bad mit ihm", befahl

der Grossinquisitor. Auch die Badehose zogen sie ihm aus, und sie stiessen ihn ins Wasser. Die zwei Männer schnitten Rolands lange Haare ab. Er schrie und wehrte sich. Dann zog man Roland eine Zwangsjacke an.

„Zum Direktor! Die Regeln befehlen, mit tiefer Verbeugung einzutreten!“ Die Wärter führten ihn zum Direktor. Roland trat ein und verbeugte sich tief. Als er aufblickte, sah er den dicken Herrn, der hinter einem pompösen Schreibtisch wuchtete. Der Direktor ordnete umständlich die Akten. Auf der Stirne perlten Schweisstropfen. Er verzog den fleischigen Mund, als er Roland sah, und schien sich zu ekeln. Asthmapfeifend stöhnte er: „Schon wieder so ein junger und hübscher Angestellter.“ Er seufzte und schleuderte sich eine rosarote Pille in den Mund. Mit Wasser, das er im Mund hin und her sprudeln liess, schluckte der Direktor die Pille.

„Herr Dr. Grün, wollen Sie uns doch bitte verlassen!“ Der Grossinquisitor entfernte sich. Unter der Tür sagte er: „Die Anamnese ist noch unvollständig!“

Der Direktor blätterte in den Akten. Dann keuchte er asthmastöhnend: „Treten Sie näher, mein *lieber* Roland Steinmann! Ach Gott, ich hoffe, dass Sie uns keine Schwierigkeiten machen! Ich hoffe das sehr. Der Jugendanwalt Leibundgut und Herr Dr. Servais hatten nur eine sehr geringe Meinung von Ihnen. Was für Zeiten!“

„Servais schielte, und er griff uns, gemeine Fragen stellend, an die Genitalien.“

Der Direktor wackelte mit dem Bauch. „Mein *lieber* Roland Steinmann, das tut Herr Dr. Servais nicht, jedenfalls nicht grundlos. Vielleicht gehört es zu seiner Therapie. Das kann man nicht wissen.“ Er wischte sich den Schweiss von der Stirn. Dazu brauchte er ein buntes, nach Kölnischwasser duftendes Taschentuch. „Es hat keinen Zweck, dass Sie lügen! Das Gedankenprotokoll liegt vor mir. Sie können nichts zu Ihrer Entschuldigung vorbringen, nichts, gar nichts. Sehen Sie, alles liegt vor mir: das Mass aller Dinge!“ Er keuchte.

„Kautabak", sagte Roland leise.
„Wie bitte?"
„Kautabak!"
„Ach so – ja – Kautabak."
Der Direktor nahm einen Gummiknollen zur Hand, einer Klistierpumpe ähnlich, riss den Mund auf und stäubte sich, den Gummiknollen zusammenpressend, eine Flüssigkeit, die aus der Kanüle spritzte, in den Rachen. „Also, mein *lieber* Roland Steinmann, ich will Ihnen auf die Spur helfen! Ihre Mutter ist gestorben. Die juvenile Paralyse ist kein Apfelkuchen."
„Karfreitagsgas!"
„Ich verstehe immer Gas. Ich dachte, Perduzzi habe sich erhängt."
„Alraunwurzel."
„Wie ist das mit der Alraunwurzel?"
„Sie entsteht aus dem Samen eines Erhängten."
„Das habe ich mir doch gleich gedacht! Steinmann, Sie haben sich verraten", schrie der Direktor und las in den Akten. „Haltloses Individuum! Sittlich und ökonomisch gefährdet und gefährdend. Stahl Geld aus einer grünen Gitterkasse, verführte im Beichtstuhl des Domes hinter einem grünen Vorhang den Klassenkameraden Christian zur Unzucht, floh, belog den Portier, einen ehrbaren Mann, siebenundzwanzig Jahre im Dienst, woselbst ergraut, hin und wieder ein Bonbon lutschend, weil Gegner jeglicher Nikotika –"
„Elender Voyeur!"
„Unterbrechen Sie mich nicht! Nikotika, Nikotika, aha, ja, gab sich als Peter König aus, betrachtete den nackten Christian mit schamlosen Blicken, warf sich auf ihn – belog den Jugendanwalt Dr. Leberecht Leibundgut, trieb Unfug in der Beobachtungsstation, schändete auf dem Friedhof das Grab Christians, beschädigte ein sehr schönes Holzkreuz!" Der Direktor schlug mit der Hand auf das Aktenbündel, starrte zu Roland, der in härener Zwangsjacke vor ihm stand, und flüsterte mit Anstrengung: „Bekennen Sie sich, mein *lieber* Roland Steinmann, endlich schul-

dig, oder muss ich weiterlesen? Ich, Direktor Abendrot, will hier Ordnung! Ich beschäftige Hunderttausende von Angestellten, aber so renitent ist sonst niemand! Ordnung! Gerechtigkeit!" Seine Augen quollen aus den Höhlen, und die Brille schwebte zur Decke. Abermals betätigte der Direktor die Pumpe und schluckte eine rosarote Pille. Mit dem Zeigefinger drückte er auf einen grünen Knopf. Der Direktor schien am Ende seiner Kraft.

„Direktor Abendrot?"

„Man bringe den Delinquenten zum Verhör! Er will nicht gestehen, er will einfach nicht gestehen!" Der Direktor jammerte: „Ich bin tot! So kann das nicht weitergehen."

Die zwei Wärter boxten Roland hinaus. „Auf die Rutschbahn", brüllte jemand. Wind sauste um Rolands Ohren. Kopfvoran und zischend versank Roland im Wasser des grünen Flusses. Das Licht im Wasser strahlte. Roland ertrug die Blendung nicht, und er floh ins trübe, rauchartige Lichtqualmen, das von unten her aufstieg. Aber die zwei Wärter verfolgten ihn. Sie waren jetzt mit Lendenschürzen bekleidet. Haarig die Brüste. Mordgierig die eckigen Gesichter. Die derben Stiefel blutverspritzt und eiterbeschmiert. Roland verfiel in Zorn. „Du hast das blaue Licht gemieden, und du hast das weisse Licht gemieden. Dein Zorn hilft nichts! Folge uns!" Aber Roland wehrte sich. Da packten ihn die Wärter, und sie schleppten ihn ins Verlies, und sie fesselten ihn und warfen ihn auf den steinernen Sarg. Mit der gläsernen Kugel schlugen sie auf Rolands Kopf ein, so dass es dumpf dröhnte.

Der Grossinquisitor betrat das Verlies. Die zwei Wärter küssten die Schuhe des Grossinquisitors, der, mit Gummimantel und Strahlenschutzmaske, gewaltig gross vor dem steinernen Sarg stand.

Unerträglich helles Licht begann Roland zu blenden. Er hörte: „Die Strahlen durchdringen Ihren Leib. Sie sind vollkommen durchsichtig. Ich sehe Ihre Eingeweide, die angegriffenen Lungen, die Spirochäten im Gehirn, Samen in den Lenden, Darmflora, Gedanken, Bazillen, den See Ihres Blutes, den Prozess Ihrer

Verdauung, die Landschaft Ihrer Knochen, den Bezirk Ihrer Seele im Zwerchfell, ich sehe alles. Jeder Organismus weist sein eigenes Schwingungsmass auf; ist dieses Schwingungsmass bekannt, so kann der Organismus oder die Form zerlegt werden."
Gewaltig stand der Grossinquisitor vor dem steinernen Sarg. Die gläserne Kugel schwebte über Roland. Die zwei Wärter verhüllten ihr Antlitz.
Der unentbehrliche Feind ist allgegenwärtig. Segle übers Wasser, hinüber, hinüber zu den Vätern, die verfluchte Geschlechter zeugten. Ungeborene Lust: Onanie ins Daunenkissen. Kein Weinen der Mutter, die, unvollkommen, ihr Kind gebären muss. Schafe werden geprügelt, bis die Embryos aus den zuckenden Wurflefzen fallen. Stummer Aufschrei der Erde. Sie hat dich gepackt, die Erde, sie hat dich gepackt. So baue ein Schiff und nimm alle Wesen mit dir. Du dringst durch Wasser Erde Feuer Luft in die ursachlose Ursache.
Roland sagte: „Ich bin unschuldig."
Die Stimme des Grossinquisitors widerhallte im Gewölbe des Verlieses: „Man liefere Roland Steinmann der Erde aus. Er soll sich hüten! Die Bewachung ist streng."
Die Wärter befreiten Roland. Das trübe, rauchfarbige Licht wirbelte weich, als Roland hinaufstieg. Je höher er stieg, um so strahlender leuchtete das gelbe Licht. Fern im Süden sass Eustache nackt auf einem Esel und blies auf der Flöte. Noch blendete das Licht gelb und strahlend. Roland schützte seine Augen mit den Händen, und das bläulichgelbe Licht aus der Menschenwelt zog ihn an. Er folge selbstherrlich dem trüben, gelben Licht und ahnte den Pfad seiner Erinnerung, dem er nicht zu widerstehen vermochte.
Er atmete gierig die vermeintliche Freiheit ein. Auf der Brücke stehend, presste er seinen Leib an das Geländer und sah zum flaschengrünen Fluss hinunter. Dann wandte er sich um, glättete den rotgefütterten Regenmantel, lehnte rücklings am Geländer und wartete mit verschränkten Armen.
Später eilte der durch die Zeit. Weinende Nebel befeuchteten die

Lider. Neben der Waage lag ein zerbrochenes Rad. Roland betrat die Waage. Er steckte ein Geldstück in den Schlitz. Im Innern der Waage begann es zu schnurren und zu summen und zu stöhnen. Krachend spie die Waage ein Kärtchen aus, auf dem geschrieben stand: Du wirst dich treffen. Roland sagte der Waage: „Einmal hing ich am rostigen Abflussrohr. Ich liess mich fallen. Doch der Abstand zwischen mir und mir blieb derselbe."
Er begegnete sich in einer engen, gläsernen Gasse. Langsam trat er sich entgegen. Vier gelbe Augen sahen sich an.
„Das bin ich?"
„Ja, das bist du."
Sie vereinigten sich.
Roland, eingeklemmt zwischen Glaswänden, kletterte empor. Er stemmte seine Füsse an die gegenüberliegende Wand. Mit dem Rücken fand er Halt an der Mauer hinter sich. So stak er im Zwischenraum. Er griff nach oben. Sein Körper hing an den Fingerspitzen. Er tat den Klimmzug. Der Körper bäumte sich auf, schwebte in der Luft, fiel hintüber, und Roland, auf dem Bauch liegend, blickte stumm in den Abgrund.
Er stand auf. Weite, ockergelbe Wüste, endlos, ein glashartes Sägemehlmeer. Zwei Tränenschienen flossen silbern bis zum Horizont.
Eine leere Tram rasselte über die Schienen. Roland verfolgte die Tram, umklammerte den Griff, schwang sich auf die Plattform und streckte die Zunge hinaus. Die Tram fuhr ohne Führer. Nur Roland stand im Wagen, der sich dem Rummelplatz näherte.
Der Platz war menschenleer.
Das Rösselspiel drehte sich, und die Pferde, hölzern, mit aufgerissenen Mäulern und gläsernen Augen, wirbelten im Kreis herum. Die leeren Schaukeln pendelten hin und her. Klappernd drehte sich das Riesenrad, dessen Gondeln verlassen; und die Himalayabahn flitzte in den Tunnel, fuhr verborgen im Kreise, sauste wieder aus dem dunklen Loch, und wieder hinein, und wieder heraus, und glitzernd, auf dem straffgespannten, dunkelblauen Segeltuch, wirbelten, von einer sich drehenden, ange-

leuchteten, silberglänzenden, in tausend Facetten geschliffenen Kugel geworfen, kalte, gleissende Sterne. Die Wägelchen der Geisterbahn, huiiii, setzten sich von selbst in Bewegung, rasten gegen die Klapptüre, deren zwei Flügel auseinanderschnellten ob des Anpralls und, als die Wägelchen im Innern verschwunden, wieder, knarrend hin und her wippend, zufielen. Knatternd auf den Gleitrollen, die ein Vorwärtsfahren unmöglich machten, schaukelte ein rotes Motorrad, das sich selbst im Gleichgewicht hielt. Die Fahrkojen der Achterbahn, hoch oben, rasten auf den Schienen des Eisengestrüppes hinauf und hinunter. Im Hintergrund der Schiessbuden, die Zielscheiben: als Gänse, Hühner, Hunde, Schafe, Hasen am Fliessband befestigt, wackelten unentwegt ihren Kreislauf, ohne dass jemand nach ihnen schoss, damit sie hintüberfallend dem Schützen eine papierene Rose brächten. Die Putschautos irrten ziellos auf der violett stählernen Fläche umher, und die Bügel schabten sich am Drahtgeflecht funkensprühend wund.
Roland umklammerte seinen Hals. Zuckerwattenschaumigschleimigfade zog sein Magen sich zusammen. Er lief über den menschenleeren Platz. Hin und her rannte er, kreuz und quer rannte er, hin und her, auf und ab, im Kreise, drehend, drehend, hin und her, kreuz und quer, Mauern fallen auf ihn nieder, eine Budenstadt stürzt ein, dunkle Münder, ihn verschlingend, Treppen ohne Stufen, Schlitten ohne Kufen, Mühlen ohne Steine, Stühle ohne Beine, Räder ohne Reifen, Männer ohne Steifen, Häuser ohne Fenster, überall Gespenster, menschenleerer Rummelplatz.
„Cigares! Cigarettes!"
Drehendes, wirbelndes Rösselspiel, glühend die Achse, wipp wapp die Schaukeln, knirschende Putschautos, und rundherum nichts als Nichts und ockergelbe Leere.
Roland rannte um den Rummelplatz, rundherum und hin und her und kreuz und quer. An eine Schaukel klammerte er sich, liess sich über preussischblaue Stoffwellen schleifen, und das Riesenrad, klappernd, drehte sich, und Roland hing an einer Gondel

über der ockergelben Fläche, und die Himalayabahn verschwand im Tunnel, der dunkel lachte, als Roland auf dem Rösslein, hüpp hüpp hüpp, dem hölzernen, hüpp, dem hölzernen mit gläsernen Augen, hüpp, mit wehendem Schweife, hüpp, Galopp im Kreise rund im Kreise rund. Gänse Hühner Lämmer Tränenschnaps.
Nächste Furche.
Roland schaute über den Rummelplatz. Klipper klapper das Riesenrad. Drehendes Rösselspiel. Himalayabahn. Wipp wapp die Schaukeln. Eisengestrüpp der Achterbahn. Schiessbuden. Nagelbretter, Türkenhonig, Zuckerwatte – nein – nein – nein!
Er verbarg das Gesicht in den Händen. Er stand vor einer Bretterbude. WACHSFIGURENKABINETT las er. Auf dem hölzernen Podium stand metallen stumm ein Roboter. Plump seine eisernen Gelenke. Ein schwerer Roboter, ein riesiger, ein eiserner, ein geschlechtsloser.
Das Menschenähnliche
Eine Möglichkeit
Möglichkeit Mensch
Roboter
Roland entblösste sich vor dem Roboter. Aber der Roboter bewegte sich nicht. Roland überwand die Furcht, bestieg das Podium und presste seinen entblössten Leib an das kalte metallische menschenähnliche Gefüge.
Kaum hatte er dies getan, krachte es im Innern des Roboters. Funken sprühten hinter den Glasaugen. Kreischend hoben sich die eisernen Arme und umarmten Roland. Er wurde schlapp vor Angst. Wimmernd hing er in der Umarmung des Eisenriesen, der nicht atmete und nicht verdaute. Im Innern des Roboters krachte es wieder. Die Gelenke knackten metallisch. Die eiserne Faust hieb Roland gegen den Rücken. Roland wurde in das Zelt geschleudert. Unendlicher Raum. Der Roboter hieb die Faust gegen den Rücken. Roland taumelte in sein Leben hinein. In den Nischen waren die Sekunden des Lebens erstarrt aufbewahrt: wächserne Figuren.
Roland sah seine Mutter im Bett. An ihrer kargen Brust saugte die

Frühgeburt Roland Milch. Er wollte verweilen und seine Mutter berühren. Aber der Roboter stiess ihm die eiserne Faust gegen den Rücken.
Von Nische zu Nische musste Roland eilen, und er musste die wachserstarrten Geschehnisse seines Lebens sehen. Nur eine Sekunde durfte er in eine Nische schauen. Dann musste er weiter und weiter, von Furche zu Furche –
Nächste Furche –
Dort kniete er auf dem Bett. Tintenbeflecktes Lineal.
Facetten des Lebens: jeder Gedanke, jeder Wunsch, jedes Erlebnis war wächsern aufbewahrt. Mit schweren Schritten folgte der Roboter beharrlich durchs Panoptikum des Lebens.
Weiter!
Fett der Jugendanwalt Leibundgut hinter dem Schreibtisch. Die Zunge hing aus dem Mund. Roland hatte Leibundgut erwürgt, damals, in Gedanken; und der Stift lag zerstückelt auf dem Boden neben der grünen Gitterkasse.
Wünsche, Jahrringe, ein schäbiges Köfferchen, Schokolade und Seife. Drohend und knallend die Schritte des Roboters. Roland eilte von Nische zu Nische. Er verzagte. Er wollte zurück. Aber der Roboter hieb die eiserne Faust gegen das schmerzende Kreuz.
Weiter!
Roland taumelte an den Wachsfiguren vorbei. Perduzzi hing am Fenster. Fahl sickerte der Morgen ins Viererzimmer. Das Leben nahm kein Ende. Er lag vor dem Gasofen. Die Mutter stand neben ihm. Das Leben führte weiter.
Hunderttausend Facetten des Lebens. Ein blutroter Name auf schneeschmutzigem Grunde des Pergaments. Aufsausend der Turm des Domes. Jüngstes Gericht. Der Beichtstuhl. Das Gesicht des Knaben Veit zur Wand gekehrt. Und der Priester liebkoste einen nackten Knabenleib. Im gläsernen Bach lag Eustache. Roland wollte ihn berühren. Aber der Roboter stiess ihn weiter in die Sekunden des Lebens hinein, in die aufgefächerten Sekundenphasen abstruser Träume und wilder Wünsche:

Roland als Lokomotivführer, Rennfahrer, Lehrer, Priester, Palastbesitzer, Tänzer, Musiker, Arzt, Wollüstling, Verführer, Bergsteiger, Zauberer, Strafender, Richter, Held, Schauspieler, Feldherr, Weltbeherrscher, Klassenprimus, Athlet, Maler, Universalgenie, Ruderer, Schwimmer, Allerweltskünstler, Filmstar, Artist, Seiltänzer, Geliebter, Uterusgedanken – violettes Gewölbe, unendlicher Raum. Das Leben war ohne Ordnung. Gedachtes, Erlebtes, Gewünschtes, Erlauschtes, Vorgestelltes, Geträumtes vermischten sich. Die Reihenfolge war ohne Sinn. Lügen, Grimassen, Spekulationen, Möglichkeiten waren wirr aufgereiht an der Lebensschnur.
Von Nische zu Nische!
Weiter!
Die Möglichkeit Mensch stiess ihm die Faust gegen das schmerzende Kreuz, eiserne, harte, gewaltige Faust. Je weiter Roland musste, um so mehr wiederholten sich die Bilder. Qualvolle Wiederholungen: Der Vater hob einen Polstersessel und drohte mit ihm. Vor dem Vater knieten die Mutter und Roland und flehten um Gnade. Abertausendmal der Beichtstuhl oder der flaschengrüne Fluss oder Badehosen oder das Hotelzimmer oder das rostige Abflussrohr oder fünffach geschichtete Teppiche unter der Spiegeldecke während dreiunddreissig Tagen oder der schwarze Flügel oder der kleine graue Mann oder Sicherheitsnadel oder der Mond oder der Glasharfenton oder der alte Baum – Roland erlahmte und wollte nicht weiter. Aber der Roboter stiess die Faust gegen den Rücken. O der schmutzige Korridor. Zahnbürste Brustwarze Phallus.
Chaos.
Urgedanken, Jahrmilliarden, Jahrmillionen, Jahrtausende zurück. Weltkatastrophen, Ausbrüche, Heimsuchungen. Der Turm zu Babel, Pyramiden, Steinmonumente und Gilgamesch. Elf Ellen lang war sein Wuchs, die Breite der Brust mass ihm neun Spannen, zwei Teile sind Gott an ihm, Mensch ist sein dritter Teil. Uruk Anu Enlil Sin Adad Ischtar Ea Schamasch Enmekar. Träume und Erinnerungen. Osiris Ptah Thot. Das Urwasser

Nun ist zweigeschlechtlich. Er überwand die Zeit und stieg mit Oannes aus dem Urwasser: Halb Mensch halb Fisch. Er lebte achtzehn Millionen Jahre mit Varvasvata Manu. Er sah mit dem dritten Auge. Er kämpfte mit Pterodaktylen, Fischechsen und Dinosauriern. Er flog wie ein Archäopterix. Er sah, wie ein Stern sich näherte, gehörnt, der zum Planeten wurde und die Wasser der Erde anzog, dass sie stillstand und sich anders drehte. Ihre Achse neigte sich, und das Vergessen geisselte die Menschheit. Begegnung mit Alexander, Platon, Leonardo, Shakespeare, Bach, Michelangelo, Goethe. Sechshundert Millionen Nischen. Tausend zur millionsten Potenz, eine eins mit drei Millionen Nullen: Haardünne Möglichkeit einer Veränderung in der Evolution. Sphärisches Ovum und Spermatozoon: Doppelblatt undifferenzierter Zellen. In einer anderen Nische ein Embryo mit enormen Auswüchsen, um Nahrung und Sauerstoff aus der Mutter zu saugen. Kiemenspalten wie ein Fisch, Schwanz wie ein Wirbeltier. Monstrum im Uterus:
Verbetraten
Nukleoprotein.
Dreiundeinhalbes Kilogramm Sperma.
554 689 423 Sekunden, Zellen, Nischen, Phasen im endlosen Gewölbe des Seins. Empfangendes Ei, Frühgeburt, Lallen, Tasten, Lustgefühl, Unterscheiden, Mamma, Absonderungen, Entdeckung des Ichs, Beherrschung des Schliessmuskels, Körperfunktionen, Lust und Unlust, Erektionen, Wachstum, Mutation, Samenerguss, zweitausend Bücher, Liebe, Tod, Verbrechen.
Er sah das Äussere: Graues Haus mit roter Tür, Kindergarten, Stadt, Schule, Dom, Hotel, Beobachtungsstation, Villa, Konzertsaal, Rummelplatz, Schloss, Berg, Meer, Stadt, Friedhof, Friedhof? Friedhof? Friedhof? Friedhof.
Vergessen
Frühgeburt, Kind, Knabe, Liebender, Häftling, Trauernder, Hassender, Klavierspieler, Chasseur, Bergsteiger, Schiffsjunge, Abenteurer – Grabschänder?

Der Roboter stiess ihm die eiserne Faust gegen den Rücken. Nirgends durfte Roland die Augen schliessen. Sein Leben laugte ihn aus, peinigte, spiegelte. Aber es nahm ein Ende. Der violette Vorhang senkte sich. Und es ward ein grosses Vergessen.
„Was verbirgt sich hinter dem Vorhang?"
„Die Zukunft."
„Lass mich die Zukunft schauen!"
„Unmöglich."
„So lass mich wenigstens die Hölle schauen!"
Roland sah Wohnmaschinen, Zivilisation und Vergiftung. In der Mitte stand der Roboter: Konstruktion, Möglichkeit Mensch – Roboter.
Roland setzte sein Leben in Brand. Wachs fing Feuer. Ohne Bewegung stand der Roboter zwischen Wasserspülung, Kirche, Staat und Termitenbau.
Der unendliche Raum war mit Feuer gefüllt. Rolands Leben brannte. Er schritt durch das Feuer. Ein glänzendes, helles, strahlendrotes Licht blendete ihn, und er floh ins trübe rote Licht. Blau Weiss Gelb Rot.
Hunger und Durst peinigten ihn, Sechshundertmillionenfach brannte sein Leben. Die Figuren verrenkten sich, schnellten empor, schmolzen, fielen zusammen.
Nur er selber konnte nicht brennen. Er lief den Weg zurück, an den eigenen und brennenden Leibern vorbei. Er blieb stehen und trat in die Nische, wo er unbekleidet auf dem Bett kniete. Der Kniende verschmolz mit ihm. Jetzt klebte er fest am Bett. Ein roter Strom floss durch den Raum. Der Pegelstand stieg höher. Das Bett schwamm in der blutroten Flüssigkeit, drehte sich im Strudel und wurde fortgerissen.
Züngelnde Flammen zuckten aus der zähflüssigen Masse, die sich, eingedämmt zwischen fensterlosen Häuserfassaden, in die Stadt ergoss. Die Menschen warfen sich in den roten Fluss und verdampften in der Magmamasse. Das Bett aber schwamm wie ein Kahn. Roland konnte sich nicht bewegen. Das Bett kippte vornüber und fuhr auf. Roland stand auf den Beinen und ver-

sank bis zu den Knien in glühender Lava. Stinkende Dämpfe fauchten aus platzenden Blasen. Das Feuerflüssige erstarrte. Eine weite Kraterwüste, korallenrot und schwelend.
Im Norden fahlte grünverwesender Lichtschimmer. Aus pechschwarzen Wolken tropfte grünes Licht, wurde heller, grüner, strahlender: ein leuchtendes, durchsichtiges Grün. Rolands Wille wuchs. Er trat ins grüne, strahlende Licht.
Die zwei Wärter warteten. Roland schleuderte ihnen schwelende, grüne Klumpen entgegen. Die Wärter fielen. Roland floh durch grünschimmlige, aufgeweichte, moosige Strassen. Trübe, grüne Rauchschwaden quirlten dick überm verschleimten Boden. Die Steine wurden weich und verwesten. Bröckelnde Menschenleiber faulten. Ihre haarlosen Kopfhäute platzten, und die Gehirnmasse quoll zähe und algengrün aus Ohren und Nasen. Weit hinten wuchs grün und gewaltig der Bombenrauchpilz. Tiefer sanken die verwesenden Leiber in die Steine. Roland floh. Er strebte dem einzigen Gebäude entgegen. Unter dem Haupteingang, flankiert von den Wärtern, stand der Grossinquisitor.
„Abführen! Zwei Milliarden Menschen sind verreckt!"
Roland wurde ausgepeitscht. Der Scharfrichter hob das Schwert: Es zersplitterte an Rolands Nacken. Als man ihn erhängte, zerriss das Seil. Als man ihn kreuzigte, zerbrach das Kreuz.
Der Scharfrichter klaubte sich die Augen aus vor Wut; denn er war ein Mann gänzlich ohne Humor.
Später entstand Verwirrung, weshalb man Roland vor dem Prozess habe abschlachten wollen. Das sei landesüblich, lispelte der Richter und hisste eine Fahne.
Der Jugendanwalt nahm seinen Kopf entgegen, setzte ihn auf den Rumpf und schraubte ihn an. Die Anklage lautete: „Sie sind schuldig, ein Mensch zu sein!"
Roland wurde verurteilt zu lebenslänglichem Leben, abzüglich siebenzehn Jahre und zehn Monate Untersuchungshaft.
Der Grossinquisitor nahm Roland in Empfang. „Jetzt müssen Sie Formular X 35719 unterschreiben. Darunter wollen Sie doch bitte einen Baum zeichnen."

Roland gehorchte, unterschrieb und zeichnete einen alten Baum mit verkrüppelten Ästen.
Der Grossinquisitor fragte: „Was empfinden Sie?“
„Lichtpfade: Im Osten ist die Luft weiss wie Schnee. Meine Mutter hält ein Schwert in der rechten Hand. In der linken Hand hält sie Rubens Totenschädel. Im Westen ist die Erde gelb. Dort ist Kissling. Im Süden ist das Wasser grün. Dort ist Benoit. Er hält einen Kelch in der Hand. Im Norden brennt das Feuer rot. Christian steht im Feuer mit einer Keule in der Hand. Der Kreis ist unermesslich. Im Osten weiss, im Westen gelb, im Süden grün, im Norden rot. Aber der Kreis wird enger, enger, enger! Der Kreis legt sich um meinen Hals! Der Kreis beginnt mich zu würgen!“
In diesem Augenblick öffnete sich die Tür. Roland wich in die Ecke der Gummizelle zurück. Seine Augen waren verdreht, Schaum klebte vorm Mund, sein Körper zuckte konvulsivisch.
Roland erstarrte, als Ruben sagte: „In einem Augenblick von Zeit wird eine deutliche Unterscheidung geschaffen. In einem Augenblick von Zeit wird vollkommene Erleuchtung erreicht. Es ist der alles bestimmende Einfluss des Gedankens.“
Roland stürzte zu Boden wie eine gefällte Pappel.

XX

Am einundzwanzigsten Dezember, Sonnenwendetag, betrat Benoit den Garten, dessen gepflegter Weg zum weissen Hauptgebäude der privaten Nervenklinik Professor Doktor Abendrots führte, und er begrüsste die zwei weissgekleideten Wärter nur flüchtig, die ihn misstrauisch musterten, als er den Direktor und den Chefarzt Dr. Grün zu sprechen wünschte, der, herbeieilend, Benoit ins Direktionszimmer bat, wo Abendrot dick und asthmatisch keuchend hinterm Schreibtisch sass, auf dem die Akten hochgestapelt lagen.
„Der *liebe* Roland Steinmann", begann der Direktor und schleuderte sich eine rosarote Pille in den Mund, „der Erstarrung ledig, ist bei Sinnen."
Benoit sass gerade und steif auf dem schwarzen Ledersofa. Sein Gesicht war bleich und verstört. Die dunklen Augen unter den zusammengewachsenen Augen waren gerötet. Der Direktor schaute ihn nicht an, als er fortfuhr: „Deshalb liessen wir Sie so schnell wieder kommen. Sie kennen Roland besser als Herr Dr. Grün. Ausserdem haben wir Ihre ärztlichen Fähigkeiten schätzen gelernt. Wenn Sie jetzt etwas unternehmen wollen, garantiere ich Ihnen alle Freiheiten."
„Ich habe einen Entschluss gefasst", sagte Benoit. „Ich bin überzeugt, dass man den Schub, der am achtundzwanzigsten Okto-

ber, als man Rolands Mutter begrub, eingetreten ist, als einen schizophrenen zu werten hat."
„Wie bitte?" Grün wiederholte: „Wie bitte?"
„Rolands Schub war schizophren."
„Na hören Sie mal", sagte Grün erregt, „seine Krankheit ist doch organisch! Eine progressive Paralyse, entstanden durch eine von der Mutter erworbene connatale Lues."
Benoit entgegnete: „Wir müssen bei dieser Präzisierung vorsichtig sein; denn eine Paralyse kann sich hinter dem Symptombild einer Neurasthenie, einer Epilepsie, einer Manie oder hinter einer Schizophrenie verbergen. Oder umgekehrt könnte Schizophrenie eine Paralyse vortäuschen."
Grün widersprach in beherrschter Wut: „Die ätiologische Conditio sine qua non für die Paralyse ist eine vorangegangene syphilitische Infektion, bei Steinmann – wie gesagt – durch eine von der Mutter erworbene connatale Lues. Die Symptome ergeben ipso facto: Pupillenstarre, dysarthrische Sprachstörung, aphasische, optisch-räumliche Störung, Lähmungen, Grössenwahn. Wir haben eine Trübung der Pia mater festgestellt, Erweiterung der Ventrikel und Ependymgranulation als unspezifischen Hinweis einer Meningitis. Noch führten dic degenerativen Veränderungen zu keiner gravierenden Veränderung der Nervenzellen und ihrer Schichtung in der Rinde; aber die degenerativen Ausfälle im Nervengewebe sind nicht mehr zu regenerieren. Daraus ergibt sich, dass in fortgeschrittenen Fällen der Erkrankung nach dem Verschwinden der Gefässinfiltrate ein defektes Gehirn zurückbleibt."
Der Direktor mischte sich ein und sagte mühsam: „Das Rätsel der Paralysenentstehung bleibt nach wie vor bestehen. Ob der *liebe* Roland Steinmann an einer Hirnlues leidet oder an progressiver Paralyse –" sein Einwurf vergurgelte im Asthmaanfall. Abendrot stöhnte noch: „Dazu kommen Lungentuberkulose und Gasvergiftung!" Grün sagte laut: „Steinmann ist kriminell! Diebstahl, Unsittlichkeit, sexuelle Inversion, Landstreicherei, Grabschändung. Eine kriminelle Tat kann sogar das erste Symp-

tom einer progressiven Paralyse bilden: bei Steinmann zum Beispiel der Diebstahl im Schulzimmer! Sie wissen: drei Hunderternoten! Dr. Dürr sagte mir, dass Steinmann keineswegs pueril war, nein, bitteschön, je m'excuse, hatte er gesagt, er sei unheimlich erwachsen, er sei ein Defraudant, ein, gelinde gesagt, ausgekochter sogar. Also sprach Dr. Dürr. Manchmal habe er vollkommen versagt, dann sei er zu Gewaltleistungen imstande gewesen. Nehmen Sie das Konzert zum Beispiel: Diesen Aufschwung kann man nur bei Lueskranken beobachten. Später wirkte er sittlich zerstörend. Er wurde gemütsstumpf, besonders seiner verlassenen Mutter gegenüber."

„Ihre Ansichten sind einseitig", sagte Benoit, „und dazu haben Sie das Bild eines organisch kranken Menschen entworfen, sagten dabei aber nicht, ob sich Roland seiner Taten bewusst oder nicht bewusst gewesen sei. Differentialdiagnostisch ist der psychische Allgemeineindruck jedoch bei diesem Zustandsbild evident: Roland war sich seiner Taten bewusst. Der nervös, nicht organisch Hirnkranke beobachtet scharf und schildert seine Beobachtungen gründlich. Das tut Roland. Er nennt Sie Grossinquisitor."

„Und das nennen Sie gründlich? Worüber streiten wir eigentlich? Die Luesreaktion im Blut und Liquor waren positiv. Deshalb verordne ich verschiedene Penicillinkuren im Abstand von drei Wochen. Während einer Kur gedenke ich 14 Millionen Einheiten zu verabfolgen."

„Wir reden aneinander vorbei. Ich weiss, dass Roland infiziert ist. Ich behaupte nur, den Schub verschulde Ruben mit seinen Suggestionen und posthypnotischen Aufträgen."

„Phantastisch. Warum liessen Sie überhaupt heute morgen Ruben Ambar zu Roland? Er brach zusammen!"

Benoit zögerte. Dann sagte er: „Ich wollte mit Rubens Erscheinung einen psychogenen Krampf erwirken. Ruben hinwider kam zu einem anderen Zweck. Seine geschleuderte Kraft hat sich umgedreht wie ein Bumerang. Ruben ist das Opfer seiner eigenen Kraft."

„Ich bin Wissenschaftler, Herr Benoit!"
„Das merke ich allerdings, Herr Grün."
„Meine Herren", keuchte der Direktor, nachdem er sich aus der Pumpe das Linderungsmittel in den Rachen gespritzt hatte, „ich bitte sie! Herr Benoit habe einen Entschluss gefasst, sagte er zu Anfang dieses unerquicklichen Gespräches. Wollen Sie uns doch bitte diesen Entschluss bekanntgeben!"
Benoit holte Atem. Er schaute auf die Schuhspitzen und sagte leise: „Ich bin auf die Idee gekommen, an Roland eine Malariakur vorzunehmen."
„Wie bitte?" Dr. Grün war entsetzt.
„Eine Malariakur unter ganz bestimmten Voraussetzungen."
„Aber erlauben Sie! Um die Sanierung des Liquorbefundes zu erzielen, verwenden wir heute Penicillinkuren! Eine Malariakur nach Wagner-Jauregg ist vollkommen veraltet!"
„In diesem Fall nicht", sagte Benoit erregt, „es wird Kisslings Blut sein, das Roland retten wird. Normalerweise wird die Kur vorgenommen, indem man den Patienten intravenös einige Kubikzentimeter Blut eines Malariakranken injiziert, um zehn bis zwölf Fieberanfälle hervorzurufen, die mittels Chiningaben unterbrochen werden können."
„Lächerlich!"
„Nein. Verstehen Sie doch! Es wird nicht das Blut irgendeines Malariakranken sein! *Kisslings* Blut wird die Zellzahl zurückbilden; schliesslich werden sich die Kolloidkurven normalisieren. Kissling ist einverstanden damit. Ich habe mich vorhin, vor etwa zwei Stunden, nachdem etwas Furchtbares geschehen war, mit Kissling in Verbindung gesetzt. Er wird um drei Uhr hier sein. Ich wäre ohnehin zurückgekommen."
Grün ging aufgeregt hin und her. Er sagte: „Was Sie beabsichtigen ist ungeheuerlich. Aber ich werde mich wohl fügen müssen."
Benoit sagte: „Es wird Sie noch etwas erzürnen; denn ich werde einen direkten Bluttausch zwischen Ivar Kissling und Roland Steinmann vornehmen."

„Ich distanziere mich ausdrücklich vom Fall Steinmann. Ich werde Ihnen das schriftlich unterbreiten, Herr Direktor."
Benoit verbarg das Gesicht in den Händen. „Begreifen Sie denn nicht? Es *muss* sein! Erinnern Sie sich an den Ausspruch, den Roland heute morgen, bevor Ruben die Zelle betrat, getan hat? Er sprach von einem Kreis. Im Osten des Kreises lächle die Mutter, im Westen des Kreises sei Kissling, im Süden des Kreises sei ich und im Norden des Kreises Christian. Der Kreis verenge sich, der Kreis verenge sich! Er umschlösse Roland! Er würge ihn! Bedenken Sie, dass im Osten des Kreises Rolands Mutter in ihrer Linken den Totenschädel Rubens hält! Der Kreis beginnt sich zu schliessen. Kissling ist Rolands gesetzlicher Vormund geworden. Er hat es letzte Woche durchgesetzt auf der Vormundschaftsbehörde. Kissling will Roland erziehen. Und Kissling sagte mir, dass die Arbeit des Genies darin bestünde, in jahrelanger Übung seinen Geist in Einklang mit den Dingen zu bringen. Kissling weiss, dass Roland ein Medium ist, durchdrungen von Ton, Wort, Farbe und Form."
„Vielleicht sagen Sie uns", unterbrach der Direktor, „was Furchtbares geschehen ist." Benoit schüttelte den Kopf und lächelte verstört. Seine Lippen waren entfärbt. Er sagte mit zitternder Stimme: „Es wird über Ihren Verstand gehen. Aber ich fühle mich verpflichtet, davon zu sprechen. Die weibliche Schlupfwespe legt ihre Eier vermöge des Legestachels ins Innere einer lebenden Raupe. Die Ganglien der Raupe werden gelähmt. Die Raupe stirbt nicht. Aber im Innern der Raupe beginnen die Larven, wenn sie ausgeschlüpft sind, das Zerstörungswerk. Die Larven fressen die Raupe auf. Zuerst verschonen sie lebenswichtige Organe und ernähren sich vorsichtig von Fettreserven. Dann nehmen die Raupen Bindegewebe in Angriff. Die Larven warten, bis sich die Raupe zu verpuppen beginnt. Erst jetzt greifen die Schlupfwespenmaden ihren machtlosen Wirt gänzlich an. Sie fressen alles Inwendige auf und graben sich parasitisch einen Weg nach aussen. Auf dem leergefressenen Opfer beginnen sich die Schmarotzer ebenfalls zu verpuppen. Als weisse Kokos ver-

harren sie auf der Hülle, um – wenn sie ausgeschlüpft sein werden – als Weibchen die Zerstörung einer Raupe, vermittels ererbten Dranges und eines wunderbar gebauten Legestachels wiederholen zu können. Ich stelle mir vor, wenn im Menschen auf gleiche Weise Ratten tätig wären – – oder Gedanken, dann – ich spiele auf Ruben Ambar an. So handelte er mit Roland. Aber er tat etwas Schlimmeres. Ruben Ambar hatte Maria Pedroni geschwängert. Er entweihte die Mutter-Imago. Er tat es nicht umsonst. Denn heute morgen trieb er die Frucht ab. Er zerstampfte das Embryo, das er gezeugt hatte, in einem Mörser. Er verspeiste das Embryo."

Direktor Abendrot betätigte die Pumpe und keuchte dann: „Aber – aber – das ist doch unmöglich! Ich kenne keinen solchen Fall! Das ist ganz und gar, ganz und gar – –"

Benoits Gesicht war weiss geworden. Er flüsterte heiser: „Doch. Er hat es getan. Ich kann den Grund nur ahnen. Er glaubt wohl, das Reich des Archon dürfe nicht vergrössert werden durch die Geburt eines – eines Wesens. Er handelte wie ein Phibionit. Durch die Kommunion des Embryos stellte er die Kraft, die Archon in das Geschöpf gebannt hat, der Allmutter wieder zur Verfügung. Im vierten Jahrhundert gab es Menschen, denen das Embryo-Mahl als Grundkonzeption der Religion galt. Epiphanius berichtet davon."

Grün sagte gepresst: „Dieser Ambar kann doch unmöglich frei herumgehen! Er muss doch augenblicklich verhaftet werden!"

„Er ist verschwunden."

„Man kann Nachforschungen anstellen! Und Maria Pedroni?"

„Ihre Blutungen sind nicht bedeutend. Ich habe sie ins Krankenhaus bringen lassen."

„Wann frass – wann – wann tat er es?"

„Heute morgen, nachdem er uns verlassen hatte. Erinnern Sie sich an seine Worte in der Zelle? Er sagte, bevor Roland umstürzte: 'In einem Augenblick von Zeit wird eine deutliche Unterscheidung getroffen. In einem Augenblick von Zeit wird vollkommene Erleuchtung erreicht. Es ist der alles bestimmende

Einfluss des Gedankens.' Ich werde diese Worte nicht vergessen. Dann verliess er uns. Ich wurde unruhig, als Roland in der Erstarrung lag. Ich wollte zu Maria. Ich fand sie in der Wohnung. Dann fasste ich meinen Entschluss und rief Kissling an."

„Hören Sie, Benoit, wir müssen etwas unternehmen! Eine Strafanzeige!"

Benoit lächelte wieder mit verzerrtem Gesicht. Er zuckte mit den Schultern und sagte: „Bitte! Tun sie es! Wenn Sie meinen, dass man so jemanden fassen kann – bitte –"

Direktor Abendrot schleuderte sich eine rosarote Pille in den Mund. Ob das Spitalpersonal über die Ursache von Marias Abtreibung unterrichtet sei, fragte er keuchend.

„Nein. Ich bitte Sie, diesbezügliche, Ihnen notwendig erscheinende Massnahmen zu ergreifen. Ruben muss sehr vorsichtig gewesen sei. Er verletzte Maria nicht, will sagen: er handelte wie ein Arzt. Das beweist mir, dass er sich mit dem negativen, verschlingenden Aspekt des Grossen Weiblichen identifiziert. Roland darf nichts davon erfahren."

Die Tür wurde geöffnet, und Kissling trat ein. Er stand im Zimmer, klein, gebückt, und er stiess den Unterkiefer vor. Zwischen den Lippen stak eine russische Zigarette. Er fuhr sich mit lederbraunen Fingern durch die wilde, weisse Mähne und knurrte: „Was für eine Trauergemeinde!"

Als niemand antwortete, sagte er: „Also gut. Verfügen Sie über mich. Wenn meine Malaria den Lausebengel heilen kann – was ist eigentlich los?"

Benoit wechselte die Farbe. Er wurde rot und wieder blass. Seine Hände zuckten. Grün wischte sich den Schweiss von der Stirn.

Der Direktor drückte auf den grünen Knopf und befahl den zwei Wärtern, Roland zu holen. Dann blätterte er in den Akten und fragte: „Wie ist das eigentlich mit der Exhumierung?"

Benoit antwortete: „Christians Sarg wurde Anfang November auf Stockermanns Schloss gebracht. Christian ruht im Sarkophag."

Grün fragte misstrauisch: „Warum solche Kinkerlitzchen? Wozu das alles?"
„Es war Rolands Wunsch", sagte Benoit, ohne Grün anzusehen.
Kissling war zum Fenster getreten und schaute hinaus, während seine tiefe Stimme in das gespannte Warten drang: „Das sind keine Kinkerlitzchen, Herr Dr. Grün. Rolands Sehnsucht nach der Vereinigung mit Christian ist stärker als Ihre ganze Wissenschaft. Wenn ich nicht irre, hat Hippokrates, der schon den Pneumothorax anwandte, gesagt, es sei gleichgültig, womit der Arzt, oder, wenn Sie wollen: der Priester heile; Hauptsache sei, dass er heile! Wenn Roland weiss, dass Christian im steinernen Sarg ruht, wird er beruhigt. Und ich werde das Meine tun: Ich werde ihn zur Musik hinaufführen. Ohne Musik ist der Mensch nur Torso, Herr Dr. Grün. Roland hat mir mit seinen zwei Werken, die er von Hamburg aus schickte, bewiesen, was er kann. Der Zwiegesang Gilgameschs mit Engidu ist erschütternd, und das Streichquartett ist absolute Musik! Ich frage mich nur, wie er die Musik hat hören können; denn ich weiss als Komponist, was man fühlt, wenn die Musik aus dem Raum in einen dringt. Kaum ein Dichter kann Ähnliches empfinden. Roland muss verblutet sein. Er hat die Musik nicht auf den Tasten gesucht wie ein Klavierritter. Das Streichquartett ist ein einziger Aufschrei. Wenn wir auf Roland Rücksicht nehmen müssen, Herr Dr. Grün, so wissen wir warum. Wir beweihräuchern keineswegs seinen Solipsismus. Die Zukunft liegt nicht nur in unseren Lenden. Wir Alten haben die Aufgabe, den Jungen zu helfen. Hölderlin sang: Wer das Tiefste gedacht, liebt das Lebendigste, hohe Tugend versteht, wer in die Welt geblickt, und es neigen die Weisen oft am Ende zu Schönem sich."
Roland trat ein.

XXI

„Ich weiss“, sagte Kissling, als er mit Roland am Nachmittag des siebten Julis Stockermanns Park betrat, „dass dieser Tag für dich bedeutungsvoll ist. Nur deswegen erklärte ich mich bereit, mit dir aufs Schloss zu kommen. Hier werden Sachen gespielt, die mir nicht gefallen. Seit Stockermanns Schlaganfall hat sich Verschiedenes geändert.“ Kissling hielt inne und sagte barsch: „Schliesslich bin ich für dich verantwortlich.“

„Spielen Sie nicht auf meinen Vater an!“

Kissling gab keine Antwort; denn hinter dem eisernen Tor wartete Severin und nahm Rolands schäbiges Köfferchen stumm entgegen. Er stelzte den beiden voran zu Stockermann, der seit dem Schlaganfall nicht mehr gehen konnte und in einem Rollstuhl sass. Er hob mühsam beide Hände und winkte, wobei ihm der Speichel, aus den Mundwinkeln rinnend, übers Kinn floss. Er plärrte stammelnd: „Aduwa! Aduwa!“ Dann verzog sich sein Gesicht weinerlich. Die grauen Augen, nun nicht mehr hinter schwarzen Gläsern, waren glanzlos wie staubige Kieselsteine. Severin, dessen Augenlid noch tiefer hing als früher, wischte dem Schlossherrn Speichel vom Kinn. Stockermann kreischte wie ein Säugling und stammelte: „Franky Pipi machen!“ Er beruhigte sich erst, als ihm Severin einen rosaroten Schnuller in den Mund steckte.

Der Butler führte Kissling und Roland in den Salon, wo er eine

Flasche entkorkte. „Kalchrainer – Knabenerziehungsanstalt, bitte schön. Ein sehr schöner Wein, mein Herr! Blumig und keineswegs lang. Er wird Ihnen gefallen: etwas Nebliges und Herbes, gewissermassen. Kühl, aber nicht zu kalt. Leicht und bekömmlich." Er schenkte ein. Sein bleiches Gesicht blieb ohne Bewegung, als er hinausstelzte und leise die Tür schloss.
Kissling und Roland stiessen an. „Ein unangenehmer Mensch, dieser Severin", sagte Kissling und stellte den Weinkelch auf das Tischchen. „Glaube mir, er führt allerhand im Schild! Ich weiss jetzt, warum Ruben veranlasst hat, dass Stockermann den Kellner Severin als Butler einstellte."
„Sie meinen, dass –" sagte Roland zweifelnd und blickte Kissling fragend an, „dass –"
„Genau, ja. Das meine ich: Severin will Stockermann beerben."
Roland schwieg. Der Meister sagte langsam: „Ich will nie, dass du es als unangenehm empfindest, mein Mündel zu sein! Sonst gehe lieber fort von mir. Ich gebe dir alle Freiheiten. Du bist erwachsen mit deinen achtzehn Jahren."
„Ich bleibe bei Ihnen."
„Gut. Aber ich muss dir sagen, dass ich heute nur ausnahmsweise nachgegeben habe!"
„Es war keine Laune von mir, aufs Schloss zu wollen. Nur dieses eine Mal will ich ins Verlies hinunter und vor den steinernen Sarg treten, in dem Christian liegt. Auf jeden Fall will ich glauben, dass Christian in diesem Sarg ist. Sie sagten mir, dass man ihn exhumiert und hierhergebracht hat, und ich will es Ihnen glauben. Was auch später geschieht mit ihm, ich will nicht daran denken. Alles begann heute vor zwei Jahren –" Roland brach ab und starrte auf die halbleere Weinflasche. Kissling beobachtete ihn. Sein Schüler war mager und bleich, und er sass da, als horche er. Eine dicke Fliege knallte gegen die Fensterscheibe.
Kissling bangte noch immer um Roland, der an seinem achtzehnten Geburtstag, während eines Malariaanfalles, den dritten Selbstmordversuch unternommen hatte, indem er sich aufhäng-

te. Als die zwei Wärter ihn vom Fensterkreuz gelöst hatten, fragte Roland schreiend, warum Ruben den dicken Perduzzi zum Erhängen verführt habe. Wochenlang, bis anfangs April, liess man ihn nie allein. Sein Lebenswille wurde erst im Mai stark, als er bei Kissling wohnen durfte, der, Roland jetzt aus dem verkrampften Staunen reissend, sagte, während die Fliege wilde Kreise um die Weinflasche zog: „Vor zwei Jahren, ja. Es geschah viel. Dachtest du eben daran? Gut, tritt vor den Sarg hin, wenn –"
„Wenn es mir Spass macht – wollen Sie sagen?"
„Du weisst, dass ich das nicht sagen wollte."
„Verzeihen Sie!"
„Schon gut." Kissling zündete sich eine russische Zigarette an. Sinnend vergass er, das brennende Streichholz zu löschen, als er fragte: „Oder wolltest du wegen Benoit hierher?"
„Nein! Nein! Nein!"
Kissling verbrannte sich Daumen und Zeigefinger und fluchte leise. Er liess das verkohlte Hölzchen fallen und verscheuchte nervös die dicke Fliege.
„Nein", wiederholte Roland mit erhobener Stimme, „ich kam nicht wegen Benoit."
„Weisst du: Benoit hat sich irgendwie verloren. Er ist unentschieden. Einmal hier, einmal dort."
„Vielleicht will er das Bild Veits holen, das er gemalt hat."
„Warum kauftest du das Bild?"
„Ich habe es nicht gekauft. Der Antiquar schenkte mir die gläserne Kugel und das Bild des Märtyrers Veit. Er schenkte mir das Bild heute vor einem Jahr. Aber ich vergass es im Auto, nachdem mich Severin mit Fritz zurückgefahren hat aufs Schloss. Aber die gläserne Kugel vergass ich nicht. Sie soll zwischen den Schenkeln Christians liegen, wenn ich Benoit glauben darf."
„Glaube nur an dich. Du sollst nicht mit den Toten leben."
„Das will ich auch nicht. Nein. Ich will Abschied nehmen."
„Dann verabschiede dich auch von Benoit!"
„Warum schätzen Sie Benoit nicht mehr?"

„Er hat, bevor er dir von meinem Blut injizierte, mit Ruben Kontakt aufgenommen. Ich muss gestehen, dass mir Gesprächsfetzen zu Ohren gekommen sind, als ich vor der Tür stand, hinter der sich Doktor Grün und Benoit vor Direktor Abendrot stritten. Wenn ich ganz ehrlich sein will: Ich habe gelauscht. Als ich eintrat, nahm ich Benoit in Schutz. Aber unterdessen –"
„Unterdessen?"
„Wie soll ich sagen?" Kissling hustete und schob den Unterkiefer vor. Seine galligen Augen tränten. „Ich weiss", sagte er an Roland vorbeiblickend, „dass Benoit den Kontakt mit Ruben nicht verloren hat."
„Was sagen Sie da?" Roland hatte die Frage geflüstert und stand auf. Kissling sog heftig an der Zigarette und paffte die Rauchwolken gegen die Decke. Er schaute auf seine grosse Armbanduhr. „Bald fünf", sagte er unruhig.
„Sie sind nervös?"
Gebeugt stand Roland vor Kissling. An der Zigarette hing ein langes graues Aschenwürstchen, das, als der Meister zu Roland aufschaute, lautlos auf den chinesischen Teppich fiel.
„Du bist blass", sagte Kissling, „und ich bin müde. Sehr müde. Ich habe alles gesagt, was zu sagen ist. Wir wollen den Neunuhrzug nicht verfehlen. Du sollst nicht hierbleiben. In seinem Rollstuhl stirbt ein kindisch gewordenes Monstrum. Severin wartet wie eine Spinne, und irgendwo ist Ruben versteckt. Das ist nichts für dich. Vergiss also nicht: Wir nehmen den Neunuhrzug. Bei mir hast du alle Freiheiten. Du kannst arbeiten. Du musst noch viel lernen, wenn du jetzt die Tafeln des 'Gilgamesch-Epos' vertonst. Arbeite! Mythos und Logos fliessen als zwei Ströme durch die Zeit. Irgendwo vereinigen sich die beiden Ströme. Nur dieses Wasser geniesse."
Roland nickte verlegen. „Wir werden den Neunuhrzug nicht verfehlen", sagte er leise und verliess das Zimmer. Im Gang stand Severin, der schief lächelte. Roland blieb stehen und schaute ihn an. Sogleich verhängte Severin sein linkes Auge mit dem schweren

Lid. Roland drehte sich brüsk um und ging schnell durch den teppichbelegten Gang ins Freie.
Stockermann, zusammengesunken, schien zu schlafen. Roland eilte zu den Ställen. Es roch scharf und durchdringend nach Pferden. Ein Geruch wie in der Beobachtungsstation. Fritz striegelte die weisse Stute Ariadne. Das Gesicht des Riesen war mit Schokolade verschmiert. Roland lächelte ihn an – nächste Furche. Fritz stammelte: „Reiten! Reiten! Reiten!“ Er deutete auf Ariadne. Roland nickte, und Fritz sattelte die weisse Stute. Sie tänzelte und äugte nach Roland, der, als sie gesattelt, unbeholfen und mit Fritzens Hilfe, auf ihren Rücken kletterte. Ängstlich und krumm sass Roland auf dem Pferd. Fritz klatschte mit flacher Hand auf die Kuppe Ariadnes. Sie verliess den Stall, und der ungeschickte Reiter fasste verkrampft den Zügel, so dass die Kandare gegen das Gebiss klirrte.
„Hü“, befahl Roland, und er schwitzte vor Angst. Ariadne wandte sich dem See zu, und ihre Hufe klopften dumpf auf der Wiese.
Später, kühn geworden, lenkte Roland sie vom Ufer weg und ritt zum tiefen Tümpel, in dem er baden wollte. Auf halbem Weg kam ihm Benoit entgegen. Roland gebot Ariadne Halt.
„Ich wusste nicht“, sagte Benoit krampfhaft lächelnd, wobei er sich mit dem schwarzbehaarten Handrücken über die zusammengewachsenen Augenbrauen strich, „dass ihr schon angekommen seid, sonst“, setzte er hastig hinzu, „wäre ich unten gewesen, um euch zu empfangen.“ Er holte Atem: „Aber jetzt – jetzt – du reitest?“ Die schmalen, blutleeren Lippen zitterten. Er streckte seine Hand aus, um Roland, der dabei eine unwillige Gebärde machte, zu berühren. Roland schwang sich vom Pferd.
Die beiden standen dicht voreinander. Roland war gleich gross geworden wie Benoit, der, die Finger ineinander verschlungen, seine dunklen Augen auf Roland richtete, als wolle er ihm saugend die Gedanken aus dem Hirn ziehen. Roland aber versuchte dem saugenden Blick standzuhalten; doch je länger er in die Augen Benoits schaute, um so schneller begann sein Herz zu pochen,

und das wütende Starren wurde zu einem Kampf, den keiner von beiden aufgeben wollte. Es war ein stummes Ringen, während die Blicke aufeinanderprallten. Sie wussten schon seit einer Weile, dass verlieren würde, wer die Augen niederschlüge; und so erweiterten sich die gelben Schlitze Rolands zu zwei gläsernen Ovalen. Er atmete kaum noch, als er sah, dass, blau, an Benoits Schläfe, wie ein aufgespiesster Wurm, sich eine Ader zu winden begann. Die schwarzen Pupillen zitterten, was Roland schon als Niederlage Benoits deutete, dessen gespannte, violett rasierte Haut über den hohen Backenknochen zuckte. Aber noch immer erweiterten sich Rolands Augen, und kein Lidschlag unterbrach das gelbe Leuchten. Erregt bemerkte er, wie die von seinen Blikken verwundeten Augen Benoits zu tränen begannen, als die Äderchen platzten, und ein purpurner Erguss das Weisse überschwemmend eintrübte, so dass, nach zwanzig schnellen Herzschlägen, Benoit, dessen blaugeschwollene Stirnader zu platzen drohte, keuchend die Lider senkend in sich zusammenfiel.
Roland dehnte die Brust. Benoits Gesicht war weiss geworden.
Roland fragte: „Willst du Veits Bild holen?"
„Ja. Es ist eine Erinnerung an jene Nacht. Nur eine Erinnerung."
„Du hast aber das Bild verkauft!"
„Mach mir keinen Vorwurf." Ariadne schien die erregte Stimmung zu wittern. Sie blähte die dunklen Nüstern und stampfte mit dem rechten Vorderhuf. Roland sah, wie Benoit langsam näherkam und die Arme ausbreitete. Plötzlich umschlang ihn Benoit heftig. Roland wehrte und wand sich in der gierigen Umarmung. Er spürte die kratzende Wange am Kinn und hörte das heisere Flüstern: „Ruben ist in der Nähe!"
Roland stiess mit aller Kraft die Schuhspitze so gegen Benoits Schienbein, dass er, aufstöhnend, ihn losliess und zurücktaumelnd keuchte: „Nein, nein! Nicht so! Sei nicht wider mich, dafür, dass ich dich liebe. Du bist doch gesund! Ich habe dich geheilt. Vor sieben Monaten vermischte sich dein Blut mit Kisslings Blut. Ich, ja, ich – ich habe dich geheilt! Ich habe mein Mög-

lichstes getan. Du wirst nicht schuldig, wenn – wenn du mir nachgibst! Du bist doch unschuldig, Roland! Du bist unschuldig. Es kann dir weder Nachlass, Vergebung noch Verzeihung deiner Sünden gewährt werden, weil du nie gesündigt hast und, was du auch tätest, nie schuldig sein würdest, es sei denn, du sündigtest wider dich selbst, indem du etwas nicht tätest, was dir gefiele."

„Es gefällt mir nicht", schrie Roland, „es gefällt mir nicht mit dir!"

„Erweitere dein Verlangen und steigere deine Sehnsucht!"

„Nein! Ich will nicht!"

„Du willst", sagte Benoit erregt und umklammerte Rolands Handgelenke, „du willst! Du willst! Du willst!"

„Nein!"

Ariadne wieherte. Benoit wich zurück und schaute Roland an. Leise sagte er: „Du gleichst jenem Knaben, der unter meinem Messer starb, und du siehst Veits Bild, das ich malte, immer ähnlicher." Roland schüttelte den Kopf und blickte benommen auf Benoit, der, zuckend, vor ihm, den Körper anspannend, das Gesicht verzerrt, dastand, bis er plötzlich, als schmettere ihn etwas Unsichtbares nieder, mit einen seltsamen Keuchen erschlaffte.

Roland verzog die Lippen zu einer Grimasse. Benoits Gesicht war schweissnass und beinahe grün, als er sagte: „Jetzt ist es geschehen." Er strich sich mit dem Handrücken wieder über die Brauen. Sein Mund schien vollkommen ausgetrocknet zu sein, und die schmalen, grauzerrissenen Lippen klebten am Zahnfleisch. „Du weisst nicht, was ich für dich leide, Roland. Du weisst es nicht. Jeder grosse, ferneres Leben bestimmende Schmerz rührt von einer Knickung unseres Wesens her; im Lebensstrom entstehen Stauungen, und in den Staulöchern sammelt sich Schlamm. Verstehst du mich? Verstehst du mich? Ruben ist in der Nähe. Verstehst du?"

Roland blickte weg. Er schwieg, weil er noch nicht begriff.

„Du musst verstehen, Roland! Du musst verstehen! Verstehen

kann nur, wer bei den Steinen lebt, die alt genug sind, um zu wissen. In ihren lidlosen, ewig offenen Augen spiegeln sich die Vorübergänge all dessen, was in Gedanken sich zusammenballt und wieder auflöst."

Er warf sich auf die Knie und presste seinen Kopf an Rolands Geschlecht. Der wollte sich losreissen, gab aber nach, als Benoit sagte: „Ich sprach von deiner Seelenheimat – – ich aber bin heimatlos, Roland, du! Heimatlos! Ich ende. Ich – ich gehe zu ihm, zu ihm, den du nicht mehr denken kannst. Darum wurde er schwach, ja, Ruben wurde schwach und blass, weil du ihn nicht mehr denken kannst. Was soll er, ausser dir, da er nicht mehr in dir ist? Ich muss zu ihm! O stoss mich nicht zurück! Er ruft! Hörst du ihn? Nein, du kannst ihn nicht mehr hören. Er ist in der Nähe. Er hat angerufen, damals, als der Dekan zu uns kam, damals, am ersten April, ja, eingedrungen war er! Er zwang dich, zu mir zu kommen! Nicht wahr? Er zwang dich, als er dir die Kleider raubte! Er wollte es so! Komm Roland! Komm! Nein, komm nicht. Ich verzichte! Du weisst, dass ich verzichte. Ich verzichtete schon in der Nacht des Gründonnerstags, nach dem Konzert, als du bei ihm warst, bevor – bevor du Gas atmetest. Aber jetzt muss ich dir sagen, dass ich weggehe. Du aber geh zu Christian. Geh zu Christian! Ja, ja, stoss mich zurück! Geh zu Christian! Ruben, der seine eigene Frucht gefressen hat, die er Maria aus dem Leibe riss, wird dir nichts mehr antun, nein, er – ich – folge ihm in den Abgrund. Geh! Geh! Geh zu Christian! Geh, Roland, geh! Geh! Geh! Geh!"

Roland riss sich los, und Benoit fiel auf die Erde, und er lag auf dem Bauch, und seine Hände verkrallten sich im Gras.

Zu ängstlich, um Ariadnes Rücken zu besteigen, riss Roland sie am Halfter und rannte mit ihr, offenen Munds, eine klaffend schreiende Wunde, rannte mit ihr, manchmal fortgerissen und mitgeschleift von ihr, der milchweissen Stute, rannte mit ihr der Anhöhe entgegen, hinauf, wo der Tümpel war, der grüne, tiefe Teich, und er liess Ariadne los, die hochging, scheuend, die Vorderbeine in der Luft wirbelnd, aufwiehernd – ah – Wasser!

Er beugte sich übers Wasser und sah sein Gesicht darin, und er sah die sich brechenden Strahlen der Abendsonne. Die hautgespannte Fläche widerspiegelte ihn. Er versuchte, Ruben zu sehen: einen Fürst der Dunkelheit. Wie ein böser Engel würde Ruben seine Schwingen entfalten, und Rolands Schreie erstürben, und sein Wille entblätterte sich, eine müde Rose. Aber er sah Ruben nicht. Das Wasser wurde heller, und Rolands Atem blies Wellen hinein. Die Zähne schmerzten hinter den Lippen. Roland beugte sich noch tiefer, und sein Mund berührte den eigenen Mund. Er trank das kühle, klare Wasser. Ein Tropfen hing noch zwischen den Lippen. Er fiel, und Kreiselwellen weiteten sich. Als das Wasser glatt war, erkannte Roland sich selbst.

Schon am Morgen hatte er sich vorgenommen zu baden und seine rote Badehose angezogen. Er ging hin und entkleidete sich. Als er sich wieder dem Wasser näherte, sah er zur Stute hinüber, die ruhig frass.

Roland bückte sich, als er eine ihm unbekannte und vordem noch nie gesehene Pflanze entdeckte, um sie zu brechen. Er hielt das langgestielte Kraut vorsichtig zwischen Daumen und Zeigefinger und roch den herben, würzigen Duft. Bevor er ins Wasser stieg, legte er das Kraut auf einen flachen, sonnenwarmen Stein. Dann stieg er hinunter, sich mit dem Wasser zu waschen, und badete.

Er schwamm dem anderen Ufer entgegen, schwamm bis dort und schwamm zurück. Er stieg an Land und ging zu jenem Stein, auf den er die Pflanze hingelegt; aber die Pflanze war geraubt worden, und statt ihrer lag eine abgestreifte Schlangenhaut dort. Roland erschrak. Er rief fragend: „Ruben?" Dann blickte er sich um. Aber die Stille war vollkommen. Ariadne stand und schaute zur Abendsonne. Roland wusste, dass Ruben irgendwo lauerte. Die Lippen waren blau, die Zähne klirrten leise gegeneinander und Gänsehaut überzog Schenkel, Bauch, Rücken und Arme.

Er drehte sich im Kreise und schrie: „Ruben!" Er horchte angestrengt. Abermals schrie er nach Ruben und entdeckte, dass er

nicht mehr wusste, wie Ruben aussah. So stand er und lauschte, und die Schatten wurden lang.
„Ich weiss, dass du in der Nähe bist", rief Roland. „Komm hervor! Komm!"
Später rannte Roland zu den Kleidern. Sie waren dort und, daneben, mit verdrehtem Hals, den Schnabel weit aufgerissen, die Krallen eingezogen, lag der tote Rabe Wladimir. Auf dem Lammfell sah Roland die zerbrochene Flöte Eustaches und die blaue Badehose Christians. Roland bückte sich schnell und wollte das schwarzverkohlte Pergament fassen, das aber, als er es berührte, zerbröckelte. Nur eine Ecke des Paktes war heil, aber unbeschrieben, bräunlich angefressen und der Rand grau wie schmutziger Schnee.
Roland zog sich an, raffte Lammfell, Badehose und Flöte zusammen und eilte zu Ariadne, wobei er sich ängstlich umschaute, als würde er verfolgt. Zaudernd stand er vor der Stute, die den Kopf hochwarf und die Mähne schüttelte. Roland klemmte das Lammfell zwischen Rippen und Oberarm, warf sich bäuchlings und quer auf Ariadne, rückte sich zurecht und schlug das rechte Bein, an der schweissbedeckten Kuppe vorbeiführend, auf die andere Seite, so dass er nun rittlings sass, sich an der Mähne festklammernd, als Ariadne durchging.
Hopp und Hopp und Hopp galoppierte sie, und Roland, oben, unten, wurde hin und her geworfen, geschüttelt, hopp und die Bäume tanzten, und Erde spritzte, hopp, hopp, hoch, ab, Galopp, und die milchweisse Stute galoppierte immer schneller nun zu ebener Erde, stampfend, so dass Roland beinahe auf ihr lag, um nicht abgeworfen zu werden, und plötzlich, als Ariadne scheute, bockte und hochging, während des grellen Aufblitzens eines Augenblickes, als sie hochging, sah er, deutlich sah er's, wie Ruben neben Benoit stand, Ruben mit Achilles und Benoit, Ruben, hochaufgerichtet, und sein Mund war ein riesiges Loch, ein riesiges schwarzes Loch, aus dem gellendes Gelächter – hahaha – gellendes Gelächter und hopp! hahaha – – hopp, und weiter,

dem Schloss entgegen, wo Fritz, riesig, sich Ariadne entgegenstellte und sie bändigte.

Roland glitt zu Boden. Sein Gesicht war weiss, und die gelben Augen färbten sich dunkel vor Angst. Er begann zu lachen, krümmte sich und lachte wie toll, presste das Lammfell an sich und eilte, geschüttelt von Lachen, zum Turm und stieg die Treppe hinunter ins Verlies.

Roland begann den Sarg zu umkreisen, er umkreiste den Sarg, an den Nischen ging er vorbei, er umkreiste den Sarg, an den Nischen ging er vorbei, enger zog er den Kreis um den steinernen Sarg, in dem der tote Freund lag, enger zog er den Kreis, enger, wie ein feuchter Finger auf dem Rand eines kristallenen Kelches, der zu singen beginnt, wie ein Glasharfenton jene Melodie zu singen beginnt, die Roland in Noten gesetzt:

Engidus Totengeist entfuhr der Erde
Und gesellte sich zu Gilgamesch.
Da umarmten sich die Freunde und setzten sich zusammen.
Zu ratschlagen hatten sie und liebten sich dabei.
Gilgamesch tat den Mund auf und sprach:
„Sage mir, Freund, sage mir, Freund,
Sage mir die Ordnung der Erde, die du schautest!"
„Ich sage sie dir nicht, mein Freund, ich sage sie dir nicht.
Sage ich dir die Ordnung der Erde, die ich schaute,
Du müsstest dich setzen und weinen."
„So will ich mich setzen und weinen."
„Freund, meinen Leib, den du frohen Herzens liebend berührtest,
Frisst Ungeziefer wie ein altes Gewand.
Mein Leib, den du liebend berührtest, ward Staub."

Roland lauschte der Melodie, er lauschte und hörte, wie Benoit sagte: „Geh zu Christian! Geh! Geh! Geh!"

Er schloss die Augen und sah Christian: Wie er auf dem Bett stand, eine nackte Gestalt. Roland gab sich dem Unausweichli-

chen preis. Er spürte den Luftzug, und er öffnete die Augen. Klein und gebückt, mit gelbem Gesicht, stand Kissling vor ihm.
Roland setzte sich auf den steinernen Sarg. Kissling trat näher und berührte die Schulter seines Schülers. „Komm jetzt, Roland. Wir wollen den Neunuhrzug nicht verfehlen."
Roland nickte und stand auf.
„Du wirst eine gute Arbeitszeit haben, Roland. Etwas Besseres kann man sich nicht wünschen. Gestaltend wird man seiner selbst gewahr, der Fülle, die nicht Ich, sondern Welt ist. Komm!"
Roland folgte Kissling und packte oben die gefundenen Sachen ins schäbige Köfferchen ein. „Was mir geblieben ist", sagte er, „ist eine zerbrochene Flöte, ein Lammfell und eine kleine blaue Badehose."
Sie gingen hinaus. Stockermann öffnete grinsend, lautlos wie ein Fisch, den Mund, öffnete ihn und schloss ihn und lallte: „Aduwa! Aduwa! Ade! Fortgehen!"
Severin öffnete das eiserne Tor, schloss es hinter Meister und Schüler, verbeugte sich knapp, liess das Augenlid hängen, stelzte wie ein Storch zu Stockermann und schob den Rollstuhl zur gedeckten Veranda.
Kissling und Roland erreichten den Neunuhrzug, sassen schweigend, stiegen aus und streiften später durch die nachtdunkle Stadt, dort vorbei, wo früher das graue Haus mit roter Tür gestanden. Der emporgereckte Arm des Krans glänzte im Mondlicht. Weiter gingen sie durch die Gassen. Maria Pedroni, Früchte und Gemüse. Aus dem Fenster, hinter dem Maria wohnte, drang Licht. Weiter, zum flaschengrünen Fluss hinunter. Dort standen sie am Ufer und stiegen dann die hölzerne Treppe empor, und steinern sauste der Turm des gewaltigen Domes in nächtliches Dunkel. Vorm Tor blieben sie heftig atmend stehen. Oben, in der Wölbung des Portals: das Jüngste Gericht aus Stein gehauen. Ein wuchtig wirrer Haufe nackter Leiber: verzückt jene zur Rechten; verdammt die anderen links.

GUIDO BACHMANN IM LENOS VERLAG

Gilgamesch
Roman, 236 Seiten, broschiert
ISBN 3 85787 048 6
auch als Lenos Pocket erhältlich (LP 43)
„Bereits in ‚Gilgamesch' zeigt sich Guido Bachmann als ein Autor, der, ausserhalb aller literarischen Modeströmungen und mit einem starken künstlerischen Gestaltungswillen, versucht, einen kühnen epischen Entwurf zu realisieren. (Neue Zürcher Zeitung)

Die Parabel
Roman, 688 Seiten, broschiert
(vergriffen)

Echnaton
Roman, 667 Seiten, broschiert
ISBN 3 85787 100 8
„Während die beiden ersten Bände der Trilogie mehr oder minder individuelle Schicksale beschreiben, öffnet sich in ‚Echnaton' der Blick auf die Geschichte und Herkunft der Menschheit überhaupt." (Tages-Anzeiger)

Die Kriminalnovellen
231 Seiten, gebunden
ISBN 3 85787 083 4
„Es sind Geschichten um die grossen Themen Liebe, Freundschaft, Tod, Gewalt und Leidenschaft, vom Autor nicht ohne Witz und Ironie erzählt." (Luzerner Neuste Nachrichten)

Der Basilisk
Novelle, 104 Seiten, gebunden
ISBN 3 85787 156 3
„Wie ein strotzender, wuchernder, alles verschlingender Phantasie-Urwald mutet das kleine Werk an, dessen Sprache nur scheinbar in dem schmalen Band Platz findet." (Vaterland)

selbander
Ein Stück für zwei Personen, 57 Seiten, broschiert
ISBN 3 85787 171 7
„Es ist ein Stück über die katastrophisch verfasste Condition humaine, über die als ewig vorgestellte Grund- und Grenzsituation Katastrophe, die mit einem anderen Wort Leben (und Zusammenleben) heisst." (Basler Zeitung)

Zeit und Ewigkeit
Trilogie (Gilgamesch, Die Parabel, Echnaton)
1581 Seiten, gebunden
ISBN 3 85787 107 5
„Die Trilogie ist Lebensentwurf wie Selbstgeburt und Menschheitsepos in einem." (Basler Zeitung)

Dionysos
Roman, 229 Seiten, gebunden
ISBN 3 85787 200 4
„Guido Bachmann ist ein Vulkan, unbeirrbar und störrisch, mit jeder Zeile ein Selbstgebärer. Sein Werk belohnt jeden, der einmal jenseits des Zauns des Üblichen und Eingeschliffenen verweilen möchte."
(Frankfurter Rundschau)

Kehrseiten
Aufsätze und Reden, 119 Seiten, broschiert
ISBN 3 85787 602 6
Lenos Pocket (LP 2)
„Bachmanns Reden und Aufsätze sind Stellungnahmen ohne Umschweife. Seine Sätze sitzen, sind kantig, humorvoll, sarkastisch und persönlich."
(Nordschweiz)

Die Wirklichkeitsmaschine
Roman, 262 Seiten, gebunden
ISBN 3 85787 231 4
„Eine diabolische Kosmologie entwickelt Guido Bachmann – doch anders als Friedrich Dürrenmatt, dessen Rolle er auf dem Theater so vortrefflich spielt, lacht er sein Endzeitgelächter mit bitterbösem Unterton."
(Luzerner Neuste Nachrichten)

lebenslänglich
Eine Jugend, 205 Seiten, gebunden
ISBN 3 85787 262 4
„Die Schweiz, der Vater, der Klerus: Sie alle kommen miserabel weg in Guido Bachmanns zorniger Beschreibung seiner Jugend. Dennoch ist dies ein Buch, das nicht von Hass, sondern von Liebe handelt."
(Tages-Anzeiger)